陶酔と覚醒

SAWAKI KOTARO

SESSIONS

沢木耕太郎セッションズ〈訊いて、聴く〉

III

沢木耕太郎

岩波書店

沢木耕太郎セッションズ〈訊いて、聴く〉　Ⅲ

耳を澄ます

沢木耕太郎

私の幼い頃の最も甘美な記憶のひとつに、日曜日の夕方、縁側で弱い西日を浴びながら父親の朗読する声を聞いているという情景がある。父親は、新聞に連載されていた子供のための冒険活劇の読物を切り抜き、毎週日曜になるとそれをまとめて読んで聞かせてくれていたのだ。私は耳を澄ますようにして聴きながら、次の展開を早く知りたくて、「それで、それで」と心のうちでつぶやいていたような気がする。

この『セッションズ〈訊いて、聴く〉』に集められた対話は、すべて「対談」と銘打たれて雑誌や新聞に掲載された。しかし、どれも純然たる対談とは言えないところがある。私が相手の話に耳を傾けていることが多かったからだ。とはいえ、「インタヴュー」だったのかというと、そうとも言い切れない。インタヴューにしては逆に私が話をしているところが多すぎる。

だから、この四冊を「対談集」と名づけるのは落ち着きが悪いし、「インタヴュー集」と呼ぶのにも違和感を覚える。

はて、なんと呼ぼう。考えているときに一本の外国映画を見た。その中で、心理療法のために向かい合った二人の会話を、「セッション」と呼ぶのを知った。

セッションと言えば、音楽、とりわけジャズが連想される。たとえばジャム・セッションと呼ばれる演奏形態では、ゆるやかな方向性が設定されると、あとは演奏者の自由な判断によって音のやりとりがされるようになる。

考えてみれば、対談も、ひとつのテーマが提示されると、あとはその周辺を行きつ戻りつしながら自由に展開されていく。対談は、もとより心理療法の会話とは異なるが、その意味においてはまさにセッションそのものと言えなくもない。

ジャズが音によって会話するように、対談は言葉を用いて自由に話のやりとりをする。そのやりとりの中で、より多く「話し手」になるか「聴き手」になるかは、そのときの二人の状況や気分や流れによる。

私は、どちらかといえば、対談の場において「話し手」になるより「聴き手」になることを好んだ。

確かに、永くノンフィクションを書いてきたことによってインタヴューに慣れていたということもあったのかもしれない。だが、それ以上に、子供の頃から自分の知らない話を聴くのが好きだったということのほうが大きかったような気がする。

この『セッションズ〈訊いて、聴く〉』からは、縁側に座って未知の冒険活劇に胸を躍らせていた、あの幼い頃の私の姿が二重映しになって見えてくる。耳を澄ますようにして聴きながら、心のうちで「それで、それで」とつぶやいていた……。

目次

耳を澄ます　沢木耕太郎

装丁　緒方修一
装画　桑原紗織

スポーツ気分で旅に出ようか

山口　瞳
沢木耕太郎

やまぐち　ひとみ　一九二六年、東京都生まれ。作家。

この対談のあと、しばらくして山口さんとまたお会いする機会があった。それは、私がオリンピックのロサンゼルス大会に取材に行く直前だったということもあり、アメリカで何かお土産を買ってきますということになった。

しかし、ロサンゼルスでオリンピックの取材をしながら、何を買って帰ったらいいものか悩んでいた。どうせなら山口さんを面白がらせたい。さて、どうしたものか。

ある日、ロサンゼルスのオリンピック公園なるところを歩いていると、路上でTシャツを売っている屋台風の店に変わったものがぶら下がっているのが目に留まった。それは単なる白いTシャツだったが、裾が異様に長い。下手をすると女性のワンピースくらいの長さがある。

これはいい、と私は思い、買って帰ることにした。そして、山口さんにプレゼントをすると、山口さんも面白がって、「週刊新潮」に連載中の「男性自身」に書いてくださった。なんと、山口さんはそれを夏用の寝間着にしたのだという。そして、山口さんは、夏になると、それを引っ張り出して寝間着にしていると何度か「男性自身」に書くことになる。

私は、その白く長いTシャツを着た山口さんを想像すると、ひねた「お化けのキャスパー」のようだったろうなと、いまでも笑みがこぼれそうになる。

この対談は「Ｎｕｍｂｅｒ」の一九八四年六月五日号に掲載された。

一九九五年、没。

（沢木）

近頃ゾクゾクするのは巨人の敗戦を見る楽しみ

山口 この頃は、夕方になるの嬉しくってしようがないんですよ。

沢木 何でですか。

山口 ジャイアンツが負けるから。

沢木 やっぱり……(笑)。

山口 ソワソワ、ゾクゾクしちゃうね(笑)。だって、横暴の五十年だもの。横暴だよ、ジャイアンツっていうのは。

沢木 王監督に関してはどういう思いを持ちますか。

山口 ワンちゃんには勝たしたいんだけどね。

沢木 みんなそう言ってるんですね。あのふんぞり返ったような巨人は負かしたいけれども、監督になった王にみじめな思いをさせるのは可哀想だ……。

山口 いまのメンバーはものすごいんだけどね。あのオーダーは断然だけどねぇ。

沢木 しかし負けた姿がいじらしいとか、好きとか嫌いとかいった感情のわかないタイプの選手が多いですね。

山口 あ、そうそう。

沢木 昔のメンバーだったら、愛敬があったり、魅力があったりしたけど、今の選手は前半の四番バッターくらいまで、あまり親近感わかないですねぇ。

山口　江川がいけないと思うんですよ。江川以後、なにかおかしくなっちゃった。で、シレッとしてるじゃないの。篠塚なんて三振してもニヤニヤ笑ってるっていう感じがある。

沢木　僕は、山口さんに初めてお目にかかったのが、銀座のはずれの小さいバーで、席に坐って、ひょいと隣を見たら山口さんなんですよね。その時、何と言ったか、憶えていらっしゃいます？

山口　え？

沢木　「近ごろ、銀座のバーにはマラソンの帰りのような人がくるんですねぇ」、って言われてね。

山口　あ、そうだった？　だって、ジーパンでスニーカーか何かはいてた……。

沢木　そう。ジャンパー着てて、いかにもね。

山口　それは悪い感じじゃないのよ、駆けてきたっていうのは。とても爽やかな感じですよ。いや褒《ほ》め言葉だよ。スカッと爽やかサワコーラっていうくらいで。

沢木　ハッハッハッ。いや、僕もその時、褒め言葉だと思うことにしましたけど。

草競馬二十七カ場をめぐる旅

沢木　きょう話したかった最大のテーマは、何といっても『草競馬流浪記』でね。行きも行ったり二十七カ場ですか。

山口　そうです、ええ。

沢木　最後のほうは飽きませんでした？

山口　いや、飽きませんねぇ。ただ、三日くらい同じ場所でやってて、ちょっとシンドイと思うことはありましたけど。

沢木 いつでも愉《たの》しくっていう感じですか。

山口 いつでもワクワクして行ったねぇ、なぜだか……。

沢木 足かけ四年、丸三年とちょっとくらいですか。競馬自体はスポーツの中に入るのかどうか、よくわかりませんけど、馬券を買うというのは、ほとんどスポーツとは無縁な感じしますよね。

山口 あれはギャンブルですね。

沢木 でも、『草競馬流浪記』を読んでいると、あれがほとんど山口さんのスポーツになっているという感じがあって……。

山口 普段あんまり歩いたりしないけど、競馬場へ行きますと、階段を駆け上がるからね。ああいうことは、僕にとっちゃ今や本当にスポーツだね。老人のスポーツ(笑)。

沢木 公営競馬めぐりという企画に乗るというところの山口瞳を、自分で解析すると、何で公営競馬なんですかね。

山口 一つは、僕は、落ち目になるものにすごく惹かれるところがあるんですよ。あのうち少なくとも三つは、完全に赤字で、もう潰《つぶ》さなきゃいけないわけなの。だけど、潰すのにお金がかかるから潰せないという、そういうものの最後を見届けようという気持ちは非常にありますね。

沢木 そういう気持ちは連綿《れんめん》と昔から……。

山口 そう。昔、『世相講談』を書いた時、一種の産業革命が行われていると思ったの。小さなことでいうと、会社にはソロバンの名人というのが必ずいたんですよ。だけど、計算機が出てくると、もうその人は無能な人間になっちゃうわけ。一種の建築ブームみたいなのがあって、お風呂付きの家が建ち始めて、マンションなんかできるでしょう。僕ら、お風呂付きのアパートへ入るというのは夢のような話だったですね。

沢木 結婚した当時とか……。

山口 そうそう。お風呂屋がダメになっちゃうわけだね。

沢木 で、亡びゆく銭湯について書くとか、映画館について書くとか。

山口 やったわけです。そういう傾向がたしかにありますね。

沢木 それの延長上にこんどの公営競馬めぐり、ありましたか。

山口 それの一つの分野って感じありましたね。終戦直後、二十年の秋か、あるいは翌年かもしれませんが、戸塚に競馬場があって、そこへ行ったんですよ。僕は、子供の時からバクチが好きで、戦争中、麻雀トバクを非常に怖い思いをしてやっていたでしょう。戦争が終わって天下晴れて太陽の下でバクチをやるっていうのが嬉しくてしようがなかった。これが平和だな、と思ったの。その印象が非常に強いわけね、公営の場合は。中央競馬は、ちょっと取り澄ましたところがありますから。官庁みたいなものでね。

沢木 全国の公営競馬を全部通して見て、競馬場を通して日本はどう見えました?

山口 難しい質問だなあ、それは(笑)。

沢木 どこも変わらないということでもないでしょう。

山口 いまや老人の娯楽になってるね、特に公営競馬は。若い人は血統を調べて、展開を読んで……なんていうのは面倒臭いのね。むしろ競艇とか、オートレースとか、競輪とか、そっちのほうが一六勝負みたいなものでしょう。簡単だから、まだしもそっちのほうへ行っちゃうんですね。競馬場へ行くと、おじいさんが百円玉握りしめて、単勝の売場のところにジイーッとして、売上げを見てるんですよ。百円で幾らかにしようっていうんでね。一レース二百円として、朝から晩までいて二千円で遊べるところって、もうないでしょう。適度の興奮があってね。しかも「もしかしたら百万円になるかもしれない」と思ってやってるわけよ。ゾクゾクするな。

沢木　そうですねえ。

山口　ああいう感じは非常に好きなんです。

沢木　町の感じとしてはいかがでしたか。泊まりながら三日間とか、四日間とかいらっしゃいますよね。その町その町で違うものですか。

山口　僕は「競馬場のある町」と「この町にも競馬場がある」というのと二つにわけて、「競馬場がある町」っていう感じは、非常に好きで、とても愉しみにして行ったね。福島は中央競馬ですけど、町じゅうが愉しみにして、旅館へ泊まると、女中さんも女将《おかみ》さんも番頭さんもタクシーの運転手もみんな馬券買うっていう感じで、そういうのは僕はとても好きだったけど、一方で……。

沢木　たとえば姫路だとか。

山口　そう、競馬場があるってことを非常に……。

沢木　恥じてたりする。

山口　そういう町もありますね、非常に嫌われてるっていうか。

万馬券を引き当てた競馬的運勢

山口　あなたは以前、競馬の何かやったことあるでしょう。

沢木　ええ、昔、イシノヒカルの厩舎《きゅうしゃ》に住み込んで厩務員《きゅうむいん》をさせてもらったんですけど、競馬、全然わからないんです。ただ、『草競馬流浪記』の中になぜか僕の名前が出てくるんですね。僕の運勢まで見てくださった。

山口　うん、あれは不思議な話だった。

沢木　なぜ僕の名前が出たかっていうのを読者に知らせておくと、あれは縷々《るる》説明すると、もっと長い話になるんです。

山口　あ、そう？　教えて下さい。

沢木　その年の一月か二月に、村松友視さんが直木賞を取れなかった時があるんです。つかこうへいさんが取って村松さんが取れなくて、その時に、色川武大さんと村松さんと僕と飲み屋で一緒になって、「村松さん残念だった」という話を、帰りの車の中で三人でしてたんですね。村松さんが「もう一回か二回挑戦して、ダメだったら遠慮させてもらおうかな」っていう話をしてたのね。色川さんも僕も、「いや、そんなこと言わないで、くれるまで頑張ったら」とか、「あと、四回も五回もやるの大変だな」とかっていう話をしてたんです。

それから二カ月後くらいに、まず色川さんが短編の「百」で川端賞をもらったんです。その二、三カ月後に村松さんが『時代屋の女房』で直木賞をもらって、それから二カ月後に僕がおまけっていう感じで『一瞬の夏』で新田賞をもらったんです。きっとあの車の運転手さんも、なにかもらっているか、宝くじに当たっているか、ひょっとしたら運悪く交通事故かなにかが起きてるんじゃないだろうかっていう話をしてたわけですよ。

その新田賞の賞金三十万円だか、五十万円だか忘れましたけど、いただいたお金で、親しい編集の人やなにか、友だちと一緒に宴会を、とり鍋を突つくという会をやってたんです。十人くらいでみんなでワアーッと遊んでいるうちに、『草競馬流浪記』に出てくる編集者の都鳥氏が、「あした早いから、そろそろ……」っていうんですね。「何だ」といったら、「高知に山口先生と競馬に行く」というんで、そこにいる十人くらいが、「あッ、それならみんなで買おう」ということになって、一人千円ずつ、二日目かなにかにあるメインレースを買う。自分で思った連勝複式の番号を一人ひとり言っていって千円ずつ委ねる、と……。

山口　どんな馬が走るか、知らないわけね。

沢木　全然、何も知らない。馬が何頭走るかも知らないわけ。番号言ったあと、もしかしたら、こんなに番号ないかもしれないから、なかった場合ゴメンナサイ、と都鳥氏が言うんだけど、ただし当たったら、そのお金でみんなで、もう一回宴会をやって、なぜ自分はその番号を言ったか、というのを説明する。というんで、「まさか……」と言いつつ、みんな千円ずつやったわけです。

僕は、①③を千円といって委ねたところ、何と高知で一万二千九百円の……。

山口　万馬券……(笑)。

沢木　①③が万馬券になったんです。千円買っているから、十二万九千円。とにかく大変だっていう話で都鳥氏から電話がかかってきたんですよ。実は、あれからもう二年経っているけど、まだ宴会開いてなくて、そのお金使い込んじゃったんだけど……(笑)。
都鳥氏が万馬券取ったので、山口さんが誰だって訊《き》いたら、沢木に頼まれたっていって、そのことを『草競馬流浪記』の中に書かれているんですね。その時に、山口さんはわざわざ高島易断で僕の運勢まで見てくれて。

山口　そういう運というものがあるんだよ。

沢木　その年、僕はとても運勢がよかったんですよね。

山口　そう。

沢木　しかし、その運は去年で途切れましたね。

山口　あ、そお?

沢木　ええ。まだ続いているんじゃないかと思って、ある時、競輪のオールスター戦って、でっかいレースをやったんですね。それも例の競馬のときと同じで、まったく全然根拠もなにもなくて、取材で知り合った選手が二人出てるのでその車券を買ったんですが、やっぱりダメで、このへんが僕の運の切れ目だから自重して生きていこうと思って、今年、自重して生きているんですけれども(笑)。

山口　そういう人は大丈夫なの。

沢木　ハッハッハッ。しかし、ツキってものに対しては、山口さんはどう考えてらっしゃいますか。ツキって、やっぱりあるものですか。

山口　僕は、あると思いますよ。よく日本シリーズでラッキーボーイって出るでしょう。あれも根拠ないもの。だから、三原さんはとてもツキっていうか、ラッキーボーイをうまく使った監督だと思いますね。どうしてもそういうことはあるようですね。だけど、それをあんまり信じて、バイオリズムとかなんとかかってなると、またダメですよ。

沢木　ちょっと胡散臭《うさん》くなりますか。

山口　当たらないよ、大体。

沢木　ご自分で、人生のある期間を取って、あの時期やたらツイてたなんてことあり得ますか。

山口　あり得ますね。あなたの運勢調べたのは、僕が直木賞もらった時の運勢がものすごいんですよ。旭日昇天《きょくじつしょうてん》の勢いとか、宝の山に入るとか、そういうことばっかり書いてあるの。それからあと、ずっとダメになるんですけどね。

沢木　露骨に「ダメ」と書いてあるわけですか、高島易断で。

山口　ええ、よくないって書いてありますよ。

沢木　人生の長い中っていうんじゃなくて、たとえば三日でも四日でもいいんですけれども、ギャンブルに関して、運が来かかって逃げかかってとか、そういうようなことを感じること、おありになるんですか。

山口　ありますよ。で、それが面白いってとこはありますけどね。

沢木　そういうツキなんかにどういうふうに対処なさるんですか。それを必死になってつかまえようとか……。

山口　そうねぇ、そう言われてみると、僕はあんまりそういうのを考えないほうだな。何ていうかな、もうちょっとセコいバクチ打ちですけどね。

僕は、ずっとサラリーマン長かったんだけど、月給に手つけたことないんですよ。全部、まァ、麻雀ですね。去年、決意して、女房から小遣い貰《もら》うまいと思ったの。今年はまだ一ぺんも貰ってないよ、おれ。

沢木　それは馬で……。

山口　そう、馬で。それやるには、相当あなた、セコくやんなきゃあ、やれないのよ。

沢木　それは大変な決意です。

山口　それも、名前が面白いとかって、そういうふざけた買い方をやりながら……。

沢木　なおかつ……。

山口　なおかつ、ええ(笑)。小遣い貰わないんですよ。どこまで続くかと思うんだけどね。女房に小遣い貰うの、とても厭なの。そういう経験がないから。

沢木　ハッハッハッ。

山口　それに、原稿料なんかいま銀行振込みでしょ。僕にお金が入るってことないのよ。

沢木　手渡してくれるようなところはもう皆無でしょうね。

山口　旅行が多いですから、小銭がたまると、重たいけど替えないで持って帰って、招き猫の貯金箱に入れるの。そうすると、年末に、いま五百円玉があるから十五万くらいになるの。それが元なのよ。まァ、酒飲まないってこともあるけど、今年はまだ小遣い貰ってないで、いま、五十万くらいあるかな。

沢木　凄い!

山口　もう、ちょっとあるかな。競馬場に三十万以上持って行くのは危険だと思って、三十万よりふえると、一万円札をたたんでウイスキーの空瓶に入れるわけ。

沢木　それは、ただ、ただセコくやるっていうことの一つの……。
山口　それ以外はないよ。だから、自分がほんと厭ンなっちゃうけどね。
沢木　でも、勝利してるあいだは、そのセコさも相当快感ありませんか。
山口　ほんとの馬券師っていうのがいるわけ。それからやくざに近い人とか、暴力団の人たちがやっているわけで、あいつらの金を取ってるんだ、という感じがあるわけよ。そういう快感はあるね。
沢木　なるほど。
山口　裏を掻《か》い潜《くぐ》って、あいつら以上にセコくいくわけよ。いまのやくざは利口ですから、かなりあいつらもセコいんだけど、それをまた上前はねてやろうっていう、そういう気持ちはあるね。

密かな教科書『世相講談』

沢木　『世相講談』の話を、ちょっとしてもいいですか。
山口　はあ。
沢木　あれは全部で四年強で、単行本で三冊ですよね。あそこでとても印象的なのは、一つ一つの扱っている素材もそうなんですけれども、いろいろ文章のスタイルの実験というか、工夫というか、一編一編違えて一生懸命やってらしたような気がするんですよね。そういうような文体のいろいろな工夫は、『世相講談』で初めてやられたんですか。
山口　初めてですね。原稿を書く十日くらい前から「明治大正文学全集」の小杉天外の「魔風恋風」とか、読むわけ。僕、ああいうの好きなの。日本語って非常に豊かでしょ。「入院」って書いて

「はいる」ってルビがついている。「退院」って書いて「でる」ってルビがふってある。ああいうの好きでしょうがないの。そういう世界に浸っちゃうわけ。それで書き出すんです。

沢木　あのルビのふり方がね。「鳥渡《ちょいと》おまえさん」なんて……。

山口　そう、鳥渡《トリワタリ》って書くんですよ。ああいうの面白くてしょうがない。

沢木　書かれている内容もいっぱいあって、ストリッパーが出てきたり、バスガイドさんが出てきたり、風呂屋も、映画館も、いろいろ出てくるんですけれども、実をいえば、あの中に「ある代打男K」っていうのがありますよね。

山口　ええ。

沢木　僕は、ルポルタージュを書き始めた時に、ある編集者の方から読むのを勧められた本が二冊あって、まだ二十三くらいの時だったと思うんですけど、一つは、坂口安吾が将棋のことを書いた『散る日本』と、もう一つは山口さんの『世相講談』の一巻だったんです。まだ何をどういうふうに書いたらいいのかわからなかった時だから、その二つは密かなる教科書になったんです。迷惑でしょうけれども。

坂口安吾のほうは、あるこだわりを持って見ていくと、何かが見えてくるという、それは僕にとっては、ちょっと印象的だったんですね。『世相講談』は、こんなことでも、物をちゃんと見ようと思えば、大事な話になるというのが意外だったんですよ。たとえばくずを扱う人たちの話とか、バスガイドの話でもいいし、映画館でも、銭湯でも……。その中で「ある代打男K」というのがありまして、僕は、これを読んだ時に、なるほど、と思ったことがあるんですね。ちょうど当時、榎本喜八のことで少し気になることがあって……。

山口　あれは気になったねえ、僕も。

沢木　それで榎本のことを書く時に、Eというイニシャルを使うことにしたんです。それは明らかに「ある代打男K」のKというイニシャルが気になって、おそらくその意識の中でEという選択をしたんですね。山口さんはKが誰か、最後まで明かさないんですよね。

山口　そうでしたかねえ、小林っていうの。

沢木　出ないんですよ。僕は、Eを榎本喜八と出すか、出さないか、迷いに迷って、結局、僕は出したんです。Eは榎本喜八だっていうことが、最後になってわかるような仕組みになっちゃったんだけれども、Eを出すべきか、出さざるべきかっていうのは、迷いに迷いましたねえ。

山口　榎本の場合は一流選手だからね。

沢木　そういう意味では、超一流ですよね。

山口　そうそう。あの打率は凄いから。小林の場合はKでもいいわけだよ。だけど、榎本の場合は難しいよ。そのままでもわかっちゃうでしょ、打率三割何とかっていったら。

沢木　そうです。生涯打率が幾つといったら、大体わかりますものね。

山口　やめてからも、練習してたんでしょ、あの人。

沢木　ええ、走ってました。

山口　僕も書く時、どっちにしようかと思ったくらい……。

沢木　あ、そうですか。それは意外だ。

山口　榎本も面白いと思ったけどね。

沢木　『世相講談』の中で、たとえば「キャンプめぐりをするジャーナリスト」とか、お巡《まわ》りさんと泥棒とか、そういう五十近くの話を書くというような、あの好奇心は、いまやもうありませんか。

山口　好奇心はあるけど、体力がないね。あの時、僕、「オール讀物」「小説新潮」「小説現代」と三誌連載していて、それで「週刊新潮」やってて、ああいうのができた時ってあるんだけど、まず、体力がないなあ。やってみたいことはあるけどね。

紀行文の要諦は

沢木　そうだ、この機会に、ぜひお訊きしたいことがあるんです。山口さんはずっと紀行文を書き続けていらっしゃいますよね、どんな形でか。そこでなんですけど、紀行文を書く要諦《ようてい》というのは、どんなところにあるんでしょうか。

山口　要諦ねえ……(笑)。

沢木　「競馬必勝十カ条」風にいえば(笑)、何でしょうか。

山口　一つは、相棒がいないと書けないね。

沢木　それはまったくそのとおりで、独白じゃダメなんですよねぇ。

山口　だから、その時の相棒の運、不運てあるね。

沢木　だから山口さんの場合は、必ず相棒を何らかの形で設定してますよね、編集者でも、どなたかお仲間でも。

山口　ええ、そうなんですけれどもね。その相棒にべったりになると、ダメになっちゃうの。第一、喧嘩《けんか》になっちゃうよ、あんまりべったりしたら。だから、二人で行くでしょう。取材が長くなるっていうか、そんなことはないけど、仮に一週間あれば、まん中の一日くらい別行動取るんですよ。そうすると、実に新鮮な感じになるの。

沢木 なるほど。

山口 それから、方々へ行っちゃダメなの。一カ所にジッとしていなきゃダメ。飲み屋へ行くのも、同じ飲み屋へ何度も行くんですよ。

沢木 その土地でね。たとえば三日いれば三回続けて行く。

山口 毎晩行くの。よくても悪くてもいいんだよ、一カ所へ行くの。もう一つは、枚数が長くなきゃダメなの、紀行文ていうのは。

沢木 ああ、そうなんですか。

山口 内田百閒の『阿房列車』ってかなり長いよ。七十枚くらいのがある。短いと、ここへ行きました、ここへ行きました、こういうことがありました——で終わっちゃうわけよ。

沢木 ムダが書けないんですね、余計なことが。

山口 そうそうそう。それが一番の要諦じゃないかな。紀行文というのは、最低で四十枚ないと書けないね。いま、連載してるのが二十五枚なのよ。それでちょっと困っちゃう。

沢木 きついですね。

山口 僕の場合、落語のまくらね、まくらが長いのよ。だって、旅行っていうのは、行ったらこうしよう、ああしようって、そこが一番愉しいんだから、それを書かなきゃダメなのよ。

沢木 なるほど、まくらを長くね。

山口 まくらを長く、一カ所にジッとすること、枚数長く、短いとダメ。

沢木　飲み屋は同じ店に何回も行く。そこで四カ条出てきましたね。あと六つ出ると十カ条になりますけど、なるほどね、それで大体了解できますね。

山口　もう一つは、媒体を選ぶことだよ。

沢木　なるほど、それは大事なことですね。

山口　高級なことを書いてもわかる読者がいると思わないと、書けないもの。百閒さんの『阿房列車』でいつでも笑うのは、「二等車のボイは女である」っていうところ。ボーイをボイってお書きになるんだけれど、何度読んでも大笑いするね。そのおかしさがわかる読者がいるだろうと思う媒体でないと書けないな。ボーイって男じゃない。なのに「二等車のボイは女である」っていうんだよ。

沢木　相当クラシックな冗談ですねぇ(笑)。

山口　活字で読まないとわかりにくいね。

沢木　さっき、相棒が必要っておっしゃってましたけど、僕の場合、旅をするとすれば、日本も外国も一人で行きますね。そうすると、突然、独り言いってるのに気がつくんですよ。それは自分でもかなりおっかないですけどね。一年も外国にいるとすると、全く日本語をしゃべる機会がないわけです。だから、一人であぁだ、こうだ反芻《はんすう》してしゃべり合ってるんだと思うんですけど、気がつかないでパッと独り言でそれが出ちゃうことがあるんです。

山口　その時は、日記かなにかをつけるの?

沢木　つけないんです、まるで。

山口　テープに吹き込むとか、そういうことしない?

沢木　何もしないんです。ただ一年くらい長い旅行に行った時には、金がなかったものですから、金銭出納帳をつけたんです。まだあといくら残っているか確認するんですね、宿のベッドの上で。それが一年分あるんだけど、とても旅の生活を物語りますねぇ。

山口　役に立つでしょ、そうなんだよ。

沢木　いま、その一年分の紀行文を書こうと思ったら、それを見れば書けますね。

山口　そういうものなんですよ。だから僕は、新幹線に乗ってお昼に何を食べたって書いておくのよ。ほとんど役に立たないようだけど、あの時、おれがハンバーグといったら、一緒にいたあいつもハンバーグ食ったな――そこから情景が思い出されるの。やっぱり、つけたほうがいいね、あれは。

歴史のある町の面白さ

山口　もう年齢的に無理だけど、田舎の町へ住んで、それがだんだん発展する過程を見たいっていうのもあるね。小さな町で、郵便局ができて、学校ができてっていう、そういう町にもし住めれば、これは最高だと思うけど。

沢木　よくアメリカの小説に出てきますよね。郵便局長が全員を知ってるとか……。

山口　そうそう、『ワインズバーグ・オハイオ』なんて、まさにそうなの。郵便局長はこういう奴で、妻君と別れてどうとかっていうの、全部知ってて、自分の同級生が小学校の校長になって、学校ができて、だんだん発展していくという……、これはもう、書けちゃうんだけどなあ。

沢木　それもまたいいですね。

山口　でも、国立って町は、面白いよ、そういう面で。古いところと、団地ができて、中産階級の下のほうの——まァ、そう言っちゃいけないけど——人たちが住んでいたり、みんな、小さな家を建てはじめたところと、商店街と、何といっても一橋大学の歴史ってのがありますからね。そういう意味では、なかなか面白いところですよ。

沢木　これは本当の仮定の「……たら」話なんだけど、万一、国立に来なかったら、相当変わってるでしょうね、山口瞳さんの作品は。

山口　そうですねえ、僕は、都心部のマンションに住んでいると思うよ。僕はずっと麻布にいたから、庄司薫みたいに……あんなに金がないからダメだけど、三田の……。

沢木　まァ、ほどほどのマンションを買って。

山口　ええ。三田の三井マンション……、無理かナ(笑)。いやそう思ったことあったよ、ちょっとね。家建てる時、トラブルがあって、そうしようかな、と思ったけど。そうすると、僕はさ、毎晩寄席なんか行ってね、たしかに違ったものを書いていたかもしれない。

映画とオリンピック

市川　崑
沢木耕太郎

いちかわ　こん　一九一五年、三重県生まれ。映画監督。

私が集英社から『オリンピア　ナチスの森で』という長編のノンフィクションを出すに際して、同じ集英社から出ている雑誌「青春と読書」で何かをしようということになった。

私の『オリンピア』では、アスリートばかりでなく、『民族の祭典』を撮った女性監督のレニ・リーフェンシュタールも重要な人物として登場してきている。そこで私は、オリンピック映画としては『民族の祭典』と双璧をなすと思われる『東京オリンピック』を撮った市川崑さんに話を聞いたらどうだろうと提案した。

ある日、渋谷区のご自宅にうかがうと、市川さんはトレードマークのタバコをくわえつづけながら、丁寧に質問に答えてくださった。もっとも、東京オリンピックに関する細かいことは、当時でもすでに三十年以上が過ぎていたためもあったのだろうか、記憶がいくらか薄れてきているようだった。そして、思い出して話してくれる挿話にも、閉会式におけるスタッフの働きについてのもの以外は格別の熱が籠もることがなかった。

しかし、話が監督の黒澤明のことや女優の高峰秀子のことになると、顔つきが生き生きとしてくるのが感じられた。そして、「クロさん」とか「デコちゃん」とかという愛称を口にするときには、そこに濃密な情感がこもるような気がしたものだった。やはり、市川さんは根っからの映画人だったのだろう。

この対談は「青春と読書」の一九九八年六月号に掲載された。

二〇〇八年、没。

（沢木）

『東京オリンピック』と『民族の祭典』

沢木　今度、僕は『オリンピア　ナチスの森で』という本を出すんですが、基本的には、一九三六年のベルリン・オリンピックの日本人の選手たちが、どのように十六日間を戦ったかということを克明に描いたものなんです。当時の関係者の多くはすでに亡くなっていますけど、二十年くらい前に取材をさせてもらったことがあって、それをあらためて取材し直してまとめたという感じなんです。

そこに重要な人物として登場してくるのが、これは日本人ではないんですけど、ベルリン・オリンピックの記録映画『民族の祭典』を撮ったレニ・リーフェンシュタールなんです。

市川　ゲラ刷りに目を通させていただきましたけど、そのようですね。

沢木　夏のオリンピックの代表的な映画といえば、やはりレニ・リーフェンシュタールの『民族の祭典』と市川さんの『東京オリンピック』ということになると思いますが、『民族の祭典』について調べているうちに、どうしても『東京オリンピック』が気になってきましてね。今日は市川さんにいろいろとお話を伺えればと思って参りました。

市川　どうぞ。あまり話はうまくありませんが(笑)。

沢木　『民族の祭典』は日本で昭和十五年に封切られたんですが、市川さんはその時にご覧になっていますか。

市川　ええ。評判になった映画でしたから観ました。当時まだ助監督でしたが、やはり感動しましたね。

沢木　観たのはそれだけですか。

市川　いや、僕が東京オリンピックの映画の監督を引き受けた時、もういちど観ました。

沢木　その時の印象というのは、昔と比べて変わっていましたか？

市川　変わっていました。若い頃はただ素晴らしい映画だと感動しただけでしたけれど、今度は職業的に分析しようと思って対したわけですからね。つまり、大先輩のリーフェンシュタールさんが、どういう具合にオリンピックというものを捉えたのか、と。こっちはこれから撮らなきゃいけませんから、参考試写というかたちで。

沢木　それですらもう三十四年も前のことですから、はっきりしたご記憶はないかもしれませんけれど、分析しながらご覧になってどういう印象を受けましたか。

市川　たしか、人間、人間というのはこれほど崇高になれるのか、というのが第一印象にありました。民族というか、人間の純度というのかなあ、僕はスポーツにあまり興味がなかったんだけど、映画を観ながら、ああ、スポーツというのは人間がつくった素晴らしい文化だなあと思いましたねえ。

沢木　それ以外には？

市川　これはずいぶん後撮《あとど》りしているなということですね。

沢木　わかりました？

市川　ええ。

沢木　どんなところか覚えていらっしゃいますか。

市川　たとえば棒高跳びの夜のシーンですね。当時、競技場にあんなナイターの設備なんかはなかったと思います。それからマラソン。いまだに覚えているのは、目の位置でランナーの走っている足が撮影されているシーンです。あんなものは実際のレース中に撮れっこないでしょ。細かいことは忘れましたけど、その他いろいろあったと思います。

沢木　十種競技のうちの千五百メートルにもあるんですけど、その後撮りについては、みんななかなか気がつかなかったんですね。戦後、当事者の口からぽつぽつ語られるようになって、初めて撮り直したということが知られるようになったんです。

市川　そうだと思いますね。僕だって若い頃に観た時にはそんなこと微塵《みじん》も感じませんでしたから。

沢木　撮り直しということでいうと、市川さんの『東京オリンピック』にもありますよね。たとえば、暗い闇の中で体操のベラ・チャスラフスカが平均台で演技をしていて、そこに光が当たっているというシーン。あれは試合そのものじゃないですよね。

市川　そうです。後で撮影しました。ただし、リーフェンシュタールさんと違うのは、競技としては見せていない。

沢木　たしかに、あれはいかにもイメージ・シーンという感じで挿入されていました。

市川　僕は、『東京オリンピック』の監督を引き受けた時、リーフェンシュタールさんがやったのと同じ後撮りは一切やるまいと思ったんですよ。『民族の祭典』は、あれはあれで素晴らしい作品だし、なんの否定をする気もない。だけど、僕は僕なりに感じたオリンピックを映画として撮るわけだから、競技としての後撮りは一切すまい、と。

沢木　彼女の場合は、全部競技の中に紛れ込ませています。

市川　僕はそうしたくなかった。

沢木　とすると、なぜチャスラフスカを後撮りしようと思ったんですか。

市川　彼女が競技しているラッシュ・フィルムを見て素晴らしいと思い、スタッフに「奇麗な人だなあ、誰だ？」（笑）。

それでチャスラフスカさんだと知ったんですが、この人の妙技と美しさをもっと克明に表現したいと思い、特別に頼んで撮らしてもらったんですが、競技中の彼女ではないことを強調するために、特殊な現像処理をしたりして。

沢木　そうですね。よくわかります。

市川　それから、もう一つ、マラソンで銅メダルを取った円谷幸吉くんのアップも後撮りしましたけど、これも競技ではない。というのも、表彰式で日章旗が揚がった時の円谷くんの顔が映ってないんです。

沢木　カメラの位置が悪くて隠れちゃったんですね。

市川　陸上競技でただひとり日章旗を揚げた円谷くんの顔だけは、どうしても欲しいということで、仕方なしに、自衛隊かどっかへ行って撮ってきてもらったんです。でも、やっぱり、あの時の感激の顔をもう一度といっても、演技者じゃないからできないわけです。結局、ただ顔が映っているだけでしたけど、これは涙を呑んで使いました。

沢木　もう少し『民族の祭典』についてお聞きしたいんですが、最初に封切りの時に観て、その後、東京オリンピックの参考試写で観て、そしていまこの時点で考えた場合、大きな映画史の流れにおいても傑作という位置づけになりますか。

市川　当然ですね。

沢木　その素晴らしさはどこにあると思われます？

市川　さっきもいったように、オリンピックそのものがどうだということじゃなくて、映画として、人間の肉体の美しさ、その肉体を通しての精神的な美しさまでを見事に証明していると思いますね。

沢木　このあいだ、高峰秀子さんにお会いしたんですが、少女時代の高峰さんが助監督時代の黒澤明さんと『民族の祭典』を一緒に観たら、帰りに二人で歩いていてもひと言もしゃべってくれなかったというんですね。おそらく黒澤さんは同じ映画人としてショックを受けたんだろうと思いますけれども、市川さんの場合には、こういうのを自分も撮ってやろうというより、ただ観客として凄いと思ったんでしょうか。

市川　そうです。一観客として。

沢木　その時、たとえば市川さんの好みからいうと、ああいう映画というのは、自分がやろうとしているものとは全然ちがう、全然関係ないもの、という感じでしたか。

市川　そういう意味では全然関係ないものです。ただ、劇映画とか記録映画とかいうジャンルの枠で考えずに、映画としてこんなに素晴らしいものができたのかという、リーフェンシュタールさんの意図というかそういうものに感動したんじゃないんですか。

監督に決まるまで

沢木　ところで、東京オリンピックを市川さんが撮ることになる流れというのはどういうものだったんですか。最初はやっぱり黒澤さんがやることになってたんですか。

市川　そうです。クロさんは、東京の前の開催地のローマまでわざわざオリンピックを観に行ってたんですから、当然やるつもりでいたんですよ。ところが、いろんな事情があってやめたんですね。

沢木 予算が少なすぎるとか(笑)。

市川 それもあるかな(笑)。僕が『東京オリンピック』に取り掛かっていた時に、偶然クロさんとすれ違ったんですね。「おい、やってるかあ」というんで、「ああ、お前さんのおかげで俺がやってるよ」と答えたら、「なんか聖火リレーを撮ったそうだなあ」というんですね。「うん、一応撮ったよ」というと、クロさんが「俺ならあんなの撮らないなあ」って(笑)。

沢木 たとえば、市川さんの映画では開会式に至るまでのプロセスを割に長く見せていますね。リーフェンシュタールも前のプロセスを長く使っていますけど、そういうのは一切やらないという考え方もあったかもわかりませんよね。

市川 ですから、クロさんのいうのも一理あるなと思いましたよ。だけど、クロさんがやったら僕よりもっと問題起こしただろうな(笑)。

沢木 記録か芸術かなんていう問題の前に、映画そのものができなかったかもしれませんね。完成まで十年かかっちゃうとか(笑)。

市川 僕の時は、あくる年の三月公開と、最初から封切り日が決まってましたからね。

沢木 しかもオリンピックはいつものように八月じゃなくて十月で、映画の公開まで半年もないんですものね。

市川 あとで聞いた話では、クロさんがだめだということになって、今井正ちゃんか市川崑かということになったらしい。

沢木 でも、そこで市川崑という名前が浮かんできて、実際に市川さんがやるということになるのは、いまからすると相当意外な感じがするんですけど。

市川　そういう話が、大映の永田雅一社長のところへ行ったんですよ。で、僕は大映と専属契約を結んでいる監督でしたから、その関係なんですね。永田さんから呼ばれて「どうや？」というから、「僕はオリンピックなんか全然知らない。スポーツといえば、ジャイアンツ・ファンなだけだ」って（笑）。「じゃあ、どうする？」っていうから、「永田さんに白紙委任します。あなたがやるなといったらやらないし、やれといえばしょうがない、やりますよ」と。で、一週間たってから「おい、やれ」といってきたわけです。

沢木　その時、単純に不安はありませんでした？

市川　スポーツをよく知らないということにはありましたけど、映画を作れといわれたんですからね。スポーツをしろといわれたんじゃない。

沢木　それはそうです（笑）。

市川　僕は映画屋ですし、白紙委任したんだから、度胸を決めたわけですよ。でもね、引き受けたはいいけれど、すぐにシナリオあげろというんですね。どう書くんだか書き方もわからない。それでオリンピックというものについていろんな人に訊いて歩いたんですけれども、みんなオリンピックはオリンピックだよなんていうくらいの答えしか返ってこない。オリンピックについて熟知している人は、そう数いなかったんですね、当時は。

これは困ったと思っていたら、一緒に脚本を作ることになっていた和田夏十さんが、「じゃあ、一番原始的な調べ方をやってみよう」と言い出して、百科事典を見たわけですよ。そこには、何の作為もなくいろんなことが書いてあるからということで。

それを読むと、第一次世界大戦、この時はオリンピックが空白なんです。それから第二次世界大戦、これも空白。結局二人の意見が一致したのは、世界が大戦争をしてないときにオリンピックというのは行われている。だから人間は四年に一遍、平和の夢を見るんじゃないか。それをテーマにしてシナリオ書くことにしたんです。

沢木 なるほど、「四年にいちど夢を見る」というフレーズは、最後にも重要なものとして出てきますからね。

それで大体の映画の流れを作っていったわけなんでしょうけど、その時にはもう、谷川俊太郎さんや白坂依志夫さんにもシナリオのスタッフとして入ってもらっていたんですか。

市川 入ってもらいました。だけど二人ともオリンピックをよく知らないんですね。ただ、俊太郎さんも映画が好きだということを聞いていましたから、それで頼んだ。

沢木 谷川さんはスポーツ音痴だって自分でおっしゃってますからね。しかし、第一稿の脚本を見ると、完成した映画とかなり近いものがその時すでにできていますね。

市川 記録映画ですから、本当はどうなるかわからないのに、自然とそうなってしまうんですね。不思議なもんですね。

沢木 基本的な映画の流れというのは、あらかじめシナリオで決められていたとすると、現実に大会が始まったあとは、撮影の班を作って、どこの会場に誰を行かせるかの割り振りをして、上がってきたラッシュを観る、そういうことの繰り返しだったわけですか。

市川 そうです。

沢木 その時、市川さんはどこにいらっしゃったんですか。

市川　僕が現場にいったのは、大松監督の女子バレーのソ連との決勝の時と、男子百メートルとマラソンの時ぐらいかな。あとは映画部の本部のあった赤坂離宮の近くの旅館でマージャンをしてました(笑)。いや、こうして無心にスタッフの帰りを待つ、これも重要な仕事でした。

沢木　そのバレーボールの時に、ご自分でどういうカットを回したか覚えてますか。

市川　一番印象に残ってるのは、いまの皇后の美智子さんが会場にいらっしゃっていて……。

沢木　日本チームが点を取れないので、「ああ〜」という表情を浮かべる、あのカットですね。

市川　あのカットと、それから点数の掲示板のカット。あとは大松監督。

沢木　あのカット、市川さんが回したんですか。

市川　日本が勝ったでしょ。それで僕がカメラ覗いたら、誰も大松監督のところへ寄っていかないんですよ。当然、選手の女の子たちがバーッと寄っていくもんだと思ってたんですけどね。その時、つくづく監督というのは孤独なもんだなあと思いましたよ。

沢木　どこの監督も(笑)。

市川　そう、どこの監督も(笑)。

沢木　あの大松監督のシーンはいいですよね。あの時の茫然《ぼうぜん》としたような表情、ほんとにいいですね。

『東京オリンピック』を象徴する百メートル走

沢木　先程、レニ・リーフェンシュタールの『民族の祭典』とは違う、自分なりのオリンピック映画を作りたかったんだとおっしゃいましたけれども、あれとは違うものをという時に、基本的な方針はどういうものだったんでしょうか。

市川　観念的にいえば、オリンピックというのは、選手だけじゃないんだ、そこにいる役員とか掃除する人だとか、それから観衆も含めて、全部がオリンピックだというような解釈をしたわけです。

沢木　確かに、これは四年に一度の平和の祭りで、その祭りを構成してるのは、選手だけじゃなくていろんな人たちがいる、そういう基本的な考え方で市川さんの『東京オリンピック』という映画はできていると思うんです。でも、少々、生意気なんですが、そういう考え方には、功罪、両方あったと僕は思うんです。

素晴らしいのは、オリンピックというものを全体として知覚でき、理解できることです。でもその結果、実は昨日も『東京オリンピック』のビデオをずうっと観ていたんですけど、競技というものが見えにくくなっているのではないかということがあるように思うんです。祭りの全体と、その時の雰囲気といったものがはっきり伝わってくる割に、人と人とが競ってるという感じが希薄になっている。

市川　それは、僕がそういうことを考えないでやってたからでしょうね。

沢木　というか、興味をあまりお持ちにならなかったんじゃないですか。

市川　興味がなかったというより、競技についての詳しい知識がないわけですから、たとえば陸上の百メートルなんかはフィルムとしての流れは摑《つか》めるけれど、一万メートルなんかになると何時間あっても表現しきれない、これをどうするかとか。それと組織委員会から全競技を余さず挿入し、それを三時間にまとめてほしいという注文があったりして。

沢木　というのは、至難の業ですよね。

市川　そこで、当初、スタッフに各競技にランクをつけてくれと頼んだんです。そうすると、やっぱり陸上競技などはランクが上になるんです。それに比べて自転車競技なんかCランクなんですが、ラッシュを観ると素晴らしいんですよ。それに、そういうマイナーな競技団体のほうが協力的で、カメラのいいポジションをくれるからいいものが撮れる。

沢木　たしかに自転車とかライフルとか、ランクをつければCランクかDランクかもしれませんね。だけど、市川さんはそれをかなり長く使っている。それがまた綺麗なんですね。ライフルのシーンでも、ぼやけていた標的が不意に焦点が合ってパッと見えてくる瞬間とか。市川さんはそういう映像としての美しさを重視しているように思えます。もし黒澤さんが撮っていたとしたら、競技というか、人間と人間が競い合うところに重点を置いて撮って、極端にいえば自転車なんかいくら綺麗でも捨てちゃうとか、そういうことはあったかもしれませんね。

市川　僕は逆に、別にクロさんを意識したわけじゃないけど、――確かにリーフェンシュタールは少し意識していましたけど――、競技ではスタート前とゴールの後を重視したんですよ。乱暴にいえば、あいだの競技はわかればいいんだ、いざとなったらスーパーでもいいと。

沢木　大胆な（笑）。

市川　スタートの前とゴールの後でいろんなことが撮れるんじゃないか、そこに選手の人間性が。

沢木　僕は『東京オリンピック』の象徴的な映像はやはり男子百メートルだと思うんですけど、とりわけ決勝に出場した選手たちがスタート前のスターティング・ブロックを思いつめたような表情で埋め込んでいるシーンが印象的です。

市川　僕も、スタート前にはこんなことするのかと感心したものだから、長々と編集して挿入した。

沢木　実は、今度の『オリンピア　ナチスの森で』の次に、百メートルという競技についてだけ書いた『オリンピア　時の壁』という本が出ることになっているんです。百メートルの歴史をずうっと追って行くんですけど、百メートルの走りをあのように撮った映像というのはそれ以前にはないんですね。スタート前から走り終わるまで、一人のランナー、ボブ・ヘイズを凝視しつづける。しかし、走り出してからもカメラはヘイズの顔をずうっと追ってるので、実はゴールした時には勝ったか負けたかわからない。というより、むしろ負けてる感じがするんです。

市川　ああ、なるほど。

沢木　だけど、引けば全体を撮れるわけですよね。競技としてはもっとわかりやすく。僕が想像するに、そういう映像はあったと思うんです。でも、市川さんは頬の筋肉の動きまでもがわかるほど寄った映像を使おうとした。象徴的なのは、ずうっと寄ったまま、ゴールを過ぎてもグラウンドを回っているヘイズを撮りつづけているところですね。

市川　終わりを大事に、というのがモットーでしたからね(笑)。

沢木　そこがほんとに象徴的で、普通の監督というか、スポーツの競技性を重視する人なら、寄ったところを一回撮っても、あとから引いたものを付け加えるか、あるいは先に全体を俯瞰《ふかん》してから寄ったものを入れるとかすると思うんですね。
　レニ・リーフェンシュタールも、ジェシー・オーエンスの出ている百メートルで、同じように寄ってるんですけれども、やはりレースとしては全体がわかるようにしている。でも市川さんは、競技はいい、とにかくヘイズだけ追っていけばいいと。あのシーンがやはり『東京オリンピック』を貫く象徴的なところだろうし、昨日もビデオを見直して、ああ、市川さんは競技性は捨ててもいいと判断したんだろうと思いましたね。

市川 そこまで確信があってやったわけじゃないけど、スタッフに前後をしっかり撮ってほしいと指示して、カメラもそのように配置したことは確かですね。

沢木 マラソンなんかでも、偶然撮れたのかもしれませんけど、アベベのあの有名なシーンもアップですね。

市川 あれはすばらしいショットです。アベベが最早《もはや》、芸術なんです。フィルムを一コマも残さず使ったと思います。

沢木 唾液が糸を引いて光りますよね、あれも美しいシーンです。

市川 とにかく、マラソンのラッシュ観て、こんなに人間的で、心を動かされるものかと思いました。それは競技を超えたものとして。途中でへたってる人とか、飲み物を何杯も何杯も飲んでる選手がいたり、座ってしまったり、どうしようかなんて顔したり、後ろに京王電車が走ったり、とてもいいんですよ、散文的で。

巻き起こった賛否両論

沢木 『東京オリンピック』ができあがった後、当時の国務大臣の河野一郎さんがご覧になって批判して、ドタバタの騒ぎになりますね。基本的に彼がいっていたのは、日本の選手の活躍の場所が少ない、それと競技がよくわからない、そんなことだったと思うんですけど、その批判に対してはどう思われました？

市川　河野さんがそう思われてもいいんじゃないかと思いましたよ。この映画の場合、劇映画とはちょっと違うけれども、映画というのはそういうものだと思ってましたから。オリンピックというものを映画として撮れば、これは賛否両論、初めからいっぱいあるよと夏十さんと話してましたから、予想通りきたなと思いましたね。

沢木　そのあとで、高峰秀子さんの仲介で河野さんとお会いになりますよね。

市川　ええ。その時の河野さんの批判というのは大変具体的なんですよ。たとえば、「俺の怒ったのは、馬術がちゃんと撮れてないからだ」って。

沢木　なるほど。河野さん、馬、好きだったから(笑)。

市川　もう一つは、マラソンのところで、なんであんなに走りにくそうな坂道をいっぱい映すんだと。あれは日本で一番走りやすいコースだというので俺が決めたんだって(笑)。

沢木　ハッハッハッ。

市川　あとは、「俺は映画を観ると必ず寝てしまうのに、それが最後まで寝なかった、だからよほど気に入らなかったんだろう」と(笑)。

沢木　意外ですね。河野さんがそんなにユーモアのある人だとは思わなかった。

市川　僕は映画が可哀そうだと思ったんですよ。映画そのものを論じられる前に、記録か芸術かなんてもめるのは困る。とにかく映画を観てくださいというのが僕の率直な気持ちですからね。それで、河野さんと直接会ったんです。

沢木　このあいだも、高峰さんがおっしゃってましたよ。だって市川崑に頼んだらああいう映画になるのは当たり前じゃないの、頼んだ人が市川さんの映画、一本も観ていなかったんじゃないの、って。市川さんの映画を一本でも観てたら、あんな問題は全然起きなかったのに、って。

市川 あの時、デコちゃんにはいろいろ援護射撃してもらって、ほんとに助かりました。

沢木 『東京オリンピック』を作るということは、監督としての市川さんにとってどういう意味があったんですか。

市川 意味というか、確かに勉強にはなりました。しかし、やってみて記録映画も劇映画も映画には変わりないというところに落ち着きましたけどね。

沢木 どうしてそういう結論になられたんでしょう。

市川 つまり、人生なり人間なりを見つめていくという作業には変わりないわけですよね。

沢木 『東京オリンピック』は市川さんに影響を与えなかったということなんでしょうか。

市川 でもね、こういうことはあるんです。いまでも映画を撮っていて、ふっと、『東京オリンピック』の時はああ撮ったからなあとか、ああいう作り方もあるなと記憶がよみがえったりはします。

沢木 これまで市川さんがお作りになった映画のうちで、記憶に残る十本という言い方をすれば、そのうちの一本にはなっていますか。

市川 そうですね。いろんなことがありましたから強く印象に残ってますけど、ただあれは全部僕がカメラを回してるわけじゃないんで、そこはどっかで全部回したかったなあという気持ちはありますね。

沢木 物理的には絶対に不可能ですけど、それは市川さんらしい思いのような気がしますね。

市川 でも、この仕事では、日本の映画人というのはすごいなあという体験を何度もしました。

沢木 それは？

市川　たとえば、閉会式ですよね。あれがあんなふうになるとは誰も予想していなかったでしょ。

沢木　選手入場では、日本の旗手を肩車にしたりして、ほんとにお祭り騒ぎでしたね。

市川　僕はそれを観て慌てましてね。事前に、何十台とカメラを配置して、誰はどこからどのように撮ると綿密に決めていたんです。ところが、最初からワイワイと大騒ぎになってしまったでしょ。撮る人たちが大恐慌をきたしているのではないかと心配で心配で。あとで、あの閉会式は感動的だったといわれるようになりますけど、僕は感動するどころじゃなくてね(笑)。

沢木　青くなってしまった(笑)。

市川　それで、カメラのところを走りまわって「撮ってるか」と聞くと「やってますよ」。後でラッシュを観ると、これがみんな見事に撮れている。あんな状況の中で臨機応変に対応して仕事をしている。素晴らしいショットがありすぎて、編集するのに困ったほどでした。

沢木　それもまた、感動的な話ですね。

市川　総監督としては、ただ茫然としていただけなのにね。

沢木　あそこには、当時の優れた映画人が多く結集していましたよね。だから、そういうことも可能だったと思うんですけど、いまだったらどうでしょう。

市川　そう、いまだったら……、いまでも、やってくれるでしょう。映画人というのは、やっぱり好きなんですよ、映画が。だから、いまでもなんとかしてしまうような気がしますね。

沢木　最後に、もし『東京オリンピック』に別のタイトルをつけるとすれば、どういうタイトルをつけたかを伺わせてください。

市川　抽象的テーマはさっき申し上げたんですけど、具体的なテーマとしては太陽ですね。

沢木　ああ、映画の中でも五回くらい出てきますね。

市川　もし『東京オリンピック』じゃなかったら、「太陽の〜」というタイトルはつけたかもわかりませんね。太陽はあまねく人間を照らしている生命の源、というところにテーマを置こうというので、太陽だけは別に林田重男さんという人に撮ってもらったんですよ。

沢木　なるほど、それで聖火が太陽に戻っていくというところで映画が終わるんですね。

知らないことをいっぱい伺うことができて、たいへん面白かったです。今日はどうもありがとうございました。

スポーツを書くということ

後藤正治
沢木耕太郎

ごとう　まさはる　一九四六年、京都府生まれ。ノンフィクション作家。

同じノンフィクションの書き手として、私は後藤さんが取り上げた対象と同じ人物を二人書くことになった。ひとりは登山家の山野井泰史であり、もうひとりはボクシング・トレーナーのエディ・タウンゼントである。

エディさんと私とは、ある時期、ある目的のためにもつれるように生きてきたという、因縁のある人物だった。

その時期のことは、私の『一瞬の夏』という作品に克明に記されているが、ひとりのボクサーを世界チャンピオンにするという企てには私も深く関わっていたということもあり、トレーナーだったエディさんともかなりギリギリのところでのやりとりをせざるをえなかった。

結果として、『一瞬の夏』では、エディさんの、やさしく陽気なトレーナーというだけではない姿を描き出すことになってしまったような気がする。

そして、時が経つにつれ、エディさんには何も報いることができないまま、つらい時間だけを過ごさせてしまった、という悔恨の念が強くなっていった。

だが、晩年、井岡弘樹を世界チャンピオンにすることで、エディさんは人生の最後の炎を燃やし尽くすことになる。そして、その時期のことを、後藤さんは『遠いリング』の冒頭で美しく書いてくださっていた。それを読んで、エディさんに何も報いることのできなかった私は、自分もまた救われるような気持になったものだった。

この対談は、一九九八年九月に刊行された「Ｎｕｍｂｅｒ」の『ベスト・セレクションⅢ』に収録された。

（沢木）

スポーツ・ノンフィクションとの邂逅

沢木　後藤さんのお仕事を拝見していますと、僕と後藤さんはほぼ似たような立場からスポーツを主題にノンフィクションを書いていると思うんですよ。だから今日は、ほとんどの話が「そうそう、そうなんだよな」っていうことになってしまうような気がして恐いんだけど(笑)。後藤さんが作品のなかで最初にスポーツをテーマとして取り上げたのは何なんですか。

後藤　ものを書く仕事をはじめてから数年はスポーツとはまったく無縁だったんですね。出発したころは、心臓移植だとか医学にかかわる仕事をメインにしていました。スポーツの世界は好きではあった。ただ、スポーツ・ノンフィクションを書くという志向はほとんどなくて、たまたま企画があって素材のひとつとして手がけはじめたというのが正直なところです。

沢木　そのいちばん最初の作品というと……。

後藤　タイガースにね、川藤幸三っていう選手がいたでしょう、代打の。彼のことをね、八七年に「文藝春秋ノンフィクション」に書いたのが最初だったですね。

沢木　そのときの後藤さんの意識でいうと、ちょっと気になる男がいたらそれがたまたまタイガースの川藤だったということなのか、それともどこかでスポーツについて、そろそろテーマとして取り上げてみようかと思ったのか、どっちだったんですか。

後藤　前者だったと思うんですよ。だからいまだにスポーツ・ノンフィクションを書いているという意識はあんまりなくて、取り組んでいるノンフィクションの一分野なんだということでしかないわけですが。

沢木　たとえば、今回のこの対談も、スポーツ新聞の記者とか、純然たるスポーツ・ライターとか、ゴルフとかサッカーを専門に書いているような人と後藤さんとが話をしてみると、その差異がはっきり見えてくるんでしょうが、僕もさまざまな対象を書いていくうちのひとつがたまたまスポーツだったといえるので、後藤さんとはかなり近いポジションにいると思う。

　僕のことはひとまずおくとして、後藤さんのなかでは、たとえば医学の分野、心臓移植なら心臓移植を書くことと、プロ野球の世界を書くということ、このふたつはどんな位置づけになっていますか？

後藤　「後藤正治」という名前で医学に関わることを書いていて、一方ではスポーツのことを書いている仕事がある。ある人に、別人だと思ってた、といわれたことがあるんですよ。

沢木　なるほど、同姓同名の別人だと(笑)。

後藤　外からみれば、ふたつの世界には大きな隔たりがあるのでしょうが、僕自身のなかではそのつど自分の内面に触れてきたものをテーマに据えたということでは共通してるんですね。それがたまたま心臓移植であったり、スポーツであったりした。スタートの段階でいえば動機はほとんど同じなんです。じゃあまったく同じものなのかといえばそうではなくて、医療について取材しているときは、これは書かねばならないテーマのはずだというある種のプレッシャーがつきまとっている。スポーツの場合はその種のものはなくて、相当軽やかな気分でいられるところはある(笑)。ただし、書く作業の段階になればこれは書くにたるものと思えるからやるんだということでは同じ地点に立っている。違っていて、また同じなんだといいましょうか……。そのあたりはいまだにうまく整理できていません。

沢木　でも、結果として、気がつくと自分の作品のなかに占めるスポーツ・ノンフィクションの割合が、意外や意外大きくなってしまったということなんですね。

後藤　振り返ってみればそうですね。量としてはかなりのものになっていますね。

なぜスポーツを書くのか

後藤　一口にスポーツを書くといっても、いろんなテーマと方法がありますよね。たとえば「スポーツ解析学」とでもいいましょうか、あるゲームのポイントに焦点を当てて、それを解剖するように詳細に分析するという手法がある。それはそれで十分興味深いのですが、僕自身が主に関心をもってきたのはその部分じゃなかった。じゃあどこなんだといえば、スポーツに生きる人は、二十代の後半でもう「老い」の問題に直面する。そういうテーマ性に僕の関心は重なっていったんだと思います。「生き急ぐ」人たちなわけであって、そこが好きというか、魅かれるんですね。これはあくまで私の場合はということですが、そのあたりを含め、なぜスポーツを書くかということを沢木さんに伺ってみたい。

沢木　たしかにスポーツを書くということにはいろいろな側面があるんだけど、それを強引にひとつの言葉に収斂《しゅうれん》させていくと「関係性」というところに行きつくんじゃないかと思うんですよ。たとえば敵と味方の関係性、あるいは味方と味方の関係性、あるいは一人の個人の来歴における過去の「彼」と現在の「彼」との関係性、あるいはボールを投げる人とバットを振る人との関係性、あるいはボール自体とバット自体の関係性、というようにね。基本的にスポーツっていうのはそうした無数の関係が交錯して成り立っているもんでしょう。だから、スポーツ・ライティングとは何かと問われれば、とりあえずその関係の軌跡みたいなものを見ていくことだと答えたいような気がするんです。でも、それは必ずしもスポーツだけに限らないはずで、あらゆる人間の事象が煎じ詰めればすべて関係の問題であるということになってしまうのかもしれないんですけど。

後藤　たしかに関係性ということから書き手は逃れられないですね。逆にその部分を浮き彫りにしなければ、作品が成立しないともいえる。そういう意味では、「優れたスポーツ・ノンフィクション」というものは存在しなくて、あるのは「優れたノンフィクション」かどうかだけだと思うんです。

沢木　ええ。

後藤　関係性ということでもうひとついえば、取材対象と書き手という関係性も出てきますね。

沢木　そう、それもある。だから、「スポーツ・ライティングとは関係を扱うものだ」と言ったときに、その描くべき関係をどこに見出していくかというのは、その書き手の個性によってずいぶん違ってくると思うんです。それが常に対象の過去に向かっていく人もいるだろうし、ライバルという関係、敵対する関係になにかを発見しようという人もいるでしょう。場合によっては、時間軸をもっと短くとって、たとえばボールとバットが衝突する瞬間の関係を切り取って拡大しようとする人もいるでしょう。そしてもちろん、書く対象と書く側の自分との関係を主軸に据えていく場合もある。

それはどれがいいということではなくて、書き手がどこの関係性に最も深く興味を持つかということによって、その書き手自身の姿が明らかになってしまうという気がします。それは「私」を

「私」と書かなくたって、ね。特にスポーツ・ノンフィクションというのは、その書き手の個性、もうちょっとぞんざいに言ってしまえば好みとでもいうものがダイレクトに出てくるジャンルだと思います。

後藤　そうなんでしょうね。同じひとつの試合を書くにしても、書き手がどの関係性を見詰《みつ》めているのかによってまるで違う作品になる。そもそもスタートからして、自分自身がそこにふと何か感じるからはじまるわけで、それはまるで個の出来事なわけですから。

沢木　それはもう、いやぁ面白い！　って、そこからスタートするわけですからね(笑)。面白いというところからちょっとずれて、いやぁ心が痛むっていうことでもいいし、うわぁ涙が出ちゃうってことでもいいんですが、自分を刺激するもの、してくれそうなもの、あるいはしてくれたものに対して反応することがすべての始まりですよね。

後藤　そこから取材らしきものが出発して、やがて取材というプロセスのなかで何を見出していくかになっていく。はじめるときには、何が見つけられるのか、あるいは見つけられないままに終わるのかわからないわけですが、これまでのところなんらかの手応えを得てこられた。だからスポーツ・ノンフィクションを続けてきたのかなというふうにも思うんです。

プロフェッショナルとアマチュアの狭間に

沢木　さっき後藤さんが「優れたスポーツ・ノンフィクションがあるのではなく、優れたノンフィクションがあるんだ」というふうにおっしゃった。僕も思わず「ええ」と言ってしまったんですが、そこをもう少し考えてみましょうか。

後藤　そうですね。

沢木　はじめにも出てきましたけれど、スポーツに関しては僕も後藤さんもすべてのジャンルにおいてアマチュアといっていい。いいですよね(笑)。僕たちは、野球にしてもボクシングにしても競馬にしても、プロにならないままそのジャンルに属する対象を書いている。けれども、一方には非常に専門化して三十年間プロ野球をずっと見てきた、なんていう人もいるわけです。そういう、いわばプロフェッショナルな人たちの側からは、そもそもスポーツ・ノンフィクションというようなものはなくて、ただノンフィクションとしての作品があるだけなんだ、という意見には異議があるかもしれない。そういう人には、プロである自分たちにしか書けないものがあるという自負もあるでしょう。つまり、そのことは、スポーツを書く人というのはプロフェッショナルでなくてはいけないのか、それともアマチュアのままでもいいのかという議論につながっていくような気がするんですね。後藤さん、アマチュアであることに別に痛痒《つうよう》は感じなかったでしょ(笑)。

後藤　そうね。ほとんど感じない。ただ、知識はあるに越したことはないですよね。スポーツ新聞のベテランの記者になれば、同じ世界を何十年も追っている、ある意味ではその世界を知りすぎちゃってる人がいますね。この前、タイガースの試合をもう三千試合見たという人に会ったんです。年間百三十試合として、二十年以上ですか。球団内部の人間関係であるとか、人脈であるとか、彼の知識と経験たるや、もう大変なもので……。だけど、ノンフィクションを書く立場からすれば、そういうところはまあいいんだと思ってきた。彼の知識の蓄積は半端じゃないし、敬意は表するのですが。

沢木　僕はボクシングの世界に少しは関わって、少しは取材をして知識を得た。だけどその知識っていうのもほんの少しだと思ってるわけですね。単純にいってしまえば、僕は実際にリングで殴り合いをしてKOされたことはない。こういう話をするとすぐに「じゃあ殺人をしたことがなければ殺人者のことを書けないのか」という議論になるんだけれど、実は「そうなんだ、自分が殺人をしたことがなければ本当に殺人者のことは書けないんだ」と僕は思ってるんです。殺したことがない奴には殺すということの本質的なものは理解できない。だけれども本質的には理解できない、わからないという地点からぎりぎりのところまで、可能な限り肉薄しようという意識を持ちつづけながら何かを書くことはできる。

たとえばプロのピッチャーが投げる百五十キロメートルのストレートの凄さって、生きるか死ぬかの実戦でバッターボックスに立ったことのない奴にはわからないと思うんです。で、このわかるわからないというレベルには三つあって、まずそういう経験があって本当にわかってるクラスがまずひとつある。次にその野球界なら野球界に非常に長くいるために、擬似的にわかるような感じになっているグループがひとつある。それから全然わからない僕らのような人間がいる。そこで百五十キロメートルのボールを打つ打たないという場面を描こうとするとき、この三者の差はどれぐらいなんだろうと考えるわけですね。

ひとつめの実際に体験してる人たちには敬意を表しますが、多くの場合表現者になっていないから残念ながら良いものを書くという基準からは外れる。二番目の、その世界に長くいたためにあらゆることを知っていると自分で思っている人と、三番目の、まったくアマチュアのままその世界に参入していった人との長所と欠点を考えあわせると、もちろん良し悪しはあるんだけど、自分は何も知らないということを前提に取材を始めていって、そこで深く知っていくというほうが良い場合が多いんじゃないかという気がしています。長くひとつの世界にいる人たちというのは、自分は何を知らないのかよくわかってないと思うんです。どこかで自分が百五十キロメートルの直球を打ったことがあるような気になっている。でも本質的なところでは何かが微妙に違っているはずなのに、その違っている部分にあまりにも無自覚なんじゃないでしょうか。

後藤 なるほどね。僕もそんなに自覚的に考えているわけじゃないんですが、百五十キロメートルのスピードボールを投げるピッチャーとかストイックな生活を送るボクサーなんかを、へんな言い方ですが、アプリオリに尊敬してるところがあるんですね。一個の人格として尊敬するという意味じゃ全然ないんだけど、なにか凄いことをやれる人たちだという畏敬《いけい》の念がある。たとえばね、子どもが野球場に行ったとき、球場の金網に顔をくっつけて口をぽかんと開けてグラウンドを見つめてる視線ってあるじゃないですか。

沢木 ええ。

後藤 ああいう視線がね、いまだ自分のなかのどこかに残っている。だから球場に行っても、試合前に先発投手がウォーミング・アップしながらブルペンで投げているところ、あれ見るの大好きなんですよ。こんな速い球よく打てるもんだとか思いながら……。

沢木 こんなのが当たったら痛いだろうなとか(笑)。

後藤 だから、現場に行っても、仕事をするという以前に、なにか子どもがわくわくしているような部分ですね、それを引き摺《ず》っている。スポーツ・ノンフィクションを書く上では、そういう視線を残存させていることは邪魔にはなっていないだろうと思っています。

沢木　プロフェッショナルな仕事としてやっていった場合、そういう部分がだんだんと消えていくんじゃないだろうか。もしかしたら永遠に消えていかない人もいるのかもしれないけど、少しずつは消えてしまいそうな気がするんだけど、どうだろう。

後藤　タイガースの試合を三千試合見てきたという記者にはそういう視線はないでしょうね。球場とはもはやルーティンの仕事をする場そのものであって、それ以外の場所ではない。彼に求められているのは冷静で的確な観察力であろうから、それでいいんだろうとは思いますが……。スポーツ新聞の記者とノンフィクションの書き手はそもそも似て非なる職種としてあるのかもしれない。

沢木　僕が近頃危惧しているのは、ある世界のことを知っちゃっていると思いこむことの危険性なんですよ。僕よりはもちろん知っているんだろうけど、ある一部分を知っているに過ぎないにもかかわらず、すべて理解できている、その世界を全部批評できると勘違いしてしまう人もいる。百五十キロメートルのボールを投げる人に対する畏れなんてどんどん希薄になってしまう。本来なら、ある試合を観たときに、彼がどうしてあんなプレイができたのか、どうしてあんなプレイをしてしまったのか、わかったつもりでいても、最後の最後のところでかすかな疑問が残るのが普通ですよね。それを自分は全部わかっているんだと考えてしまうと、それから先に広がっているはずの新鮮な領域にぶち当たることがなくなってしまうんじゃないかと思う。

後藤　われわれのやっていることは何なのかと考えると、要するに、自身が見たもの、耳にしたこと、感じたことを言葉で表現するということですね。しかも言葉を通して本質に迫りたいと。うまく言葉に置き換えられるときとそうでないときがあるんですが、これまで自分が感じたことを完璧に言葉に移し替えることができたと思えたことは一度もないですね。

沢木　よくわかります。
後藤　だから、まだ見切れていない、感じ切れていないと思うことからくる畏《おそ》れはずっと持ってきましたね。それはこれからもずっとそうなんでしょうが。

時間の制約、枚数の足枷

後藤　この『Sports Graphic Number　ベスト・セレクション』のシリーズを読むと、われわれよりもだいぶ下の世代の人たちがたくさんの仕事をされている。これは自分自身の問題でもあるんだけど、いまのスポーツ・ノンフィクションが――ノンフィクション一般といってもいいと思いますが――数多くの、またかなり良質の仕事を展開しながら、同時にある種の閉塞感を抱えている。まだなにか突破できないものがあるような気がして仕方がない。そうは感じられませんか。
沢木　それは、「長さ」ってことが大きいんじゃないですか。一編の長さ。この『ベスト・セレクション』も一編一編が短いでしょ。「Ｎｕｍｂｅｒ」だけじゃなく、一般的なノンフィクションを収容する総合雑誌にしても一編あたりの分量が極端に短くなってる。
後藤　そうですね。いわれてみれば大きな問題ですね。
沢木　僕がスポーツもひとつのノンフィクションの対象になり得ると気づいた時期に、アメリカのスポーツ・ノンフィクションっていうのはどんなものか調べたことがあるんです。で、へえー、こんなのありなんだ、と思ったのがソニー・リストンとフロイド・パターソンの闘いを描いた、ノーマン・メイラーの『一分間に一万語』。もちろん、それは大学時代に『大統領のための白書』の中の一編として読んでなかったわけじゃないんです。でも、そのときには、単にメイラーのエッセイのひとつとして、相変わらず饒舌《じょうぜつ》だなあ、というくらいの印象しか持たなかったんですね。ところが、自分が実際に書きはじめてから読み直してみると、すごい離れ業を演じていることがわかってきたんです。今日もちょっと読み返してきたんですけど、たった一試合、あっという間に終わってしまったその試合を四百字の原稿用紙にして百六十枚分も書いてるんですよ。まあどうでもいいような無駄なこともいっぱい書いてるんだけど、その部分もまた面白い。メイラーの強烈な思い込みがさまざまなものを吸い取ってしまう。アメリカにはこんなものもあるんだ、アメリカはこんなものも許容するんだと、強く印象に残りました。

それともうひとつは、ゲイ・タリーズの『The Overreachers』。これは後藤さんの短編集の『私だけの勲章』みたいな、ジョー・ディマジオもいればフランク・シナトラもいるというような、いろんな分野の人たちの人物論をまとめたものなんですが、それをアメリカの古本屋で手にしたとき、いちばん気になったのが一編がどれくらいの長さなんだろうということだったんです。で、えっちらおっちら自分で訳して原稿用紙に写してみた。すると、重要な短編はほぼ六、七十枚の長さになった。それで僕はやはりなあと思ったんです。というのは、そのころ僕はやがて『敗れざる者たち』という本としてまとまっていく短篇をいくつか書いていたんですが、それもやはり原稿用紙にして六、七十枚くらいの長さがあったからなんですね。雑誌に発表したものは四、五十枚という制約があったものもあったけど、それではどうしても落ち着きが悪い。そこで書き直してみると、やはり六、七十枚くらいになってしまう。ゲイ・タリーズにしても、僕にしても、いくら短編といっても、ある対象をカチッと書こうとすれば、やっぱりこれくらいの長さがどうしても必要なんだなあと深く納得したことがあって、それが僕のなかにしっかりインプットされてしまっているんですね。だから、書くならそのくらいの長さはどうしてもほしいと思ってしまう。

後藤　僕の実感でもひとつの作品としてのノンフィクションというなら六、七十枚は欲しいですね。雑誌の立場に立てば、速報性との関係もあるし、そんなに時間をかけられないし枚数も割けないということなんでしょうが。書き手の立場からいうなら、長さと同じ意味になるんでしょうが、取材相手との関係性を煮詰めていくプロセス、そのなかで「彼」を了解するとでも言うかな、そういう時間帯が必要であって、その中でまたゴロッと発見できるものがあるように思えるんです。そういう時間って必要ですよね。

沢木　そう思います。

後藤　時間をかけて相手を「了解」したい。でも、それは何もかも丸ごと知りたいということとはちょっと違っている。矛盾するようですが、「こいつとこれ以上つきあったらやばいな」とふと思う瞬間がある。たとえば、相手の女房に会えば、彼のことをより知ることはできるだろうと思う。だけど、これまで取材対象の家族に会うことにはわりあい禁欲的であったと思います。会ったことがないとはいいませんが。

沢木　へえー、それはどうしてですか。

後藤　楽屋裏は、誰だって見たいじゃないですか。覗き趣味ってのがあるから。でも僕はそこは禁欲的でありたいと思ってきた。ノンフィクションとはなにかという問題にかかわってくるんですが、結局、自分は何を書こうとしているのか。そう問うたときに、要するに表舞台を描くことが目的であると。そうであるならば……。

沢木　そのへんは、後藤さん独特の好み……ダンディズムみたいなものなんでしょうね。だから、たとえば『遠いリング』に出てくる選手の母親に会う場面でも、そこはさらっとしてますもんね。

後藤　『遠いリング』を書くなかでエディ・タウンゼントさんの最晩年を目撃したわけですが、沢木さんは『一瞬の夏』の際、エディさんとはずっと深くつきあってた。でも、エディさんの夫人にも娘さんたちにもついに会ってないよね。

沢木　うん。あれを書いた時点では会ってない。

後藤　おそらく沢木さんには彼女たちと会う必要がなかったと思うんだ。

沢木　それはあの金子ジムという空間ですべてが完結してたからなんだろうな。僕とカシアス内藤と僕の友人とエディさん。この四人が何かやっているという相互の関係性、それこそが主役だった。いま考えると、どうしてエディさんからエディさん自身の話をもっと聞こうとしなかったのか不思議だもんね。もしそれが重要な意味を持つならば、僕は奥さんにもお嬢さんにも会っただろうと思う、後藤さんとは違ってね。でも、あのときは四人の関係がねじれたり、切れそうになったりというう、その変化を生きることが大事だったんでしょうね。

後藤　そのあたりのことはすごく伝わってきますね。沢木さんは四人の関係性を書くことが主役だったといったけれども、何を書くのか、何を書きたいかということがわかれば仕事は半分以上済んでいる。『遠いリング』についていえば、これはあるボクシング・ジムの青春群像を書いたものですが、こういう形にしようと思ったのは、ジムに通い出してから何カ月も経ってからなんですね。はじめは井岡弘樹だけを書こうと思っていたんですから。

沢木　そういう豪奢《ごうしゃ》な無駄を許容することがいまのジャーナリズムには必要なんでしょうね。ノンフィクションに閉塞感を覚えるという話がさっき出たけれど、長いものを書く場がいまぜんぜんないということがやはり最大の問題だと思いますね。ある程度の長さがなければ時間において無駄をすることもできなければ、書き方に悩むことすらできないもの。「Ｎｕｍｂｅｒ」にしてもしだいに速報性ということと無縁ではいられなくなって、書き手も無駄をしたり悩んだりしている暇《ひま》が与えられなくなってしまった。

後藤　ボブ・グリーンがマイケル・ジョーダンのことを書いた『リバウンド』っていう本がありますね。ジョーダンはシカゴ・ブルスをやめてプロ野球の世界に行くんだけど、うまくいかなくてブルズに復帰する。その一年間、彼に関する洪水のようなニュース記事が流れた。だけど、グリーンは、重要なのはだれもうかがい知ることのできないジョーダンの内面に光を当てることなんだと書いている。僕自身はまさにそういう方向しか興味がわかないんだけど、需要が大きいのは速報性というのを含めた、記事としての、あるいはニュースとしてのスポーツ・ノンフィクションなんでしょうね。

沢木　でも、裏切るようですが(笑)、その速報性を要する仕事というのに僕もまったく関心がないわけじゃないんですよ。この二月の長野オリンピックのときでしたけど、毎日競技を見て、その日のうちに原稿を書いて送ってというのをスポーツニッポン紙上で十五日間続けてみたんです。そういうのはもう二度とやる機会はないだろうから、体が動かなくなったりする前に一度やっておこうと思って(笑)。ワアーっと書いて、パアーっと送って、それはそれですごく楽しいんですよ、スポーツやってるみたいな充実感があって。ところが、大会が終わってみると、あらかた消えているんですね。僕の中では書くことで完結してしまったらしいんです。短期間でスパッと書くことにも快感はあるんだけど、そのテーマを熟成させていくという点においては限界があるような気がする。
ところが、六月から七月にかけてフランスのワールドカップを見に行って、スイスとフランスに五十日近くいたんだけど原稿は一行も書いてないんです。書かなければならないという義務がなかったんでね。で、書かないでいるとどうなるかというと、ワールドカップが消えないんですよ。自分なりに作り上げた像がずっと残り続けているんです。もちろんその像はどんどん変形されてどんどん不正確なものになっていくんだろうけど、少なくとも消えていかないし、終わらない。実にいろいろなことを考え続けられるんです。フランスでのことは最後まで書かないかもしれないけど、あれはどういうことだったんだろうか、とか、書くとすればどういう書き方が可能なんだろうか、とか、何カ月も考えられる。不思議ですよね。

後藤 すごくわかりますね。似たような話になるかどうか、井岡弘樹という青年がいて、彼が十八歳のときから付き合っているから、かれこれ十二年ですか。十八歳から十九歳の時代、世界チャンピオンになって、輝いた短い時間があった。それからつらい時期を送っていくわけだけど、その期間のことを今後書くことはおそらくないだろうと思う。ただ、付き合ってきたということは決して無駄ではなくて、この期間においてこそたくさんのことをもらってきたというか、そんな気がするんですよ。

ノンフィクションを書く際、おおむね速報性を免除されていますから、ボクシングの試合を書くにしても、試合と書く時期のタイムラグがかなりある。何カ月とか、極端にいえば何年とか。いわば網膜に残っている残像を言葉に移し換える作業をおこなうわけですが、その像というのはかなりの部分、自分が恣意的に切り取っているものなんですね。「事実」と食い違っている場合もある。

具体的にいうと、あるボクサーの試合で、僕の記憶ではボクサーはボディーへのフックで相手を倒したと思い込んでいた。だけど、改めてビデオで見ると顔面へのストレートで倒している。網膜に残っている残像は、事実でいえば間違っているんだけど、これはどういうことなんだろうと思うんですよ。

沢木　日本に帰ってきて、ワールドカップの映像を見てみたんですが、やっぱりこれがスタジアムで見たものと全然印象が違う。接戦と思えていた試合がワンサイド・ゲームだったり、本当に意外なものが多かった。しかしその違いは肉眼と映像のあいだにあるだけじゃなくて、映像と映像のあいだにもあるんです。映像には国際映像とNHKが撮った映像とがあって、このふたつによっても同じ試合がまったく違うものに見えるんですよ。たとえばカメラの位置によって、一方では非常に際どいシュートに感じられたものが、もう一方ではなんということもないシュートだったりする。だから映像だって全能ではないんだから、たとえ自分の見たものと違っていても自分の見えたように書いてもいいんだ、と言いたいけど、実際に映像を見てしまうとそうもいかない（笑）。なんらかの修正をしなければならない状況はどうしてもありますね。

でも、なぜそこに像のずれが生まれたのか。自分の像はこうだった、だけどビデオを見ると実際は違うらしい。なぜか。それだけでも充分にひとつのテーマになると僕は思いますね。

後藤　なるほど。

沢木　そのずれが生まれた理由を徹底的に考えるというのもひとつの方法でしょう。スポーツ・ライティングってものはどんどん多様化していて、いろんな人たちがいろんな書き方をしているうちに許容できる範囲っていうのは大きくなっていると思うんですよ。

たとえば、時間の処理の仕方ひとつにしても、僕なんかは、比較的整然としたものが好きなもんだから、できるだけ直線的に流れるように構成することが多いし、カットバック的な手法を使うにしても時系列をきれいに整理して書いていきたいというところがある。一方、後藤さんが『遠いリング』でおやりになっていたように、単純に時系列を追うのではなく、いくつかの章の時間軸が少しずつダブりながら、全体で三年ぐらいの歳月が流れていくという方法だってある。

時間のことだけじゃなくて、語り口や扱う対象といったものも、以前と比べれば格段に広がってきている。でも、それが逆に、若い人たちにとっては枷《かせ》になっているということはあるかもしれません。手法にしても、語り口にしても、多くのものはすでに試されてしまっていて、自分たちが新たに発見していく余地がなくなってしまったというような、ね。しかし、僕はまだまだあると思うんですよ。若い人じゃなくては見出せないものが必ずあるはずですよ。

人生の陰影を描きたい

後藤　去年の秋にね、ある雑誌の取材でジャイアンツの松井秀喜に会う機会があって、二時間くらい話をしたんです。彼は非常に明晰《めいせき》で、質問にもユーモアを交えて答えてくれて、おおいに好感をもちました。問答としても悪くなかったと思う。でも打ち明けるのは恥ずかしいけれども、結局彼に何を聞きたかったのか。帰りがけに考えても、ついにわからないという気分が残った。対照的だったのは江夏豊に会ったときで、聞きたいと思うこと、しかも心から知りたいと思うことが泉のように湧いて出てきて……。こりゃ何なんでしょうね(笑)。

沢木　うーん、すごくぞんざいに言ってしまうとふたつの要素があると思う。
　まず江夏という人に対しては、彼の関係性の複雑さ――物語性というふうに表現してもいいんだろうけど――を僕らは確実に認識していて、頂上をきわめた瞬間であるとか、再生のドラマであるとか、天才の孤独であるとか、現役を退くときのこととか、いろいろな要素を引き出すことができる。いま現在、頂《いただき》に近い松井の場合には、そういう物語の構造がシンプルだから、なかなか陰影のある言葉は引き出しづらいんじゃないか。それがひとつ。
　もうひとつには年齢、世代の問題。僕が二十代のころ、同世代の人にはとにかく会いたかった。会いたいっていうだけで、もうすでに何か見つけているんだよね。未知の世界で二十代のうちに有名になった人たちを取材しても、聞きたいことはそれこそ山ほどあった。「若くして有名になるのはどんな気分なの」なんてことを僕も若かったからそのときは聞きたかった。いまはぜんぜん聞きたくない、そんなことは。やっぱりある世代の人間を書くには、同じ世代の人間が取り組んだほうがいいんじゃないか。僕には、松井のことは松井くらいの年代の人が書くべきなんだと思えるんですよ。
後藤　沢木さん、アトランタ・オリンピックに行っておられましたよね。
沢木　ええ。
後藤　そのときの日記を「Ｎｕｍｂｅｒ」にお書きになってたけど、文中に、十代の若い水泳選手たちに、俺、何を聞いたらいいのかよくわからん、という趣旨の一節があったと記憶してるんです。
沢木　それは正確にはこういう文章でしたね。
《レースが終わると、記者席にいた日本のジャーナリストは、インタヴューをするため階下のミックス・ゾーンに走っていった。／しかし、私は席に座ったままだった。青山が十四歳、鹿島が十六歳。彼女たちからどんな言葉を聞いたらいいというのだろう》

これは、女子の百メートル・バタフライの決勝で、メダルを期待されていた鹿島瞳と青山綾里が四位と六位に沈んでしまったレースを見たあとの感想です。

後藤 僕のほうは有森裕子のレースだけを見たいと思ってアトランタに行ったわけですが、彼女だって年齢は二十代後半で、僕とは随分《ずいぶん》と齢は離れてる。だけど、彼女が直面していたところの、「老い」の問題を含めたいかに生きるべきかという人生のテーマは、僕自身のテーマと確かに触れ合っていたように思えて、そこでは世代のことはバリアーにはならなかった。だから、年齢云々ということよりもやはり関係性ということに戻ってくるように思うんですよ。

沢木 確かに、有森さんに対しての感想は僕も同じです。ただ彼女の場合は四年前のバルセロナ・オリンピックのときのことがあり、その後の故障のことがあり、アトランタの代表の選考経過のことがありと、さまざまなところで関係性が捩《ね》じれたり広がったり引っ張られたりして、こちらの琴線《きんせん》に引っ掛かる部分がたくさんあってね、僕も彼女にならば訊ねたいことはたくさんあったような気がする。ということは、有森さんがすごいスピードで人生を生きてしまった結果でもあるんでしょうね。彼女は同世代をあっという間に追い越して齢を取ってしまったのかもしれない。

でも、僕は松井に対して平坦な物語しか発見できないかもしれないけれど、その同世代のライターがある種の熱い気持ちを持って向かっていけば、僕たちに発見できない物語を苦もなく見つけちゃうと思うんです。だからある時代のヒーロー、ヒロインには、その時代の書き手が真っ当な関わり方で遭遇《そうぐう》するってことが双方に必要だし、それがいちばん幸せなことなんですよ。

後藤　そこでもう一度、書き手一人ひとりの固有の問題に帰っていくんでしょうね。僕の場合、スポーツ・ノンフィクションというものを通して何をやってきたのか、何をしたかったのかと問われれば、煎じ詰めれば、スポーツを素材にして「人生」を書きたいということだったと思う。もちろんこれはひとつの視点であって、他のテーマ性はいっぱいあるだろうし、他の書き手の人たちにどんどんやってもらいたい。違うタイプのスポーツ・ノンフィクションを読むのも好きですから。

ただ、書き手はそれぞれにテーマ性を持つべきであって、私の場合はこれなんです、ということです。そういう意味で、いま絶頂期を迎えている選手たちというのは、いわば「人生」はそれ以降にはじまるわけであって、そんなに会いたいとは思わない。

沢木　それはつまり後藤さんが人生と思う人生を持っていない、ということですね(笑)。

後藤　まさにそうだと思う(笑)。だから松井の側に問題があるんじゃなくて、それはこちら側の問題です。

沢木　現時点の松井からまったく違う人生を見つける能力を持つ人もいるかもしれない。

後藤　そう。そこに書き手の能力がかかっている。

こじ開けるしかない

沢木　ぜんぜん話は飛ぶんですけどね、突然若い人から手紙とか電話とかでスポーツ・ライターあるいはノンフィクション・ライターになりたいんだけど相談に乗ってくれ、なんて連絡がきたりしませんか。

後藤　何度かありましたね。でも本質的なサポートってできないですよね。沢木さんもエッセイでお書きになってたけど、技術ではなく、自分が何を感じ、何を発見しようとしているのか。その出発以前の部分にこそノンフィクションの生命線があって、それはまた伝達不可能であるわけですから。

沢木　判断がむずかしいんですよね。無責任に頑張りなさいと言うわけにもいかないし、無理だからやめておきなさいとも言えない。力を持っているかもしれないし、まったく持っていないかもしれない。それじゃあ、お前はどうだったんだと言われると、ただただ運が良かったとしか言いようがないところがあって、彼らにもそんな運がついてまわるのだろうかと思ってしまう。それに、僕自身は書く上で鈍くさいほどの努力をしたような気もする。そんなことが彼らにできるだろうか、などとも思う。

　面白い話があるんです。かなり厳しい勝負の世界に生きてる将棋とか囲碁とかの棋士などにふたつの質問をする。「あなたは生まれ変わったら何になりたいですか」、「あなたの息子が同じ世界に入りたいと言ったらイエスといいますか」。ほとんどの人が同じ答えなんですね。自分は生まれ変わってもこの世界に入りたい、将棋なら将棋をやりたい、でも息子には絶対やらせたくない。自分はある種の幸運とある種の才能とある種の努力でなんとかやってきたけれども、子どもにはこの苦しさ、大変さには耐えられないだろう、でも自分には耐えられる、ということなんでしょうね。この感じ、僕にはよくわかるんです。極論すればノンフィクションなんて書こうと思えば誰でも書ける。だけど持続してやっていくためには幸運と努力ってのが絶対に必要じゃないですか。そんなことのできる人が、それほどたくさんいるとも思えない。だから相談されても口ごもるより仕方がない。仕方がないんで、最近はそのままほうっておくようになりました。

後藤　僕はわりと若い人には優しいのかなあ(笑)。なんか自分の若いときの面影《おもかげ》をふっと見るようなこと、あるじゃないですか。自分も昔、まわりの人にとんちんかんなこと言って迷惑をかけてきたという意識があるから、できることはさせてもらうという気持ちはある。知ってる編集者を紹介するとか。

沢木　なるほど、後藤さんは優しい(笑)。

後藤　でも、結局は助けることなんてできないんですよね、実はあらゆる仕事がそうなんでしょうけど、自分でなんとか切り開いていくしかない。

沢木　でも若い大学生ぐらいだと、毎日好きなスポーツを見て原稿を書くって暮らし、やっぱりいいなと思うんだろうね。アメリカではスポーツ・ライターの地位が高くて仕事としてとっても人気があるんだけど、そういう状況が日本にも少し浸透してきてるのかな。ノンフィクションを書きたいという層よりスポーツを見たいから書きたいって人たちのほうが数は多いかもしれない。

後藤　いま、ある新聞のスポーツ・コラムを担当していて、そのお陰で運動記者クラブのバッジを貰《もら》ってるんですよ。これはすごい特権で、そのバッジがあれば野球でもボクシングでもサッカーでも、どこの会場でもただで入れちゃう。選手たちとも接触ができる。で、あるとき、スポーツ新聞の記者たちに、いま球場の入場料っていくらですかと聞いたことがある。そうすると、だれも正確には知らないんです。ボクシングにしたってチケット、すごく高いでしょう。普通、試合場の近くにいるダフ屋から買うわけだけど、その値段を含めて記者たちは知らないと思う。バッジがあるとすごく便利だけれども、これに慣れて鈍感になるとこわいなと思いましたね。

沢木　そういうＩＤカードとか取材章の問題なんかもあって、何のコネクションもない普通の人が、スポーツ・ライティングの世界にいきなり参入するというのは難しいだろうなぁとは思うけど、それをどうにかこうにかこじ開けて入っていけたら、それは凄いものができあがるんじゃないのかな。僕にも具体的にどうすればいいのかわからないけど(笑)、その方法は自分で独自に見つけるよりしようがないんじゃないかな、途方に暮れつつ。

後藤　一面識もない人にね、会ってほしい、取材させてくれっていうときにしても、こう逡巡《しゅんじゅん》しながら佇《たたず》んでいるような時間ですね、実存的なものがありますよね(笑)。

沢木　いいんですよ、そういう瞬間っていうのは(笑)。

後藤　なんというか、心の震えというか、臆病とたたかう克己心《こっきしん》というか。そういう時間を一人で引き受けることはきっとないよりあったほうがいい。

沢木　まったく知らない人とコンタクトをとるときに「なんて言われるんだろうなぁ」「いやだなぁ」とかね、実際に会う前に「うまくいくかなぁ」なんて考えてる瞬間は相当悪くないですよね。

方法をめぐる漂流

後藤　沢木さんがここ何年かずっと格闘してこられたノンフィクションの「方法」ということ、最後にこれについて少しお話ししませんか。

沢木　ええ。

後藤　同業者の一人としていえば、この問題を沢木さん一人に負わせてきたという気持ちがいまあるんですよ。僕の場合は当初、ノンフィクションの「方法」ということはほとんど問題意識にのぼらなかった。書きたいと思えることが自然に目の前にあって、単純にそれをやるんだということであったように思うんです。いわばノンフィクションなるものがはじめからあって、ノンフィクションとは何ぞやというテーマは切実なものとしてはなかったわけです。ところが、この作業をやっていくなかでいやおうなしに、俺のやっていることはそもそも何ぞやと思うときが増えてきた(笑)。そのなかで、「方法」とか「素材」とか「文体」ということを意識せざるを得なくなってきた。で、いままでやってきた仕事をその部分でなんとか超えたいと思いつつ、そう簡単には突破させてくれない。

沢木 僕が「方法」というものに関して右往左往してきたことについては、たとえば後藤さんの仕事に対する態度と僕のそれとの違いを考えることが必要だと思うんです。後藤さんのノンフィクションには、その推進力・エネルギー源として社会的義務感というか使命感、あるいはそれに近いものがおありなような気がしているんですが。

後藤 うーん、確かに僕の出発点を振り返ると、社会にかかわってやるべきことがある、やらねばならないという意識は、微《かす》かなものではあるが、あったと思いますね。

沢木 だけど、僕には最初からそういう義務感、使命感というのはまるでなかった。何の目的意識もないままに、ノンフィクションを書くという作業に遭遇してしまった。これ、高校生がラグビー部じゃなくてたまたま陸上部に入っちゃったとか、その程度のレベルなんですね(笑)。だから、この仕事を持続させていくエネルギーがどうしても不足してくる。たとえばボクシングに関して言えば、『一瞬の夏』でカシアス内藤を書いた後に、仮に辰吉丈一郎のことを書いてくれといわれても、もちろん彼は魅力的なんだろうけどあまり書きたいとは思えない。それはカシアス内藤に対する仁義ということもあるけど、それだけじゃなくて方法的に新しいものが見つけられない限り、同じことを繰り返すのはいやだという感じがあるんですよね。新しい対象と出会うことは常に刺激的ではあるんだけど、それだけでは持続できないんですね。

で、書くことをゲームにたとえれば、どういうゲームを構築するか、そのゲームをどのように自分の満足のいくように仕立てるか、そしてどのようにそのゲームを全うできるかを考えることが非常に重要だった時期があったんです。そのとき、対象が相手チーム、方法が戦略、タクティクスということになるでしょうかね。もちろん、重要なのは何を書くかであってどう書くかは問題ではないという言い方もあって、それはその通りなんだろうけど、僕はどう書くのかということが長く切実な問題でありつづけていましたね。しかし、現在は、少し違う地点に足を踏み入れているような気もするんですが……。

後藤　僕がさっきいった社会的義務感みたいなものは、歳月のなかでだんだん希薄になっていったわけです。建て前として、社会にとって大事といわれてるもの、そのなかには嘘もあれば欺瞞《ぎまん》もある。そういう匂いをかぎつつ、社会的義務感と自分自身が本当に感じているものとの乖離《かいり》感を知覚していった時期がある。その時期とスポーツ・ノンフィクションをやりはじめた時期が重なっているんです。スポーツって毒にも薬にもならないという言い方をすれば、それはもうその通りじゃないですか。

沢木　何でもないんですよね。もう吹けば飛ぶような。

後藤　だから逆説的に、ほんとうに大事なことはどうでもいいといわれてきた世界にあるんじゃないのか。大事なことというのは、結局個々の人間における生き方であって、それはスポーツの世界にもあるだろう、と。それはあとになって整理した理屈でもあるんですが、ともあれ、そのあたりで、沢木さんの問題意識と似たものが遠回りして湧いてきたように思えるのです。ずいぶん違うところから出発しているので逆にすとんと腑《ふ》に落ちる部分もあるような……。

沢木　僕がやってきた作業の多くは、対象と自分との距離をどのように測定するか、そこでどんな関係性を見つけていくかということに尽きるんです。後藤さんも最近は特に、取材対象との距離の取り方、その空間への入り方・出て行き方、そこでの身の潜め方、存在の消し方なんてところを、かなり意識してお仕事されているな、と思って見ています。

でもね、後藤さんにはやっぱり社会性とでもいうものが、うっすらと付着してると思うんですよ。例をあげれば、僕が盛りを過ぎた人に向ける関心と、後藤さんが真っ盛りではない人に向ける興味というのは、イコールのように見えて実は微妙に違っているような気がしますしね。

後藤　そうね、きっとそうでしょうね。

沢木　後藤さんは、盛りを過ぎた人への視線にしても、盛りの過ぎ方にある種の社会性を見据えていらっしゃるように思うんです。社会のなかでの彼、彼女の盛りの過ぎ方というような……。そういう薄い皮膜みたいなものが少し残っている。もちろんそれは残っていて悪いという性格のものではない。僕の場合は、そういうものを排除していったところでその人物を捉え、理解していこうとしている。社会性とでもいうべきものを取り入れれば膨らみは出るのかもしれないけど、あえて殺《そ》いでしまう。このへんに後藤さんと僕に微妙な違いがあると思います。

後藤　いわば形而上学的なことに思いをやりつつも、一方でいいなぁと思えることは、ほんのちょっとした小さな話なんですね。『ベスト・セレクション』のⅡ巻でも、阿部珠樹さんが、テッド・ウイリアムズがシーズン四割を記録したときのことをお書きになっている。最終戦がダブルヘッダーで、この日休めば四割を維持できる。でもそれじゃ意味がないというんで彼は出場して、八打数六安打を記録する。これは有名な話かもしれないけれども、僕はこの作品ではじめて知りました。結局、自分が動かされるというのは、こういう小さな人生の機微《きび》のようなものなんですね。

沢木　自分で取材に動くときの最初のきっかけというのは、そういう挿話《そうわ》のかけらなんですよね。でもそのかけらがそのまま残ってるということは少なくて、変化して思いもよらない形になっていたりする。でもぜんぜん予期してないところからまったく別の宝石が出てきたりすると、それが次の取材のエネルギーになりますね。

後藤　「テーマを探すことはできない」って言葉、沢木さんがエッセイのなかに書いていたけど、ほんとにそうだよね。出会うしかないんですね。

沢木　そう、ほんとにそうだね。で、自分が宝石だと思えるものを掘り出して、それがすごく心に響いてくれれば、原稿として書く。読んだ人もまた宝石だと感じてくれれば、それが書き手にとっての幸福ということなんでしょうね。

後藤　いま、思うのは、おそらく「方法」というのも探すことはできない、「方法」もまた出会うしかないということなんです。沢木さんがここ何年か抱えている問題は、いつか何かに出会うなかで超えていくのだろうと思う。あるいはすでに超えつつあるのかもしれない。それは僕の問題でもあって、こちらも少しでも突破していきたいなぁって思ってます。

沢木　僕はこうしてあっちこっち頭をぶつけながら「方法、方法」と念仏のように唱えながら右往左往してるんだけど(笑)、その前にどういうテーマで書けばいいのかもわからないと血眼《ちまなこ》になって右往左往してる若い人もいるかもしれない。でも、たぶん、それもある日偶然見つかるものなんだろうな。だけど右往左往している時間がなければぶつかることもないと思うんだ。

後藤　そうですね。無駄をしないと出会うことさえできない。

沢木　だから、どのように無駄をすることができるかにかかっているというようなところがあるんだと思う。なかなか大変だけど、無駄なことをどれだけできるかが書き手にとっては大事なんでしょうね。もしかしたら、そのことは、書き手だけじゃなくて、ものを作り出そうとする人すべてについていえるような気がする。

後藤　そういう理解をしてもいいのなら、無駄と寄り道ばかりの人生もまんざら捨てたものではなかったのかも、と(笑)。

海があって、人がいて

白石康次郎
沢木耕太郎

しらいし　こうじろう　一九六七年、神奈川県生まれ。海洋冒険家。

白石さんと話すと、どうしても多田雄幸さんのことから離れられなくなる。

個人タクシーの運転手であり、ヨットマンだった多田さんは、私にとっても特別な存在だった。「オケラのタァーさん」として誰からも愛された多田さんは、何をやっても許してもらえる不思議な人物だった。そして、私にとっては、名声や栄達を望まず、山の麓で遊ぶことの上手な人の生ける見本だった。

しかし、ある時期まで私も知らなかったが、若いときから精神的な病を抱えており、それが大きなレースでの失敗の過程で高じてしまい、自死への道に突き進んでしまった。

家庭を持たず、妻子のいなかった多田さんにとって、人生の最後に近くに得た「弟子」の白石さんは、何にも代えがたい存在だったと思う。

白石さんは、多田さんの「弟子」として懸命に尽くしてくれ、同時に多くのものを学んでくれた。

だが、多田さんを反面教師として、三十代で結婚した。そして、ヨットマンとしては、「多田さんの弟子」という説明が必要がなくなる存在までになった。

そして、二〇二〇年の秋には、単独無寄港世界一周レースとしては最高峰の「ヴァンデ・グローブ」に、万全のバックアップ態勢を得て二度目の挑戦をすることになっている。きっと泉下の多田さんも喜んでいることだろう。

この対談は「ポカラ」の一九九九年秋号と二〇〇〇年冬号に分載された。（沢木）

弟子入り志願

白石　沢木さんって全部で何冊くらいの本を書いているんですか？

沢木　作品の数だけでいえば二十もないんじゃないかな。三十年近く仕事をしてきてその数だから、一年に一作も出せていないことになるね、残念だけど。

白石　沢木さんが二十代の頃に取材して堀江謙一さんについて書いた文章、僕、読んだことがあります。

沢木　たぶんそれは『若き実力者たち』という、僕の最初の本に載っていたんだと思う。二十三、四の頃のものだね。

白石　そうです、そうです。あれはとても面白かった。

沢木　ありがとう。でも、僕の話はいいんです(笑)。

白石　どうしてです？

沢木　今日は、白石さんのことを重点的にうかがうつもりで来たもんでね。だから、あまり僕には気をつかわなくていいんです(笑)。

白石　わかりました(笑)。

沢木　僕が白石さんの名前を知ったのは、やはり多田雄幸《ゆうこう》さんのお弟子さんとしてなんですね。でも、ヨットマンに「弟子」というのも奇妙なものだけど(笑)。

白石　そうなんです。

沢木 そもそも、どういういきさつで多田さんの「弟子」なんかになっちゃったの。なっちゃったの、という言い方もぞんざいだけど（笑）。

白石 初めて多田さんと会ったのは僕がまだ高校生のときで……。

沢木 三崎水産高校？

白石 そうです。

沢木 そもそも……また、そもそも、になっちゃうんだけど（笑）、そもそも、どうして水産高校に入ることになったの？

白石 そもそも（笑）……僕は、母親が小学校一年のときに死んじゃって、父親とおばあちゃんに育てられたんですよ。

沢木 病気かなにかで亡くなったの？

白石 交通事故でした。だから、みんなで一緒に家族旅行っていうのは一度たりともなかったんですね。友達が家族そろっていろいろなところに行くのに、僕は夏休みになってもどこにも行けないんですよ。当時は家族で外国に行くなんていうのは珍しかったけど、そういうのがとてもうらやましくて仕方がなかった。その頃、『兼高かおる世界の旅』っていう番組を日曜日の朝にやってましてね。

沢木 やってたなあ、ＴＢＳでね。白石さんもあれを見てたんですか。

白石 そう、それを毎週見ては、いつか日本を脱出してやろうと思ってました。親父も狭い日本にいる必要なんかないって感じでね。何といってもこっちは次男坊だし（笑）。それで船乗りになろうと水産高校に入ったんです（笑）。

沢木 なんかひどく単純なような気がするけど（笑）。

白石 それで水産高校に入って、ヨットという手段を見つけたんですね。

沢木 クラブ活動かなにかで？

白石 舟艇部《せんていぶ》。でも、そのうちに、ひとりで世界征服してやろうくらいの気分になってきましてね。海が俺を呼んでるなんて言って、みんなに笑われてましたけど(笑)。

沢木 そのときの海が呼んでるっていうのは、ヨットで世界一周してみようというイメージで言ってたの？

白石 高校三年生のときにはもう、ヨットでひとりで必ず世界一周してみせると言ってましたね。周りはみんな「口だけオオカミ」だなんて言ってましたけど、俺は必ずやってのけると。

沢木 その頃から世界一周の夢はあったんですね。

白石 その夢にもうひとつ拍車がかかったのは、水産高校でしたから、高校三年の四月から七月まで初めて外洋航海するんですよ。それがまた感動的だったんですね。

沢木 どこなの、外洋って。

白石 ハワイの南をずっと行って、マグロを五十トン捕ったらハワイに行けるんですよ。全部で三カ月かかったんですよね。二カ月半かけてマグロ船で毎日漁をして、初めて吸い込まれそうな真っ青な海を見て、船酔いの苦しさを体験して、でっかいカジキマグロが上がってくるのを見て……ほんとに、感動したなあ。で、漁が終わってハワイに着くと、そこは初めての外国でしょ。憧れに憧れていた。日本に帰ってきて、絶対ヨットで世界一周してみせると思ったんですね。

沢木 でも、そのとき、水産高校の生徒ということでいうと、卒業してどこか就職するという方向性は当然あるわけでしょ？　それは全然考えなかったの？

白石　いや、そういう方向は確かにありました。でも、どうやったらヨットで世界一周できるかな、ということのほうが重要でね。一、二カ月くらいあれこれ悩みました。というのは、ヨットで世界一周といったって、教科書があるわけではないし、要するに手段がないわけですよ。そこで僕が何をやったかというと、本を読んだんですね。植村直己さんの本とか堀江謙一さんの本とか。ちょうどそのとき、多田さんの『オケラ五世優勝す』が出たんです。

沢木　そうか、あの頃のことなんだね。

白石　世界一周するための手段として、ヨットクルーの募集に応募するとか、いろいろ考えたんですけど、どれもあんまりピンとこなかったんです。ところが、多田さんの本を読んだら、個人タクシーの運転手が、何もないところから自分たちで船を造って、世界一周のレースに出て優勝しちゃったと書いてあるじゃないですか。おまけに、堀江さんなんかと違って東京に住んでいるというんで、この人に会えさえすればなんとかなるっていうんで、住んでいた鎌倉からバッと東京駅に行って、電話帳調べて……。

沢木　多田さん、電話帳に載ってた?

白石　載ってました。それに載ってなかったら今の僕はないです。

沢木　職業別に載ってたの?

白石　いや、五十音順の。今でも覚えてますよ。ダッーっと開いて見ていったらあったんですよ、多田雄幸って。で、電話をかけて……電話も面白かったんですよ。夜、十何回かけたんですよ。

沢木　ちょっと待って。要するにこういうことかな。東京駅に行って電話帳で調べてそこで電話したけど、最初は通じなかった……。

白石　いや、最初から電話は家でかけようと思って。

沢木　じゃあ、電話番号だけ東京で調べたわけ？

白石　そうそう、東京じゃないと電話帳に載ってないから(笑)。

沢木　一〇四番で調べればもっと簡単だったような気もするけど、まあいいや(笑)。

白石　それで家に帰ってきて、十何回かなあ、電話したんだけど全然かかんないんですよ。後で聞いたらタクシーの運転手だからなんですけど。当時、僕は勉強を夜中にやってたんですよ。それで、あまりかからないんで、この番号はほんとに多田さんのなんだろうかと疑いながら、朝五時くらいに電話をかけたんですよ。

沢木　朝の五時(笑)。

白石　そしたらね、多田さん出られたんですよ。僕はまさか出ると思わないからびっくりして、「私、三崎水産高校の白石と申しますが、本を読んで感動したんで、ぜひ一度お目にかかりたい」と。朝五時でね、そしたら多田さん「ああ、わかったわかった。そいだったらおめえさんいついつ来なせーよ」とこういう態度だったんですよ、怒りもしないで。

沢木　仕事を終えたばかりで起きてたんだろうな、おそらく。

白石　起きてたんですよ。でも僕は事情を知らないからびっくりして、すごい人だなあと思って。で、言われたその日にお酒を二本持って世田谷のアパートに行ったんですよ。

沢木　なぜ酒って考えたの？

白石　いや、お酒が好きって書いてあったから。一番安いね、ダルマを買ったんですよ。

沢木　サントリー・オールドは一番安くはないけれど、とにかくそれを二本持っていったわけね。

白石　そうそう、二本。それで門を叩《たた》いて……。
沢木　だけど、十八歳の子にしてはちょっと世慣れた感じがするよね。
白石　そうですか？
沢木　もし、僕が高校三年生だったとして、土産《みやげ》なんて気がついたかな。
白石　でも、初めて訪ねる相手にそれ以外どうしていいかわからないじゃないですか。何か変かなあ。
沢木　変じゃないけど、十八歳くらいの男の子だったらお土産なんか持っていかないかもしれないよ。
白石　そういうことって、親父が厳しかったですからね。
沢木　礼儀作法みたいなことが？
白石　ええ。
沢木　そこのところは白石さんの特質にかかわってくるような気がするけど、とにかく、サントリー・オールド二本持って、祖師ヶ谷大蔵のあの汚いアパートを訪ねたわけだよね。
白石　それで、多田さんに、どうしても世界一周したいんで、どうかヨットに乗せてくれ、弟子にしてくれって頼んだんですよ。
沢木　弟子という言葉を使ったの？
白石　いや、それは多田さんがほかの人に弟子が来たって言ってたんです。僕は弟子入りっていうよりも、とにかくヨットに乗っけてくれって言ったの。とにかく世界一周したいんで、どんなことでもするから一緒にヨットに乗っけてくださいと。弟子という言葉は使わなかったけど、あとで多田さんが言うようになった。
沢木　それを受け入れちゃったわけね白石さんも。

白石　そう、そしてそのとき、斎藤茂夫さんてヨットを造る方がおられて。

沢木　斎藤さんもいたの、そこに？

白石　ええ、斎藤さんは「オケラ」を造った人ですよね。

沢木　そうですよね。で、そのときほかにどんな話をしたの？

白石　あまりよく思い出せないんです。少し舞い上がっていたのかなあ。僕としてはすごい人たちと一緒にいると思ってるでしょ。相手は世界一周した人だし。

沢木　本も出してるし、テレビにも出てるしね。

白石　そうそう、でも多田さんのすごいところは、「いやあ、僕が世界一周できたのはここにいる斎藤さんのおかげで」とか、とにかく斎藤さんのこと褒めるだけなんですよ。僕にはそれがとても印象に残っていますね。自分のことをあーだ、こーだ言うんじゃなくて。そういう態度で一日ずーっと接してくれてたんですよ。そして最後に今度いついつみんなでヨットに乗るからその日に来なさいと。

沢木　そのときヨットを係留《けいりゅう》してたのは清水？

白石　ええ。そこで、僕は清水に行ったんですよ。そしたら多田さんが盛んに僕のことを吹いてたらしいんですよ。「あ、お前か多田雄幸のところにきた変な若者は」みたいな。

沢木　多田さんは嬉しかったんだろうね、そんな変なのが来たのは初めてのことだったろうし(笑)。そのときのクルージングでは、基本的に船を操作したのは多田さんだったの？

白石　みんなでしたね。あの人は飲んでるの好きだから、ほとんど操作しないですね。

沢木　で、白石さんはそのときどうしてたの？

白石　モジモジしつつ積極的に（笑）。とにかくロープ片づけたりとか、そのへんは水産高校舟艇部でやってるんで。パッパッと、てきぱきやってましたね。下積みのようなことを。

沢木　それをいとわなかったわけね。

白石　いとわなかったですね。

沢木　そうか、そうか。じゃあ、多田さんと初めて会ったときに、世界一周するということはもう言ってあったわけですね。

白石　言いました、世界一周したいと。

沢木　世界一周というのは、多田さんの死後に出てきたものだと思ってたから、白石さんにとってそんなに重要なものだとは知らなかった。

白石　とにかく僕は世界一周したかったんです。

最高の教育者

沢木　多田さんとはどれくらいの期間一緒に乗ってたの？

白石　十八歳から二十四歳までだから、六年か七年ですね。

沢木　そうすると、その間多田さんがヨットに乗るときにはほとんど一緒に乗ってたの？

白石　いや、その後、僕は進学をしたんですよ。水産高校に専攻課程というのが二年間あって、船のもっと上の免許が取れるんですね。で、一生懸命勉強して二十歳のときに卒業したんです。だからそれまでは主に鎌倉の自宅にいて、多田さんとべったりっていうことはなかったですね。ときどき呼び出されて行ってはお酒のつまみ作って帰るという連続で、ヨットなんか全然やんない。

沢木 そうだったの？

白石 それにまた新宿のゴールデン街にしょっちゅう呼び出すんですよ。

沢木 あの、北極で会ったとかいう馴染みのママがいるバーでしょ。

白石 そうそう。僕の好奇心は爆発しそうでしたよ。こんなひし形の窓にぽっと明かりがついてて、この向こうには何があるんだろうみたいな(笑)。

沢木 そう頻繁ではなかったにしても、けっこう濃密だったんだね。

白石 あの頃はものすごく面白かったです。多田さんとふたりでよく飲みにいっては僕が多田さんのタクシーを運転してね。個人タクシーって便利なんですよね、どこでも停めておけるから。

沢木 それにしてもオンボロのタクシーだったなあ(笑)。

白石 前のはまだ古いクラウンでね。

沢木 あれ買い替えたの？

白石 買い替えたんです、セドリックに。それがおかしいんだけど、新しいセドリックに一年くらい乗ってて、あるときふっと料金メーターの下を見ると、ラジカセらしきものがついてたんですって。おもむろにテープを差し込んだら、これが鳴り出した。一年間その車にラジカセついてることに気がつかなかった(笑)。「康ちゃん、俺のタクシーってラジカセがついてるんだよ」って(笑)。

沢木 だけど、知らない人が多田さんのタクシー乗ったら驚くだろうなあ。昔のオンボロのやつしか僕は知らないけど、これでよく人を乗せるよと思うくらいひどかったでしょ、あれ。

白石 ほんとにひどかった。前のは初期型クラウンでしたから。最高に面白かったですね、多田さんといると。

沢木　いつも勝手に恋して、勝手に失恋して、それで誰にもいやがられなかった。

白石　これは言っていいかどうかわからないんだけど、多田さんが失恋したことがあったでしょ。

沢木　どの失恋(笑)。

白石　大失恋。

沢木　ああ、あの大失恋。

白石　そのあとで言われたのは、「康ちゃんの言葉が結構支えになった」って。

沢木　何て言ったの。

白石　「女性はひとりだけじゃないですから、いっぱいいますから」って。

沢木　ハッハッハッ。

白石　面白いのは、その頃の多田さんは五十五、六歳ですね。僕は十九か二十歳ですよね。そのふたりで、いっつも女性のこととか話すわけですよ。多田さんは独身でしょ。僕もその頃は女性なんかと付き合ったことないから、延々と結論の出ない話をするんですよ(笑)。どうなんでしょーねー、こーじゃないんかねーなんて、お互いよくわかんないから。

沢木　そりゃおかしいなあ、横でぜひ聞いてみたかったよ(笑)。

白石　けどね、多田さんは僕と話していて、昔のことはほとんど言わなかったですね。いつも先の、夢のようなことばかりで。あるとき、世界一周が終わったら、北極点行こうって言い出して、「北極点には氷が張ってるじゃないですか」って言ったら、「馬鹿おまえ、あそこは氷が動いてるんだぞ」って。「どのくらいで行けますかね」って言うと、「二年もあれば行くだろう」って本気で言ってるんですよ。

沢木 そりゃあ、行くだろうけど(笑)。

白石 多田さんは自分の手では世界一周させてくれなかったけど、それにつながるいろんな人に会わせてくれましたね。植村さんの奥さんの公子さんもそうだったし……。

沢木 亡くなった「Ｎｕｍｂｅｒ」の設楽さんもそうだったしねえ。

白石 そうです。

沢木 あと野田知佑さんも会ったんでしょ。

白石 そう、多田さんのヨットで設楽さんと野田さんと大島まで航海したときのことは、野田さんの『のんびり行こうぜ』って本にも載ってます。ほんとにいろんな人を紹介してもらいましたね。

沢木 じゃあ、航海そのものはそんなに頻度は多くはなかった。

白石 多くはないですね。だっていつも飲んでるんですもん。ただ一回、たまたまふたりで飲んでたんですね。「康ちゃん、風がいいからヨット出そうか」って、そのときにバァーッと海に出たんですよね。そこでも相変わらず酒飲んでて。多田さんのすごいところは、「康ちゃん全部やれや」って、基本的には全部僕にさせるんですよ。普通だったらこんな素人に任せないじゃないですか。でね、僕がちょっとしたミスを犯したんですよ。そうしたら多田さんは酒を置いてバババッと走ってきて、バババッとリカバーして、また座ってスーッと酒飲んでるの。カッチョイイーんですよ。

沢木 確かにそれはカッコいいね。

白石 あの余裕と判断力。僕は多田さんと一緒に乗っててすごいなと思ったのは、決して驚くような速い操船《そうせん》ではないんですね。多田さんの腕のいいところは、多田さんがいてくれると安心できるというところにあるんだと思うんです。

沢木　それはすごいことだね。

白石　車でも速いけど危なっかしいという運転手もいますよね。多田さんの場合は、多田さんがいるだけで安心するんですよ。なぜかはわからないけど、そういうふうに感じさせるんですよ。

沢木　多田さんは白石さんが来てくれて、当然喜んだよね。弟子ができたって無邪気に喜んでいたから。で、多田さんの生き方を見ていて、白石さんはどう思っていたの？

白石　うーん、楽しかったですね。

沢木　楽しかった。とにかく一緒にいると楽しかったんだね。

白石　うん、多田さんは僕にどなったこともないですし、怒ったこともないですしね。それだけでもすごいでしょ。それなのに僕のほうはヨットのことに口を出すんですよ。この若造が、世界一周を制覇《せいは》した人に。「ここ、こういうふうにしたほうがいいんじゃないでしょうかね」とか。それを言うとね、普通だと何を生意気なってなるんだけど、多田さんは「あ、康ちゃん、それいいね」って僕の意見をちゃんと取り入れてくれるわけですよ。だから多田さんといると楽しかったですね。

沢木　きっと多田さんの考え方や行動のすべてがよかったとは言えないと思うんだけど、少なくとも白石さんに対しては教育者として抜群の教育を施したね。

白石　そうですね。僕、水産高校で徹底的に厳しくやられたんですけれども、多田さんは大変なことを楽しくやるってことを教えてくれましたね。

沢木　ただどうなんだろう。多田さんは白石さんにすばらしい教育を施したけど、でもその前段階で水産高校での基本的な厳しい教育がなかったらどうだったんだろう。

白石　ああ、それはね、とっても危険だったと思う。僕はね、両方あってよかったと思いますよ。多田さんは自分の感覚で生きている人ですから、下積みのデータというのがないんですね。だからあれだけ独創的なことができるんであって、それで最後にああいう船を造ってしまったんですけどね。

沢木　白石さんにとって多田さんはすばらしい先生だったけど、白石さんも多田さんにとって理想的な生徒だったのかもしれないな。

白石　感覚的で、枠にとらわれないで……多田さんは、要するにフーテンの寅さんと一緒なんですよ。

沢木　結構近くにいる人は迷惑してるわけだからね(笑)。

白石　そうそう、ほんとそう。親戚一同大変な迷惑だから、ほんとに寅さんみたいな話。

沢木　そうですね。ただ僕、多田さんがある意味では実家のお兄さんに迷惑かけてきたとかいうことを含めて、ほんとに寅さん的な存在だってことはよくわかってたんだけど、白石さんに対する対応の仕方を聞いてると、やっぱりひとりの人間に対してすごい教育を施したと思うね。

白石　あ、僕もね、あの人が教育者だったら最高だと思いますよ。

沢木　僕にも先生というべき存在がひとりいてね。

白石　文章かなんかのですか。

沢木　いや、本当の先生、学校のね。大学のゼミナールの教官だったんだけど、その人が僕にとっては白石さんにとっての多田さんみたいな人だったかもしれないな。

白石　どんなふうに、ですか。

沢木　その先生というのは、神奈川県の知事だった長洲一二《かずじ》っていう人なんだけど、以前は大学の教師をしてたんだよね。

白石　そうなんですか。

沢木　僕は経済学部だったんで、二年生のときにゼミナールというのを選ばなければならなかったんだね。そこで、長洲さんのゼミを選んだんだけど、希望者が多くて、作文を出せというの。僕はものすごく頑張ってその作文を提出したんだけど、落ちちゃったんだよ。すごく頭にきてね、あの作文でどうしたら落とせるんだって（笑）。

白石　けっこう傲慢ですね（笑）。

沢木　まったく（笑）。俺は別に長洲ゼミじゃなくたっていいけど、あの作文のどこがいけなかったか理由だけは知りたい。そう思って長洲さんと会おうとしたんだけど、なかなか会えない。そこで自宅の電話番号を調べて電話したんだね。

白石　僕と同じじゃないですか（笑）。

沢木　そうそう（笑）。そうしたら奥さんが出られて、明日の朝なら必ずいるからうちにいらっしゃいと言うの。で、訪ねていった。

白石　まったく同じじゃないですか（笑）。

沢木　でも、ダルマは持っていかなかった（笑）。

白石　そこで先生になんて言ったんですか。

沢木　別に長洲ゼミなんか入りたくないけど、落とした理由を教えてほしい。

白石　すごいですね。

沢木　我ながらいやなガキだね（笑）。でも、先生はいやな顔もしないでこう説明してくれたんだね。確かに作文を書かせたが、あれによって合否の判定をしたのではない。どれだけ本気で入ろうとしているかを確かめただけで、中身はまったく読まなかった。それじゃあ、どんなふうに合否を決めたかというと、自分のゼミを落とされた人が、第二志望のゼミにも入れないなどということがないように、希望者が多いところを第二志望としている人を自分のゼミに入れ、少ないゼミを第二志望としている人を落としたんだって。僕はとても希望者の少ないゼミを第二志望にしてたのね。それで理由はわかった。あの作文を読んで判断したんじゃなければ、素直に第二志望のゼミに行こう。そう思っていると、先生が、「でも、どんな理由であれ、君を私のゼミに入れなかったのは間違いでした」と言うわけ。僕が驚いていると、続けて「私のゼミに入ってくれますか?」って言うんだね。ゼミに入ってもいいよ、でもなく、ゼミに入れてあげよう、でもなく、ゼミに入ってくれますか、って。

白石　なんかすごいですね。

沢木　それで長洲ゼミに入ることになったんだけど、先生は最初から最後まで僕にまったく自由にさせてくれてね。僕はずいぶんわがままなことを言ったりやったりしたんだけど、だめと言われたことも怒られたこともない。

白石　それって、ほんとに多田さんと同じですね。

沢木　ただ一度だけノーと言われたことがある。

白石　どういうことだったんですか。

沢木　僕は大学卒業後は丸の内に本社のある企業に入社することになっていたんだけど、どうしても就職する気になれなくて入社したその日に辞めてしまったのね(笑)。そうしたら先生から研究室に来て話でもしないかって電話がかかってきた。訪ねていくと、辞めた理由をまったく訊かないで、これからどうするつもりなのかと心配してくれてね。僕が、大学院にでも行こうかなんて言うと、意外にも「君には向いていないと思う」って。それが初めてのノーだったんだけど、「君は学者の世界の徒弟修業には向いていない。もっと自由な世界が向いている」って。そのとき、ふっと思いついたように先生が何か書いてみないかって言ってくれたんだよね。僕は僕で、何の気なしに「ルポルタージュなら書けそうです」っていうと、すぐに出版社の人を紹介してくれて、それがすべての始まりとなったわけ。白石さんが多田さんに会っていなかったらと思うのと同じように、僕も長洲先生に会わなかったらかなり違う人生を歩んでいたと思うな。

白石　よく似てますね。

沢木　僕にとっては、もちろん、出版社の人を紹介してもらったことも大きかったけど、いちばんすごいことだったのは、初めて会ったときに、僕のことを認めてくれたことだったと思うんだ。まだ十九か二十で、自分がどんな人間かよくわかっていないときに、ひとりの大人として遇《ぐう》してくれたような気がしたんだね。白石さんも多田さんの世界に入っていったときに、大人の世界に入りつつあるという気がしなかった?

白石　大人の世界に入っていく意識は、感じなかったです。感じなかったというより、そんな難しいことは思いませんでした。ただ、多田さんに会って初めて「この人にはかなわないなぁ」と、悔しくもなく自然に負けを認めました。その頃の僕は、精神的にかなりつっぱっていましたよ。クラブでもまじめに漕《こ》がないやつを許せなかった。「何でもっと一生懸命漕がないんだ!」と、自分の努力と同じレベルを相手にも要求した。とにかく、「がんばればできないことなど世の中にないんだ」と。皆が何と言おうと、「俺は必ず世界一周してみせる!」、燃えに燃えてましたよ。そんなとき、世界一周レース優勝セーラー多田雄幸に会って、完全に気が抜けました。僕の殺気に近かった「気」が、多田さんの「春風の如し」にはとうてい太刀打《たちう》ちできなかったのかな。悔しくもなく、完敗でした。そして、その負け心地ですら愉快でした。

多田雄幸という人

沢木　多田さんのあの明るさと優しさのかげには鬱病というものがあったわけだけど、多田さんが病気で苦しんでらっしゃるところは、あなたは知ってるの？

白石　二回見ました。

沢木　二回っていうと、いつといつのこと？

白石　えーと、これも面白い体験なんですけど二十歳で専攻科を卒業するときに僕も迷ったんですよ、就職するかどうしようか。

沢木　迷うよなあ。

白石　そうなんですよ。簡単に世界一周なんてできそうもないし、学校から就職口もきて、どうしようかって。僕ね、ほんと多田さんに電話かけたんですよ。多田さんそろそろ就職シーズンなんですけどって。そう言ったら、そのときは多田さんが絶好調なときで、「お前本当に世界一周する気あるのか」と。ありますって言ったら、「本当に世界一周する気があるんだったら就職なんてする必要ない。俺についてこい」と多田雄幸は言いやがったんですよ。

沢木　言いやがったんですか(笑)。まさに絶好調だったんだね。

白石 こっちは人生を賭けた話をしているんですよ。でも、多田さんはけっこう簡単にそう言ったみたいなんですよ(笑)。僕は「わかりました」と言って、学校に就職断りに行ったの。いっさい就職しないと。それで、仕事もしないのに家でぶらぶらしているのはいやだったから、家を出ると宣言して多田さんのアパートに行ったんですよ。

沢木 あの汚くて、狭い部屋に(笑)。

白石 今でもよく覚えてるんですけど、「多田さん、僕全部捨ててきたからお願いします」って言ったら、返ってきた言葉がね、「康ちゃん、俺はもうだめだよ、今から就職してくんないか」って。

沢木 ハッハッハッ。

白石 多田雄幸はそういうことを言いやがった(笑)。

沢木 そいつは困ったね。

白石 困ったなんてもんじゃありませんよ。

沢木 多田さんは落ち込んでたの?

白石 寝てましたよ、フトンにくるまって。もう完全な鬱状態。

沢木 それじゃあ諦めるより仕方がない。

白石 だから僕、いろいろ料理を作りましたもん。「食べなきゃだめですよ」みたいなことで。

沢木 で、君はどうすることにしたの。

白石 仕方がないから、僕は斎藤茂夫さんが仙台でヨットを造るというんで、多田さんが元気になるまでヨット造りの勉強してきますって、一緒に仙台に行ったんですよ。

沢木 なるほど。

白石　あちこち住み込みで、斎藤さんについて二年くらい働きましたよ。
沢木　そんなに長く？
白石　住み込みの極意ってあるんですよ。
沢木　どういうの？
白石　まず、第一条件は奥さんを味方につけること。これはものすごく大切。お皿洗い、ゴミ出しを積極的に手伝うのね。家というのは常に奥さんがいるものなんで、その奥さん側に自分の居場所を確保するんです。
沢木　なるほどね。
白石　奥さんについたほうが便利なんですよ。子供がいれば最高で、子供の面倒、幼稚園の送り迎えをやる。そうすると、いつまでもいなさいよって。
沢木　それだけやってくれたら、ウチにもそんな青年ひとり欲しいって奴がいるんじゃないかね(笑)。
白石　でしょー。これくらいやらなければ、住み込みはできないんですよ(笑)。
沢木　でも、そうした日々が何かの目的に向かっている過程だって考えられた？　何かつまんないことやってんじゃないか、と思ったりしなかった？
白石　不安は不安でしたよ。これでほんとに世界一周できるのかって。
沢木　思うよなあ。このまま終わっちゃうんじゃないかとか思うよね。
白石　それはもう、毎日思いましたよ。友達はみんな大学生になってて楽しいみたいだし。
沢木　俺はただの住み込みだし……。
白石　でもね、そうやって、二年くらいしたら多田さんが復活したんですよ。ある日僕のところを訪ねてきて、お前ちょっと荷物まとめてタクシーに乗れって。その通りにしたら池田さんっていう清水の造船所の親方の所に連れていかれて、「今日からお前、ここに住んで働け」って言うんですよ。

沢木 おおー(笑)。師匠風を吹かして。

白石 奴隷じゃないんだからと思って(笑)。「今日からここに住め」って言われて、それでほんとに住んで、そこで「オケラ八世」を造ったの。

沢木 それであの多田さんにとっての最後のレースに突入していっちゃうのか。

白石 そうなんです。

沢木 あの船は多田さんが設計したんだよね。

白石 多田さんはそのとき、またまた絶好調になっていたんですね。躁ですごかったでしょ。あのときに多田さんが引いた図面は確かにいい図面だったけど、理にかなってないの。数値の根拠がないわけですよ。造船所に構造の先生が来られて、見てくれるって言ってくれたんだけど、多田さんはいいよいいよいいよって全部断っちゃった。

沢木 僕には知識がないんだけれども、彼が引いた図面はいい図面だったの?

白石 いい図面です。デザイン、ラインは非常にいいんだけれども、問題はキールですよね。この程度でいけるだろうって大ざっぱにやってしまった。僕的にはウーンと思ってましたね。僕はエンジニア出身ですからね。

沢木 だけどそのときには、そこに問題があるってことはわからなかったの?

白石 いや、僕は不安でしたよ。

沢木 たとえば軽すぎるとか。

白石　そう、ちゃんと計算してやるべきじゃないかとか。けど多田さんがいいわいいわって言っちゃうと、誰も言えないんですよ、それ以上。

沢木　その当時はね、きっと。もうちょっと前だったら状況が違ってたんだろうけど、そのときの多田さんにはそういう力があったもんね。

白石　そうです。だって世界一周を達成してるの多田さんしかいないんですから。誰も言えないわけですよ。多田さんが乗るんだしね。

沢木　だけど、清水からアメリカに出発するのを見送りにいったとき、植村公子さんも言ってたし、設楽さんも言ったけれども、僕も何かあの船おかしいよねって感じがしてならなかった。

白石　おかしかったんですよ。

沢木　何にも知識がないのに、何か変だよねって、帰りがけずっとみんなで言ってたんだけど。それはなぜ僕たちそう思ったんだろう。直感的に感じたのかな。

白石　そうでしょうね。多田さんがあのときいつも言ってたのは、「康ちゃん、何もかもうまくいっちゃうんだよ」って。それが躁だとは気がつきませんでしたよ。でもお金もすぐ集まるし、前のときとは比べものにならないくらい全部が、全部がうまくいったんですね。ほんとにものすごく上機嫌でしたから。

沢木　慎重な人だったらそのときにうまくいきすぎて怖いって思うんだろうけど、思わなかったのね、怖いとは。

白石　そうそう、そうだと思います。それともうひとつ「俺は優勝なんていいんだ」ってよく言ってたじゃないですか。

沢木　言ってたね。

白石　ほんとに意識してない人は、あんなこと言いませんよ。自分を抑えるのに必死だったんじゃないですか。

沢木　勝てるって思っちゃったんだろうね。

白石　思ってたでしょうね。だから周りには、俺はそんなに意識しないんだって言ってたと思うんですよね。じゃないと、あんな船造りませんもん。

沢木　それは要するに非常にスピードを重視したっていうことなわけ？

白石　マストの長さを少しおさえたっていうのはありますけども、そんなゆっくりの安全第一の船とはとてもじゃないけど言えないですね。

沢木　楽しむための船ってわけではなかったのね。

白石　はい。前回優勝っていうのがやっぱりあったんじゃないでしょうかね。

沢木　のんびり行けば優勝できるという感じではなかったのかな。第一回の「BOC世界一周単独ヨットレース」より、その二回目のレースのほうが激しいものだったの？

白石　いや、そうでもない。前回のほうが激しかったと思いますよ。クラス優勝をした『オケラ五世優勝す』を読むとね、前回は多田さんも結構すごいことやってるんです。

沢木　あ、そう。のんびりやってて偶然優勝しちゃったという感じじゃない？

白石　かなりね、走らせてます、船を。たいしたもんです。

沢木　あ、そうなのか。

白石　第三レグであれだけ南に下がったのは多田さんが世界で初めてですよ。みんな恐れて上にあがったんですけども、多田さんは六十何度まで下がったんです。みんなびっくりしたことなんですよね。だからこそ優勝できたんですけども。前回はハングリーって面でも、すごいハングリーだったと思うし。

沢木　最後のレースがうまくいかなかったのは、ひとつには年齢のこともあったのかな。それは関係ない？

白石　いや、年齢のこともやっぱりあったんじゃないですか。思ったより身体が動かないとか。前回は五十三ですよね。今回は六十だったんで、たぶん航海中にいろいろあったんじゃないですか、特にリタイアーする前の第二レグで。

沢木　そこで何度か転覆するよね。ノックダウンというのかな。それには船の構造の問題もあったんだね。

白石　不安定だったんですよ。後に、多田さんが亡くなって、僕が船を日本に回航してくるとき、オーストラリアで計測したんですよ。コンピューター計測。そこであの船がいかに欠点があるかっていうことが……。

沢木　わかったの？

白石　僕も見てびっくりしたぐらい。要するにね、ヨットというのはひっくり返っても復元する力があるんだけど、あの船はひっくり返った状態で安定しちゃうんです。

沢木　それは恐ろしいね。

白石　これでよくやったよっていう、逆にすごいですよね、南氷洋を乗り切ったんですから。

沢木　でも、第二レグを終えて、シドニーに入ってきたときには、もう鬱の状態になっていたわけでしょ。

白石　ええ、シドニーでは多田さんの親戚の家にいたんですけど、すごい鬱でした。そこに訪ねていくと、多田さん、部屋で座って壁向いているんですよ、一日中。それで「康ちゃんごめんね」って毎回謝るんです。

沢木　スポンサーのこととかが、やはり重圧としてあったのかな。

白石　あったんでしょうね。日本に帰ったらマスコミにボコボコに叩かれると思い込んでいましたしね。

沢木　そんなことないのにね。

白石　でも、多田さん、医者に連れてって、一日だけ治ったんですよ。薬でね、たった一日でしたけど。薬飲んだ翌日、訪ねていったら、多田さん飯喰ってるんですよ。「康ちゃん俺元気になった」って。いったんはレースからリタイアすることに決めてあったんですけど、そんときまた出るからって食料リストを寄こして買っておいてくれって。僕もうれしかったですね。でも、その翌日にはもうだめでした。

沢木　抗鬱剤を飲み続けても、二日とか三日とかもたなかったのね。

白石　もたなかったんでしょうね。あれはすごい印象的だったな。一日だけ元の多田さんに戻りました。

沢木　白石さんは日本に先に戻ったんだよね。

白石　そうなんです。スポンサーとのこととか日本でいろいろ処理しなくてはいけないことがあったんで、多田さんを残してきちゃったんです。

沢木　シドニーには親戚の方もいたしね。

白石　そうなんです。だから大丈夫と思っていたんですけど……。死ぬ前日、珍しくシドニーの多田さんから電話があったんで、翌日、こちらから電話をしたんです。親戚の方に「元気になりましたか」って言ったら、今ちょうど警察が来ているところだって。で、どうしたんですかって訊いたら自殺したって……。

沢木　そのときに、やっぱり周りの全員に彼の病気に対する理解が足らなかったっていうことは間違いないよね、僕も含めて。

白石　間違いない。だから、設楽さんは、「しまった！」って言いましたもんね。設楽さんも、親戚の方も、だから僕もそうでしたね。まさかと思いました。また元気になると思ってたんです。自殺は考えなかったですね。

沢木　そう、設楽さんから自殺したという電話があって、そうですかって言うしかできなかったんだけど。僕も、そこまでとは思わなかったものね。

白石　前にひどくなっても必ず立ち直ってるじゃないですか。

沢木　そうだよね、だからね。

白石　それでまあ、お医者さんに聞けば、やっぱり六十越しちゃうとむずかしくなるんですって。躁鬱の波も大きくなるらしいんですね。若いときはまだ耐えきれるんですけども、齢とともにこれが耐えられなくなってくるんですって。だから、自殺しないようにどこかに入れるというようなことが必要だったみたい。それで、絶対励ましちゃいけないと。

沢木　そう言いますよね。

白石 確かにそうだな、と僕も思いましたね。まさか自殺するとは僕も思わなかったですね。

沢木 多田さんが亡くなってもう何年もたつんだけど、少し時間と距離をおいてみると、多田さんというのは何だったのかなって思うことがあるんですよ。何だったのかっていうのも不思議な言い方だけど(笑)。

白石 ほんとに、何だったんでしょうね(笑)。

沢木 肯定的にいえばすごく遊ぶことの上手な、こう、頂《いただき》に登ろうとしないで麓《ふもと》で遊ぶことが上手な、大袈裟にいえば生きることの達人みたいな人でしょ。まあ、最後のところだけ頂に登ろうかと思ったっていうところがあるんで、ちょっと微妙な問題が出てくるけど、基本的には人を喜ばせて、それで自分も楽しんで、あくせくしないで生きてきた人っていうんでおさまるんだけど、何かそれだけだったのかなっていう気がするんだよね。

白石 多田さんはね、もうそれだけでいいんですよ。

沢木 そう……かな。

白石 飲んでても、多田さんに会いたいなってときがあるんですよ。

沢木 その気持ちはよくわかるな。

白石 やっぱりそういう人でしたよ。設楽さんともまだ生きているときにお話ししましたけれども、ここに多田さんいれば面白いなあ、みたいな。そんな感じの人ですよね。

沢木 そうか、それでいいのかもしれないね。

白石 そう思います。

遺された船

沢木　このあいだ、二十五歳で七大陸の最高峰を登頂したという人が現れましたよね。

白石　あ、野口健君ですね。

沢木　野口さん、知ってる？

白石　はい、とてもよく。彼がエベレストを失敗したときから知ってますよ。彼は、植村さんの奥さん、公子さんを慕っていましてね。僕も公子さんをお母さん、お母さんって呼んでるんですけど。そんな関係で、四、五年くらい前かな、あと残るはエベレストだけっていうような時期に雑誌の対談でお会いしました。

沢木　いちおう野口さんの売り物っていうか、ジャーナリスティックな意味合いというのは、「最年少」ということでしたよね。世界最年少で七大陸最高峰を登ったということが、ジャーナリスティックにもてはやされている最大の理由でしょ。白石さんのときにも史上最年少でシングルハンド、ひとりによる無寄港世界一周を成功させたということだったよね。白石さんにとっては、最年少っていうことは大切なことだったの？

白石　いや、むしろ僕の場合には、終わって帰ってきてみて、初めて最年少の世界記録がこんなに大切なんだってわかったんですよ。野口君もたぶんそうだと思うんですけど、まず最初に世界一周したい、高い山に登りたいということがあって、最年少とかいうのはそのあとから来たことだったと思うんです。とにかく、海や山をできるだけ早く全部やっちゃいたいという……。

沢木　年齢のことって、気にならなかった。

白石　あまり……。

沢木　たとえば、白石さんの場合、自分がまだ何もしていないときに、自分以外の若い人が何かをやっているっていうことに対して、心の中が穏やかじゃないことはなかった？

白石　それはありましたね。僕の場合は、女の人で今給黎《いまきいれ》教子《きょうこ》さんでした。彼女は七年前に世界一周をやってますが、最年少ではないけど、羨ましくてしょうがなかった。

沢木　そうか、今給黎さんについては白石さんも独特な思いがあったんだね。

白石　そうですね。今給黎さんが世界一周を始めたときは、俺のほうが腕もあるし、知識もキャリアもあるのに、女性ということで優遇されて、と思っていました。ただ、いま思えばそれも実力のひとつですし、当時の今給黎さんに対する感情には、どこかに妬《ねた》み根性みたいのがありましたね。僕は、多田さんに亡くなられてしまったということもあって最悪の状態でしたから。

沢木　そのとき、正直言って、今給黎さんに素直に成功してほしいと思ってた？　それともかすかに失敗してほしいという気持ちがなくもなかった？

白石　それはありました。そんなに簡単に成功されるのはいやだなと、何かトラブって引き返してくれればいいなと思ったような気がしますね。

沢木　そういう思いは、今度は白石さんが世界一周に出掛けるときに、どこかの誰かが抱いたことでもあったわけだよね。

白石　そう、僕のことを同じように思っていた人はたくさんいたでしょうね。失敗しろ、みたいな。

沢木　そして、彼らの望みどおり白石さんは実際にトラブルで引き返すことになる(笑)。

白石　ほんとに(笑)。

沢木　その前に、多田さんがオーストラリアで亡くなって、残された船を白石さんが日本に回航してくることになるよね。そのいきさつはどういうものだったの。

白石　多田さんのスポンサーのKODENはオーストラリアで売ろうと思っていたんです。でも、いわくつきの船なんで全然売れなかった。

沢木　買い手がなかったんだ。

白石　買い手がなかったの。それで、僕は親父に話して、あの船がどうしても欲しいんで五百万出してくれって言ったんですよ。

沢木　大変な金じゃない。

白石　そう、大変な金ですよ。そうしたら、親父は、なんて言ったかなあ……そう、おまえを危険にさらすために投資する気はない、と。おまえが太平洋に沈没したら、俺は一生おまえを太平洋で探さなけりゃいけないから。しかし、おまえの……えーと、そのあとどう言ったかよく覚えてないですねえ。

沢木　情けない息子だな(笑)。お父さんの一世一代の台詞《せりふ》だったかもしれないじゃないか、ちゃんとそれくらい覚えておけよ(笑)。

白石　なんかいろいろ話をして、おまえのためになるんであれば、とかなんとかいうことで……。

沢木　最終的にお金を出してくれたんだね。白石さんのお父さんってどういう方なの。

白石　父は生命保険会社に勤める普通のサラリーマンですが、非常に厳しかったです。というのも、母が小学一年のときに亡くなって、家族は明治生まれのおばあちゃんと昭和ひと桁の父とあとは三人の子供たちという構成でしたけど、大人と子供とでは食事もまったく違ってたんです。

沢木 それは、たとえば父親の食事には刺身が付いているのに、自分たちには付いていないとか（笑）。

白石 そう、朝食なら父はバターで僕らはマーガリン、スキヤキなら父とおばあちゃんは牛肉で、僕らは豚肉でしたから、はっきり区別がついているんです。父は、牛肉を食べたければ、働くようになってから自分で買えという調子で……。

沢木 正しいけどね（笑）。

白石 親父は、お子さまランチもパフェも食べさせてくれなかったし、仮面ライダーのベルトさえ買ってくれなかった。だから、みんなと仮面ライダーごっこをするときはいつもショッカー役なんですよ（笑）。でも、幼い僕はやられるとわかっているのにひたすら仮面ライダーに向かっていくんですね。僕が忍耐強くなったのはそのせいかもしれない（笑）。

沢木 そうか、仮面ライダー役をやっていたら忍耐力はつかなかったかもしれないんだね（笑）。

白石 子供の頃の遊びでいえば、ただひとつプラモデルだけは許されていたんです。軍艦とか戦車を兄貴と親父と三人でよく作りました。

沢木 お父さんも一緒に？　それは面白いね。

白石 三人で別々のプラモデルを作っていましたが、親父は世界最大級のプラモデルの「戦艦大和」を作ってて、いまも玄関に飾ってあります。親父としての威厳を見せつけるためもあるんですけど、確かにあの船だけはいつ見ても美しいし飽きませんね、僕も。

沢木 しつけも厳しかったの？

白石 小さいとき珍しくスイカを丸ごと買ってくれたんですね。僕が持つからっていう約束で。ところが、スイカをぶらさげて坂道を歩いていたら、紐《ひも》が指に食い込んで痛くて痛くてたまらなくなったんです。

沢木　子供にスイカ一個は重いもんな。

白石　それで、しばらく代わってほしいと親父に頼んだら「お前が持つと言ったんだから、その指が腐って落ちるまで持て」と言われた。子供心にも凄いことを言う親だなと思いましたね(笑)。

沢木　確かに厳しいね。

白石　小さいころはとても恐くて、親父が会社から帰ってきて、玄関の戸が開いただけで、その瞬間にビクッとしたくらいでした。妹は別にして、兄貴も僕もずいぶん殴られてましたが、小学三、四年になったら、ピタッと僕らに口出しをしなくなった。だから、僕らのやることに反対もしなければ、もちろん賛成されることもない。ただ、黙っていてくれた。いま思えば、そのことが一番ありがたかったですね。

沢木　なるほどね。じゃ、白石さんが何かしても、成功しても失敗しても感想なんかを述べることもなかった?

白石　いっさい、述べませんでしたね。だから、最近ちょっとつらいのは、七十になった父が息子自慢をしたりするのを目撃することなんですよね。いままであんなに強かった人が弱くなってしまったようで……。

沢木　それは、齢だからしょうがないというか、それもまた自然のことなんじゃないかな。

白石　沢木さんのお父さんはどういう人なんですか。

沢木　うちの親父は正反対にやさしい人でね。怒られたこともなければ手をあげられたこともない。

質問するとどんなことでも知っていて、僕はこの人といつか対等にしゃべることができるようになれるんだろうか、と思っていましたね。白石さんのお父さんとただひとつ共通する点は、僕のすることにいっさい口を挟まなかったことなんだ。「何かをしろ」と命令されたこともないし、「何をしてはいけない」と禁止されたこともない。このことは、お袋も同じで、ただの一度も「勉強をしろ」と言われたことがないんですね。僕にとっては最高の育て方をしてくれたような気がするな。

白石 中学校のとき、僕のせいで友達が階段から転げ落ちて骨折しちゃって、僕は教師から説教され、親父に電話をかけられるということがあったんです。これは手厳しくやられると思っていたら、親父は帰宅して先生から話を聞くと「ああ、わかりました」と返事をして、すぐに「康次郎、いくぞ」と言って、友達の家まで出掛けたんです。途中でケーキを買い、バスの中でも「こういうときは、とにかく誠意をもって謝るんだ」と言って、友達の親の前で親父が頭下げてくれた。それなのに、僕に向かっては何ひとつ文句を言わなかった。それは非常にカッコよかったですね。

沢木 それは、とっても教育的だよな。そうやって具体的な態度で見せるのが一番だからね。白石さんは自分に子供ができたらどんなふうに育てるのかな。

白石 おそらく、親父と同じような育て方をするだろうと思いますね。なぜかというと、僕もそれでずいぶん得した面があるから。たとえば、何かが起こったとき、物事はすんなりいかないですから、歯をくいしばる時期は必要になる。その点、僕が親父の育て方から得たものは大きかったと思うんです。

沢木 父親を尊敬する形はさまざまあるだろうし、なかには手取り足取りやってくれたから尊敬するという人がいてもおかしくない。ただ、自分の経験からいえば、子供にとって重要なことは指示をされないことだよね。「あれをしろ、これをするな」と言われないことが一番いい。親は子供に対して目をそらさないように見ていればいいわけで、あとはどこまで禁止をしたり命令したりしないでいられるか、親のほうが人間としての力量を試される感じだね。

白石　そういえば、多田さんが最初からヨットの操縦を僕にまかせてくれたのは、余裕というか力量があったからだと思いますね。自信がない奴ほど「あれやっちゃだめ、これやっちゃだめ」って言うんですよね。だって、そのほうが楽なんですから。僕も、造船所で学生なんかの手伝いを見ていると、結構自分でヤバイことをやっているんです。つい「あれをやっちゃだめ」とか指示しちゃう。そうすると実に簡単に進行して仕事も早く終わる。でも、本当は失敗してからやり直させたほうがよく覚えるんですよね。

沢木　確実にね。

白石　だから僕もそういうのを心がけて、またやり直しになって手間はかかるけどなるべく見ているようにしているんです。

沢木　当然、手間もかかるし、イライラもする。なかなか難しいことだけど、それに耐えられる人間的な力量が必要だということだよね。

白石　そう思います。

「彼女」とともに世界一周を

沢木　ところで、多田さんの船の話に戻るんだけど、お父さんに金を出してもらってどうしたの？

白石　そう、それでKODENに交渉して、五百万しか出せないけど譲ってもらえないかと。向こうも、あの船の価値はそんなものだろうと判断してくれて、僕の名義になったんです。でも、それだけじゃ回航できないんで、あとは母が死んだときに、子供たちそれぞれに残しておいてくれた百万を親父から貰って……。

沢木　そんな金があったの。

白石　ほんとは手をつけちゃいけない金だとわかってるんです。でもそれしか金はないから、これを使っちゃおう(笑)。

沢木　なるほど。

白石　そしたらねえ。悪いことは重なるもんで、船の中は、GPSからレーダーから全部盗まれていた。おまけにロープも全部切られてるんですよ。もう、船なんか動ける状態じゃなかった。オーストラリアの警察なんか泥棒を捕まえる気はなくて、逆に、なんでおまえ保険かけてないんだって怒られちゃったりして。だから、僕には余計な金がないんで、自分で何とか直さなきゃならなかったんです。ベニヤ張って、配線をまた一本一本つなげてね。

沢木　それ、ぜんぶ自分でやったの？

白石　やりました。だからそのとき、学校で勉強してきてよかったと思いましたよ。エンジニアではんとよかった。

沢木　その船でオーストラリアから帰ってきたんでしょ。

白石　そうです。

沢木　そんなに長くシングルハンド、ひとりで航海したのは初めてだったよね。

白石　将来の世界一周の練習をかねてという気持ちがありましたからね。

沢木　でも、そのときはあの船の不安定さは恐くなかった？

白石　不安定は不安定だったけど、南氷洋に行くことがないんで、走れば大丈夫と思ってましたから。

沢木　で、まあ戻ってきたわけですよね。それでどうしたの？

白石　それで小笠原について、今度は船の置き場所に困っちゃうんですよ。あの船置くんだったら、権利で一千万、年間に三百万から四百万払わなくてはならない。

沢木　ヨットって、そんなにかかるものなの。

白石　そんなお金、とてもないわけですよ。それで松崎の岡村造船に電話をかけたら、松崎だったら何とかタダで置けるからって松崎に行ったんです。それが一九九二年です。

沢木　そうか、それから岡村さんに迷惑をかけ続けることになるわけだ、延々と(笑)。

白石　延々と(笑)。

沢木　それでいよいよ世界一周という話になっていくわけだけど、さっきの最年少っていうことでいうと、自分がやれば最年少になるということはいつごろ気がついたの？

白石　オーストラリアから日本に戻ってきた直後くらいかな。そのとき、「ヴァンデ・グローブ」って世界一周単独無寄港のレースが初めて行われたんですよ。そのレースで二十七歳のアナンゴティエっていう人が完走したんですけど、雑誌の小さな記事にそれが世界一周単独無寄港の世界最年少記録だって書いてあったんですね。あ、それじゃあ俺がやれば……。

沢木　記録を破れるわ(笑)。

白石　そうそう、そんな感じだったの。だからそれまで知らなかったし、意識したことなかった。僕がやりたかったのは最年少の記録を打ち立てることではなかったんですからね。

沢木　何が重要だったの？

白石　とにかく、僕にはあの船がかわいそうだった。自分が多田さんと一緒に造った船が、ぼろぼろで、やたら水漏れはするし、なんとかきれいな体に戻してあげたかった。次に、多田さんがこの船で世界一周のレースをしようとして果たせなかった。その思い半ばの無念を晴らしたかった。それともうひとつ、一番大きな理由だったけど、僕自身がどうしても世界一周をしたかった。その三つが重なって、きちんと直した「彼女」で世界一周することにしたんです。

沢木　なるほど。最年少記録は金を集める手段というくらいだったんですね。

白石　そうなんです。

沢木　だけどそのとき、世界を一周するにはどれくらいお金を集めなきゃいないっていうのがあったの？

白石　二千万円くらいあれば、キールもセールもディギもマストも変えることができたでしょうし……。

沢木　航海の費用なんかも出た？

白石　はい。だから必死でスポンサー探しをしましたね。

沢木　でも見つからなかった(笑)。

白石　三十社以上まわって一社も(笑)。植村直己さんとか、多田さんのツテを使わせてもらったんですけど、一社からも資金が集まらなかった。

沢木　いわゆるバブルの崩壊があった直後だしね。

白石　アンラッキーだったんです。オーストラリアから帰ってきたのが九二年の一月で、その年の十月末には出航しようと思っていましたから、五月ぐらいには船の整備をしなけりゃ間に合わないわけですね。つまり正月から五月までの期間がスポンサーを集める期間ですよね。でも、結局一社も集まらなかった。

沢木　なぜ十月に出発しなくてはならないんですか。どこのどんな季節に合わせるために十月出発なわけ？

白石　南氷洋です。世界的なレースもだいたい同じ時期ですね。南氷洋を夏走りたいんですよね。で、日本の場合、台風シーズンの前に帰って来たいんで、逆算すると十月ということになるんです。

沢木　要するに問題は南氷洋なのね。

白石　一番危険な海域ですからね。

沢木　なるほど、そこが夏である必要があるわけですね。

白石　そうです。だからだいたい北半球でスタートするときは秋ということになる。実際のレースでも「ヴァンデ・グローブ」は十一月、「ＢＯＣ」の場合は九月、僕は日本に戻ってくるときのことを考えてだいたい十月の末かな、と。

沢木　結局、お金はどうしたの？　銀座の「ライオン」だったっけ、支援グループの人に壮行会みたいなのを開いてもらったよね。それ以外はどうしたの？

白石　あのパーティーで百万くらい集まったんです。あとはサンヨー電機の百万と酒の八海山の百万と設楽さんの……。

沢木　ああ、「Ｎｕｍｂｅｒ」のね。

白石　設楽さんが「ちょっと来い、おまえいくら必要なんだ」って。それで僕はね、せめてセールだけは新しくしたかったんで、「三百万くらい……」って言ったんです。そうしたら、「出せない！」って言われてがっかりしていたら、「しかし、二百万だったら何とかできるぞ」って。設楽さんカッコよかったです、金の出し方が。それと沢木さん個人の十万円ね。

沢木　アッハッハッ。

白石　で、五百十万円(笑)。

沢木　そうやって金を集めて、船を修理して、なんとか十月に出航できたわけだよね。ところが、すぐに帰ってきちゃった(笑)。

白石　ほんとに参りました(笑)。

沢木　しかも、一度ならず二度までも(笑)。

白石　二回失敗しましたからね。

沢木　二回失敗して、三回目に成功したからよかったけど、三回目も失敗していたらどうなったんだろうね。

白石　僕もねえ、三回失敗して帰ってきたら偉かったですよね。たぶん僕帰ってこなかったと思いますよ。

沢木　そうかな。

白石　うん。死ぬ気で行きましたもん。今度失敗したら帰らないというつもりでしたね。

沢木　一回目と二回目の失敗は不運なアクシデントによるものだったんですか？

白石　原因は僕の判断ミスにあったんです。

沢木　ボルトが落ちたとか聞いたけど。

白石　そう、舵《かじ》のボルトが落ちた。その部分は造船所の岡村さんもやっぱり気にしてたらしいんです、これどうかなあって。だいたいね、こういう外洋の長い航海っていうのは、疑ったところっていうのはたいがいやりますね。だから、絶対に疑問を残しちゃいけないんだっていうのを改めて実感しましたね。

沢木　よくあるよな、そういうこと。あそこのあれは気をつけなきゃって思ったところをまあいいやってやりすごすと、必ずしっぺ返しを受ける。

白石　でも、あのとき、やろうと思えばそのまま航海を続行できないこともなかったんです。別にあの金具が落ちても、舵が切れないわけじゃないんで。

沢木　どうして、引き返してきたの？

白石　まあこれは、僕の血液型がA型っていうか……そういう状態だと完全じゃないでしょ。

沢木　うん。

白石　完全じゃないからいやだったんです。あのね、船乗りで一番恥ずかしいのはSOSを出すことなんですよ。それはもう、海の教えですから。その前に自力で引き返すことが本当のシーマンであって……。

沢木　そんなカッコいいこと言ってるけど、船に搭載していたビデオの前でオイオイ泣いてたじゃない(笑)。

白石　あれ、悲惨(笑)。

沢木　やっぱり涙が出てきた？

白石　涙が出て出て、一日止まらなかったですよ。そのとき僕は非常に冷静に対応して、海に潜って舵を見て、これは危険だなと思って松崎に引き返すことにしたんです。でも、涙は一日止まんなかった。

沢木 その涙は何に対してなのかな。誰かに悪いって感じだったの？

白石 悪い！　悪いと思いました。申し訳ないっていうのがまず第一ですよね。

沢木 それは岡村さんであったり、応援してくれているみんなだったり……。

白石 そうそう。だってこの航海に関しては自分のお金を使っていない。みんな募金でやらせてもらっているでしょ。そのプレッシャーはものすごかったですね。自分のお金だったら誰に文句言われることもないいんだけど。

沢木 それでも一回目のときは、松崎に戻ってちょっと直せばまたすぐ出られると思っていたんですね。

白石 そうです、舵だけですから、季節的にもまだ間に合うと思ったんですよ。それでまた日本に戻って、十二月に再出航したんですけどね。

沢木 でも、不運なことに二回目もすぐトラブルに見舞われた。それはどうして？

白石 二回目は金属疲労。バックステイっていうのが切れちゃったんです。本来であれば、マストも買いたいし、リンディング関係とか買いたいとこはたくさんあったですよ。だけど、五百万の範囲内でどこを直すかが腕の見せどころであって、お金があればいくらでも新しいのを買いたかったですよね。要するに、ここはお金を使う、ここは我慢しようというふうに必死に判断していったわけです。そこで、チェンジできないところは検査をしたんですね。金属疲労って目に見えないんで、カラー検査をして、オーケーということで出てきたんですけども、マストトップがバンと切れた。

沢木　じゃあ、もうどうしようもなかったわけだね。

白石　いや、そのときも絶対に引き返さなければならないということはなかった。あのまま行っても成功してたかもしれません。

沢木　悔しまぎれに言うんじゃなくて(笑)。

白石　成功する確率はかなりありました。けど、完全じゃなかった(笑)。

沢木　実は、三回目のときもレーダーが壊れたりするよね。でも、そのときは引き返さなかった。

白石　レーダーなんて大したことないんです。要するに、自分で造った強みっていうのは、いざとなったら修理できることと、引き返し時が判断できることなんです。ここがだめになったらこれで代用しよう、でもこれがだめになったら引き返し時だって、全部わかる。だから、レーダーとか、三回目の航海のときもずいぶんいろいろ壊れたんですよ。でも、航海には支障なかったです。

沢木　なるほど。本質的な問題じゃなかったのね。

白石　問題じゃなかった。本質的に大切なものではなかった。マストとかラダーとかとは違う。

沢木　それじゃあ、二回目に失敗したときも、俺は完全を目指してるんだ、要するに自分が完璧な自信を持てないから、何割かSOSを出す可能性があるから引き上げるんだっていうことに、充分納得できていたということになるの？

白石　それが人間は不思議で(笑)。絶対だめだったら納得もできるけど、絶対だめじゃないんですよ。行っても、八割方成功すると思ってましたからね。残り二〇パーセントの確率で失敗するかもしれない。だから戻ることにしたんですけど、中途半端に引き返すっていうの大変なんですよ、何事も。パチンコでも、一万円のうち八千円取られたら、ここは引き上げるべきかもしれないけど、さらに二千円つぎ込めば元以上のものを取れるんじゃないかとか思うかもしれないでしょ。お金がまったくなくなっちゃえば引き返すしかないから簡単なんですけど、途中まだ二千円残ってる間に引き返すのは難しいんですよ。

沢木　確かにそういうところはあるね。たとえはたいしてよくないけど(笑)。

白石　わかりやすいじゃないですか(笑)。

沢木　でも、トラブルが発生したとき、このまま行くこともできるかもしれないけど、行けば危険性も若干は出てくるという状況になって、白石さんは二回とも引き返すことを選んだわけだよね。それは白石さんの性格なのかな？　行っちゃう奴も当然いるだろうからなあ。

白石　いるでしょうね。それで死んじゃう人もいるだろうし。だけど、そのとき座禅やったんですよ。多田さんもやれやれっていつも言っていたから。以前はいいかげんにやってたんだけど、そのときは深呼吸をして真剣に……どれくらいやっていたかなあ。そのときにフッとね、俺は何をしに来たんだろうって考えたんですね。俺は世界一周しに来たんだ、と。じゃあ、世界一周するためにはいま何をすべきなんだろう。帰って完全にすべきだ、と。それが一番確率的に高いと……そう思ったんですよ。

沢木　なるほどね。

白石　そのときに初めて、自分の本当の意図が見えてきて、その中にはみっともないとか、みんなに申し訳ないとかはほとんど入ってくる余地がないことに気がついたんですね。海に出てわかるのは、相手は自然界だっていうことなんですよ。人間界じゃない。だから、僕がいくらこんなに努力してるんだからとか、がんばってるのにとか言っても、でかい波がくりゃ沈んじゃうんですよ。いくらその波にそれはないんじゃないのと言ったってだめなんです。人間の常識っていうのは通用しないわけですから。そういうこともあって、これはもう引き返すしかないんだな、と。あとひとつは、植村公子さんの無線がすごくて……。

沢木 日本の「応援団」と無線で交信していたのね。

白石 そうなんです。ほかの人が、おまえ泣いてるヒマがあったら引き返してこいとか、とにかく危ないから引き返せっとかいう正論をガーっと無線でやってきている中で、植村直己さんの奥さんの無線だけは違ったんですね。何て言ったかっていうと、「康ちゃん、つらいね」って言ったんですよ。

沢木 康ちゃん、つらいねって?

白石 ええ、「私も植村が、エベレストの冬季登頂で隊員をひとり亡くしちゃって、一緒にお葬式行ったことがあってね」と話し出したんです。

沢木 ああ、登頂に失敗して、若手の隊員をひとり失ったことがありましたね。

白石 そのとき、葬式に行って、植村さんも本当につらい思いをしたらしいんです。「本当に失敗っていうのはつらいね」って言われたとき、人間ていうのは面白いもので、そう言われると、いや、そんなことないですよって(笑)。植村さんほどには……。

沢木 つらくはないですって(笑)。

白石 そうそう、それほどでもないですよってなっちゃう。早く帰れ、とかそういうこと言われれば、うーん、そんな簡単な話じゃないとか思うんだけど、つらいね、って言われると、いや、そんなことないですと。面白いもんですね。

沢木 それ、二回目のとき?

白石 二回目だったと思うな。それで僕、もうしょうがないから引き返そうってことにして……。

沢木 でも、そうは覚悟してても、失敗も二回目となると、帰って人に顔を合わせられないっていう感じだったろうな。

白石 合わせられないですよ、もう。松崎に帰ったときは悲惨でしたからね。十二月三十日、師走の一番忙しいとき。だけど、かっこよかったな。ヨットを岸壁につけたらね、岡村さんたちみんなが待ってるんですよ。それで僕は謝ることしかできないから、「すいません、すいません」って。みんな黙ってもやいを取ってくれて、黙って家に帰って、まるでみんなが高倉健みたいな……。

沢木 高倉健みたいな人々(笑)。

白石 ほんとそうですよ。岡村さんがポーンと肩叩いて、「何にも言うな」って、そう言ってくださったのをよく覚えてます。ずーっと正月中暗いかんじで(笑)。

沢木 ずっと岡村さんのとこにいたの?

白石 いました、正月過ぎまで。それで、岡村さんに、「どうして失敗しちゃったんでしょうね」って愚痴をこぼしたら、こう言われたんですね。「康ちゃんはヨットのお尻を叩きながら走ってるからね」って。その言葉はとてもショックで、そうだったかもしれないなあと思ったんです。やっぱり僕には鼻息の荒さがかなりあったんですよね。世界最年少記録だっていうのもあったし、一回目はマスコミの取材もすごかったし。

沢木 そうだったね。

白石 あとカッコいいセーリングをしたい、っていうのもあったんですよ。絶対に速くまわってきてやろうと。二百日だよ、と言っておきながらね、パーンと速く……。

沢木　百五十日くらいでね。

白石　そう、そういうのがあったし、終わったあとで、たいしたことありませんでしたよ、みたいなセーリングしてこようっていうのがあったんでしょうね。

沢木　なるほど。岡村さんは、そういう白石さんに対して、「彼女」に対する、ヨットに対する愛情の問題なんじゃないかと指摘したわけだね。

白石　岡村さん、それだけしか言わなかったですよ。僕は、そうだ「彼女」にもっとやさしくしなくちゃいけないと。だって、「彼女」が沈めば僕も死んじゃうんですからね。

沢木　それで、一年後の十月に三回目の出航をすることになったんですね。

白石　はい。それまでの期間いろいろなとこで働いて、少しお金貯めて、また松崎に行って、岡村さんもかなり迷惑だったと思うんだけど……。でも、岡村さんしか頼るところはないから、そこでマスト直して、十月の三日に出たんですね。

沢木　三回目のときは、南氷洋でレーダーが壊れるまで、そう大きなトラブルはなかったの？

白石　トラブルはいっぱいありましたけれども、致命的なのはなかったです。もし致命的なのがあったら、どうしていたかわからない、自分ながらわからないですね。

沢木　そこは不思議で、二回もトラブルに見舞われて失敗してしまったけど、その失敗も三回目が成功すれば一気にプラスに転化してしまうということがある。現に、白石さんの三回目の成功は二回の失敗によって輝いているという部分があるからね。

白石　いや、それは大人の言うセリフです。

沢木　えっ？

白石　みんなに、おまえは二回失敗してよかったって言われるんですけども、失敗した本人に言わしてもらうと、失敗なんて一度だってしたくなかったですよ。

沢木　そうか、一発で成功したかった。

白石　したかった。そのために真剣にやってるんですから。失敗してよかったなんて、僕の口からは絶対言えないです。

沢木　そうか……。

白石　確かに、失敗から学んだことってものすごくたくさんあるんですよ。だけど、好んで失敗してるんじゃない。もう、あのつらい思いっていうのは、二度と味わうのはいやですね。人生にとって大変いい経験だったっていうのもわからないことはないんですけれども、僕としてはよかったとは思わない、やっぱりつらかったから。

沢木　それはもちろんそうだよね。そのとおりかもしれないね。

白石　そんな甘い失敗じゃなかったですよ。僕にとっては、命がけでやってたことですから。よかったのはわかっていても、「や！」です(笑)。

沢木　そう言えば、三回目に成功して帰った直後に話したとき、これでプラスマイナスがゼロになったような気がするって言っていたよね。プラスになったというより、マイナスを帳消しにできたという気持ちのほうが強いと言ってなかった？

白石　言いました、言いました。

沢木　そのマイナスの感覚というのは何だったのかな。やはり二回失敗したこと？

白石　失敗したことですね。一度どん底に落ちたことですね。三回目に成功してやっとチャラになったかなという感じでした。だから、スキーのジャンプの原田選手と同じようなもので、この成功でようやく世間様に顔向けができる、これ以上だれかに迷惑をかけなくてすむ、ああ、よかったという思いが強かったですね。

沢木　そんなに落ち込んでたの。

白石　だって、岡村さんの家を出たあと、しばらく多田さんの実家で世話になっていたんですけど、長岡に行く途中、横浜の駅で雑誌の「舵」のカメラマンの方に会っちゃったんですよ。いや、会ったというか、向かいのプラットホームにいるのが見えたんですね。そのとき僕がどうしたかというと、瞬間的にパッと隠れちゃいましたからね(笑)。重症でした。

絶対的な冒険の先にあるもの

沢木　で、三回目で成功して帰ってきたじゃない。そのときこれからどうしようと思ったの？

白石　次は世界一周の「ＢＯＣ」レースだ、と思った。

沢木　それに出ようと思った、そうか……。

白石　あのね、世界一周に成功してもまだ煮え切らないんですよ。自分の夢が煮え切らない。なぜかっていうと、船が多田さんのものだったじゃないですか。もちろん多田さんの遺志を引き継ぎはしましたけど、それが僕の夢のすべてじゃない。僕の理想とするところは、自分でスポンサーを集めて、自分の思うようなデザインの船を造って、すべて自分の思いどおりのセーリングすることで、それができて初めて僕の夢は完成するはずなんです。

沢木 なるほど。

白石 あの世界一周はとても素晴らしいトレーニングだったと思います。でも、今度は多田雄幸の弟子としてではなく、白石康次郎として、ただの僕として世界一周をやりたいと思ったんです。

沢木 それから五年が経つけど、その夢はまだ達成できていないわけですね。

白石 お金の問題とかさまざまあったということはありますけど、それだけじゃなくて、アドベンチャー・レースに出たりしているうちに何年も経ってしまって……。

沢木 そういえば、冒険というような言葉に対して、白石さんはどんなふうに考えているんだっけ……。シングルハンドのときの白石さんは冒険する者だったのかな?

白石 冒険には近いけども……、冒険は植村さんので最後じゃないですか。今は、何をしてもあまり冒険っぽくないですよね。残っているのは宇宙ぐらいしかないですし、後は海底……かな。

沢木 確かに今は宇宙ぐらいだものね。

白石 シングルハンドもスピードが問われるようになって、大胆に南氷洋に突っ込んでいくようになった。その意味では冒険と言えるかもしれないけど……。

沢木 ただ、僕らにとっては、ヨットのスピードというのは、あまりインパクトはないね。速く行くなら、飛行機でいけばいいという話になるから。シングルハンドや無寄港という言葉には強烈な喚起力があるんだけど、一周の記録が何日か短縮されるっていうことが、そんなに重要かどうかは、ヨットの専門家でもないかぎり疑問だな。

白石 そうですね、僕もそう思います。

沢木　このあいだ、白石さんは太平洋横断記録を更新した高速艇にクルーとして参加したよね。それは前にある風を追い越すくらい速い艇だということだったけど……。

白石　低気圧を追い越すんですからね。

沢木　その感覚というのは滅多に味わえないものだろうから素晴らしいけど、たとえ百日かかるところを二十日で行ったとしても、それがどうしたという感じは拭《ぬぐ》えないんだよね。

白石　ヨットはある種、自己満足の世界ですから……。

沢木　でも、ヨットの航海の中には、こちらの心を間違いなく動かすものもあるよ。白石さんの体験したシングルハンドだったり、無寄港だったりすることがそうなんだけど……。だから、本当のことを言えば、世界一周のシングルハンドでも、レースとなるとそれほど心は動かされない。それより、イギリスからおじいさんがひとりでゆっくり行ったという話のほうが胸を打つし、それを超えることはできないんじゃないかな。

白石　だから堀江さんが最初に太平洋を渡ったというのは、大変なことですよね。

沢木　そう、あれはまさに日本人の心を打つところがあったよね。それに何でもそうなんだけど、たとえば体操でも月面宙返りという技を鉄棒でやった人って、すごいよね。でも、一回それが出ちゃうと、イメージができてるんで簡単にできるようになる。その意味では、それ以降の人が最初の人以上に上手くやっても、あまり心は動かされない。だから、いまでも六十、七十の老婦人が、たとえ三百日かかってもシングルハンドで世界一周を無寄港でやったら、心動くよね。だけど、それを、最高速艇で五人ぐらいのクルーが五十日で達成したところで、「ああ、そう」という感じぐらいだからね。

白石　確かに昔のアドベンチャーとは違いますね。知らないところに行くわけではないし……。大きな飛躍はもうないんですよ、革命的なことはね。

沢木　そういえば、十年ほど前にラインホルト・メスナーに会ったときも、もう残されているのは、七大陸最高峰と三極点だけと言っていた。しかし、それもやられてしまったしね……。だから、絶対的な冒険って、もうないんだよね。

白石　そう、ないんです。

沢木　きっと、これからの冒険というのは、単に難易度の高いものとか、未知のものに向かってというんじゃなくて、その行為がどれだけ多くの人の胸に迫っていけるかによって価値が測られるような気がするな。

白石　ただ、人間の創造力が限界にきたわけではないですし、これからもいろいろなアイディアを持った若者たちが、僕らをあっと言わせるときがくるかもしれない。僕もそれに負けないようにいつも神経を研ぎ澄ませて生きていきたいと思っています。僕の師匠は五十三歳のとき、世界一周レースで優勝を成し遂げた。誰もが想像しなかったことです。確かに、客観的に見て「冒険」と言われていることをするには、いまは非常に範囲が狭くなってきている。でもチャレンジスピリッツがなくなったわけではないですから。

沢木　そうかもしれないね。白石さんも、まだまだこれからいろいろなことが待ち受けているはずだしね。

すべてはつくることから

安藤忠雄
沢木耕太郎

あんどう　ただお　一九四一年、大阪府生まれ。建築家。

私は安藤さんとこの対談をするために関西に出向いた。まず、大阪の梅田にある安藤さんの事務所に立ち寄り、そこから一緒に安藤さんが手掛けている花博「ジャパンフローラ２０００」の会場となった淡路島に行った。対談を始めたのはそのあとで、食事の時間を含めると、丸一日を共に過ごしたという印象が残るほど、濃密なものだった。

その対談を行いながら、私は、この安藤さんの低く野太い声はどこかで聞いたことがあるなと考えていた。私の知っている誰かの声とよく似ている。

――はて、誰だろう……。

しかし、ついに誰と思いつかないまま、別れることになり、そんな疑問を抱いたことも忘れ去ってしまった。

ところが。

つい、先日、上方落語の桂南光さんから電話があり、新聞の連載記事のために取材をさせてもらえないかという。そして、その連載のこれまでの記事を送ってくれたのだが、そこで南光さんは月に一回、自分が「偏愛」しているという人物と対談していた。私はその最初の人物を見て、「おおっ！」と声を上げたくなった。

それは安藤忠雄さんだった。声を上げたくなったのは、安藤さんに似ている声を持った私の知り合いとは、桂南光だったのだ、とそのとき気がついたからである。

この対談が掲載されたのは「太陽」の二〇〇〇年二月号である。

（沢木）

商才と自立心

沢木　僕は建築について無知なもんで、安藤さんから対談の相手に選んでいただいてもまったく建築の話なんかできない(笑)。

安藤　いいんですよ、建築の話なんかしなくても(笑)。

沢木　そうは言っても接点がまるでないというのもどうかと思いましてね。

安藤　でも、僕は沢木さんが作ったNHKのテレビの番組を見ましたよ、ボクシングの……。

沢木　ジョージ・フォアマンを撮ったものですね。『奪還』というタイトルの、一時間のものでした。

安藤　そうそう、あれ、とても面白くて、二度も見ましたよ。

沢木　でもなあ、ボクシングと建築じゃ、あまりにも遠すぎて(笑)。

安藤　いや、そんなこともないんじゃないかな。つくることは闘いですから。

沢木　そこで……なにがそこでだかわかりませんけど(笑)、僕は根がまじめなもんで(笑)、安藤さんと対談するにあたって付け焼き刃の勉強をしてきたんですね。もちろん、これまで安藤さんがお書きになったり話されたりしたことにはだいたい目を通してきたんですけど、印象的だったのは自筆の年譜でした。それによると安藤さんが建築家におなりになった経緯ってこうですよね。建築家になろうと思った。自分で勉強しようと思った。事務所をつくった。要約すると三行で終わっちゃうことしか書いてない(笑)。これって、すごく不思議だと思うわけですよ。なぜ建築家になろうと思ったのか。どのようにして建築の勉強をしたのか。どんな経緯で事務所をつくることになったのか。

この、なぜ、どのように、どんな、ということについてはほとんど書いてないし、語ってもいらっしゃらない。本当は、みんなそこのところがいちばん知りたい点なんだと思うんです。例えば、建築家になろうと思ったきっかけとして、ライトの建築を見たときのこととか、いくつか具体的な話はしてらっしゃる。ただ、それは僕からすると、どれも「なるほど!」という感じはしないんですね。

安藤　そうですか(笑)。

沢木　安藤さんは大学にいらっしゃらなかったということなんですけど、そもそも大学に行って何かを学びたいなんて思いました?

安藤　思いましたよ。思ったけども、単純に自分の学力では難しいなと。関西ですから、我々の友人はだいたい大阪大学に行っていましたし、京都大学にも行ったのがいるんですね。けれども、自分の学力では多分いけない。もう一つは、経済的な理由もあって行けないというのがあった。最初は、高等学校も行くのをやめようかと思っていたほどなんですね。周囲が、高等学校ぐらい行っておけというんで、行ったんです。でも、基本的には、小学校も、中学校も、五十人いるクラスの四十番目くらいというのが、いつもあってね(笑)。ケンカは強いけれど、あとは役に立たないという。

沢木　成績の良かった教科は?

安藤　ぜんぶ悪かった(笑)。

沢木　体育も?

安藤　うん、体育の時間は勝手なことばかりしていたから。

沢木　困りましたね(笑)。

安藤　でも、僕は小学校のときから母方の祖母と二人暮らしをしていたんですけど、そのおばあさんが成績の悪いことをあまり気にしなかった。

沢木　それはとてもよかったですね。

安藤　おばあさんは大阪の下町の人で、勉強というものは学校でやるもんで家でするもんじゃないと言うんですね。だから家でやらないし、学校でもやらずに帰ってくるから……。

沢木　必然的に成績が悪かった(笑)。

安藤　そう。それと、家の環境ということがありますよね。一流大学に行く人というのは、家に本がいっぱいあることが多いですすよね。僕は家で本を見たことがありませんからね。下町というのは普通みんなそうなんです。音楽だって、クラシックなんか聴いたことはなくて、ラジオから流れてくるのは演歌ばかりでしたから。

沢木　感じとして、子供の頃、ぼやっとしてました？　それとも鋭敏でした？

安藤　あんまり僕、覚えてないんですね。ただ商才と呼べるかどうかわかりませんが、すばしっこくて、何でも独自の工夫をして遊ぶ能力はあったと思うんですよ。家の横が淀川でしたから、淀川へ行って何か魚をとる。そこで、たくさんとると売れるぞと思うわけね。どうせとるなら多いほうがいいと。淀川って、大きな水たまりがいっぱいできるわけ。ものすごい大雨のときに、本流から水が出てきて、あふれてたまる。その池をかい出したら魚が全部とれると考えるわけです。普通はそこで釣るんですよ。だけど僕らは真剣にかい出すことを考えて、なんとかかい出した。で、その魚というのは、一年もたてば倍ぐらいの大きさになるんですね。これを学校のプールに……。

沢木　放すんですね、冬は使わないから。

安藤　そう、九月から次の年の六月まで使わないからいうので、そこへ入れるわけです。大量にとって、そこで魚を大きくして楽しんでいた。もう異常に大きくなっている(笑)。こんなことばっかり考えていましたよ、ずっと。

沢木　それは実行したんですか、考えるだけじゃなくて。

安藤　ええ。実行して。だからやっぱり実行力があったんでしょうね。実行力もあったし、そういう商才があったんでしょうね。だから、ペッタンってありますよね。

沢木　僕らはメンコと言っていました。

安藤　そう。あれは、古いもののほうが価値があったんですよ。三年間蔵や簞笥の中に入れておくと、十倍ぐらいになるとかね。短気でしたが、そういうことについては辛抱強かったんでしょうね。

沢木　その安藤さんの少年時代の様子は、あるところまでは僕とまったく同じなんです。僕も家で勉強をしたことが一度もない。僕は東京で山の手と下町の中間ぐらいのところに育ったんですけど、両親に勉強しろと言われたことが一度もないんですね。学校から帰ってくると、玄関にランドセルを放り投げて、暗くなるまで友達と遊んで帰らない。ようやく家に帰ってもまったく勉強しない。でも、ただ一つ安藤さんと違っているのは、家には本が山ほどあったんですね。父親が本を読む人で、一日に酒を一合と本が一冊あれば、それ以外必要としないというような人だったものですから。しかも、近所に貸本屋があった。だから、家で勉強はしなかったけど、本は読んでいました。最初は漫画に夢中で、いつの間にか小説を読むようになっていた。それと、中学に入ってからは野球とか陸上競技とかのクラブ活動がありましたからね。安藤さんは何かクラブ活動ってやっていました？

安藤　いいえ。でも近所の野球チームに入ってました。

沢木　僕はまったく勉強しなかったけど、本を読むこととスポーツすることがあった。その二つに熱中したことが少年時代の精神形成上とても大きかったと思うんです。でも、安藤さんの場合、そういった、少し大袈裟にいえば自我というようなのは、どんなふうにつくられていったんでしょう。

安藤　どうなんでしょう。ただこういうことはありますね。一緒に暮らしていた祖母がつねづね言っていたことは一つなんです。他人に迷惑をかけるな、すべて自分の責任でやれ。それは徹底してましてね、僕が小学校六年生のときに、扁桃腺の近くのなんとかという腺を切らなくてはならないということがあったんですね。病院は近所といっても歩いて四十分から五十分かかるところでしたけど、そこに一泊二日の予定で入院することになった。すると、おばあさんは保険証とお金をくれて、病院の医者に言ってあるからひとりで行けと言うんですね。

沢木　六年生の子供に。

安藤　かなり血が出る手術でしたけど、おばあさんによれば、向こうに医者がいるのに何もできない自分が一緒に行っても仕方がないというわけですよ。だから、言われたとおり、一人で行って、一人で帰ってきました。

沢木　面白いですよね、そこは本当に独特ですね。

安藤　そういう生活でしたから、自立心というのは自然と育まれたような気がしますね。

沢木　安藤さんが一般に強い関心を抱かれているのは、もちろん建物そのものの魅力もあるでしょうけど、独学で建築家になられたということが大きいと思うんですよ。建築家になろうと思って、独学して、独立して建築事務所をつくってしまった。独学ということなら僕も同じで誰にもノンフィクションの書き方なんか教わったことはない。でも、文章なんて教わらなくても書けるし、取材の仕方だって別にたいしてむずかしいわけじゃないから、独学ということに何の不思議もない。ところが、これが建築家ということになると、独学ということにある種の神秘性が生まれちゃうんですね。安藤さんはどうやって学んでいったんですか。

安藤　そうやねえ……。

沢木　そうだ、その前になぜ建築家になろうと思ったんですか？

安藤　我々の知り合いでいうと、建築家でも、文学の人でも、それから画家とか、政治家とかでも、やっぱり中学ぐらいでこんなのになりたいと思うらしいんですね。ところが、下町の人って、そんなこと思ったり言ったりしないんですよ、基本的には。僕はあまり聞いたことはないし、自分が高等学校へ行ったときも、建築家になりたいとは思っていませんでしたね。どっちにしても生きるために職業というのは必要ですから、それなら大工の棟梁《とうりょう》が面白いと思っていたんですよ。

沢木　建築家ではなくて職人さん的なものですね。

安藤　大工の棟梁というのは、自分で考えて、自分でつくるんですね。建築家というのは考えるだけなんです。現場にもちろん行きますが、自分の手でつくりはしない。だから、建築家というイメージじゃなかった。僕は、自分の手でつくるというところに興味があったんでね。

沢木　それが、どうして……。

安藤　まずいちばんに、食べる必要がありますよね。何かをして働かないといかんというのがありますよね。就職するといっても片親の僕にはどこも門を閉ざしていましたから、一人でできることはないかと……。

沢木　あっ、職業として何を選ぼうかと思ったときに、すぐに建築という分野に行くんじゃなくて、若干の試行錯誤があったんですか。例えば、ほかのことをなさったりした時期があるんですか？

安藤　インテリアデザインってありますね。いわゆるレストランとか、喫茶店とかの内装とか、家具の設計とかいうのをしていましたね。

沢木　でも、それだって高校の勉強だけではすぐにはできないでしょう。普通の人も、専門の教育を受けずに、みんな独学でやっていくんですか？

安藤　高等学校にも建築学科があって、そこで勉強した人が多いんですけれど、僕は学校教育はゼロなんですから、なんとかして勉強しないといかんと思ったわけです。だから、たくさん通信教育しましたよ。

沢木　そうですか、通信教育を受けたんですか。

安藤　ありとあらゆるものをしましたよ。インテリアのデザイン、グラフィックのデザイン、建築のデザイン、製図。それからデッサンは教室に通って。ほんとに、いっぱい通信教育しましたよ。

沢木　それは役に立ちました？

安藤　いや、これはこんなものかということを知る役には立ちましたよ(笑)。

沢木　なるほど(笑)。

安藤　僕は、どれもやったことがないわけですから、何もね。

沢木　これはこういうものかと。こういう道具を使って、こういうふうにやるのかと納得していったわけですね。

安藤　そう、そう。

沢木　僕が想像するに、手仕事の好きだった安藤さんは、さして明確な願望もなく、インテリアとか家具とかの世界に紛れ込んでしまった。すると、そこで安藤さんの向上心というか、工夫好きというか、そういうものが刺激されて、いろいろなものを吸収したいと思うようになった。だから、あれこれ通信教育を受けたりして、一生懸命勉強したわけですよね。でも、すごく失礼な言い方をすれば、まだ世の中では何者でもないわけでしょう。安藤忠雄といったって、誰も知らないわけですよね。そのときに、「俺は絶対いつか何かをつくるようになる」とか、「俺は将来こうなるんだ」とかいう夢は持っていたかもしれないけど、もしかしたらこのままうだつのあがらないままで終わっちゃうんじゃないかと不安に思ったことはありません?

安藤　このままで終わるんじゃないかと不安に思ったりする人は、大きな希望がある人だと思うんです。僕はそんなに大きな希望がなかったから何とかなるだろうと。

沢木　二十代そこそこのときに、そんなふうにゆったりと構えていられました?

安藤　レストランやコーヒーショップの設計をやりたいとか、いろいろありますよね。そういうのは、前に一緒に仕事をした建設会社のおじさんが話を持ってきてくれるとか、結構そういう仕事はあったんですよね。そのときは、インテリアの仕事でいいと思っていましたから、そこそこ満足できていたんですね。ほとんどの建築家は、一流大学に入って、大きな希望を持っていますから、仕事がこなかったらジレンマがあるわけですよ。なぜ俺はこんなに実力があるのに仕事が来ないのかと思う。僕は、そういうのはなかった。大きな希望があったわけじゃないから。

沢木　そうすると、自分でいくらかのお金を稼いで、貯めて、ヨーロッパに向かわれたのは、どうしてだったんですか。

安藤　たまたま周りに行く人がいたというのがありますよね。周りの人が行くなら俺も行ってみたいなと、そんな程度だったんですね。

沢木　意外ですね（笑）。満たされない鬱々とした青春時代を送っていて、絶対に俺はやるぞ、頑張るぞと思っていたけれども、そう恵まれていない状況があって、それでお金を貯めて、よし、とにかくヨーロッパに行っていろいろなものを見て、吸収して、帰ってきて頑張るぞというような感じで行ったのかと思ったら、そうじゃなかったんですか。

安藤　あんまりそういうことは思わなかったけれど、ギリシャのパルテノン神殿でも、ローマのパンテオンでも、ああいうのを見ていて、これを考えた人はすごいと思ったことがあって、そこらあたりが建築家ということを意識しはじめた最初じゃないかな。ああいうものを誰かが考えてつくるということに興味ありましたね。それと、これは日本でですけど、あちこちにいろいろな空き地がありますよね。そういうのを見ると、こういうものを建てたい、ああいうものを建てたいと思いましたよ、ずっと。自分の中でイマジネーションを育てていくうちに、建築の設計家にならないとそういう仕事ができないなら、なりたいと思うようになりましたね。

沢木　でも、普通、建築家を目指す人って、そういう思い方はしないんでしょうね。建築家になりたいとは思うんでしょうけど、ここにこんなのを建てたいなというところからは発想しないんでしょうね。

安藤　しないんでしょうね、多分。

沢木　建築家としての資格、というのがありますよね。

安藤　僕は、まず建築の実際の仕事経験を七年ぐらいして、二級建築士を受けて、それから一級建築士を受けました。一級建築士の試験というのは、近代技術でコンクリート技術中心の試験なんですが、二級建築士は、木造の構造を含めた試験なんですよ。つまり、大工さんの試験なんですね。だいたいが高等学校出身で、町の中にある住宅を建てる人のための資格ですから、木造でいいんですよ。で、二級建築士を通った人は、三年たって一級を受けられますが、これがなかなか通らない。

沢木 大工さんにはコンクリートの構造は難しい。

安藤 そう、難しい。ところが、一級建築士を目指す人はいきなり一級を受ける人が多いんで木造を知らないんです。日本の文化を知るためには、木造の建築を知らないといけないと言いながら、大学教育を受けて建築家になった人は、すぐに一級に行ってしまうんで木造の基礎を知らないんですよ。それは大きな問題で、僕はいま事務所の所員にも、一級建築士を受ける前に、二級建築士を受けたらどうかと言うんですが、誰も受けないんですね。だけど、日本のいわゆる歴史的な建築物は全部木造ですから、それを知るためにも僕は二級を取っておいてよかったと思っているんです。

沢木 安藤さんは、どこかの建築事務所に入ったことはあるんですか。

安藤 ありますよ。アルバイトでね。大体半年ぐらいとか、一年ぐらいとか。

沢木 そういうときは、何をやらされるんですか。

安藤 そりゃ、もう、すぐ建築の図面を。

沢木 引かされるんですか?

安藤 ええ。

沢木 そのときは、もう二級は取っているときですか。

安藤 取っていないときから行っていますから。それでもなんとか引ける。

沢木　じゃあ、大阪の建築事務所の建築家の中には、「おれは安藤を使ったことがあるで」というような人がいるわけですね。

安藤　結構、いると思いますよ。でもどこも長続きしませんでした。気が強いし、主張をしすぎたんでしょうね。

沢木　そうなんですか。短いサイクルでいくつか事務所を変わったということですけど、具体的にはどんなところだったんですか。

安藤　インテリアのデザイン、それと家具のデザイン。人間って、身近なものについては素人でも考えられるんですよ。だから、単純に言うと、家具から入って、インテリアのデザインをして、その次に住宅をして、それからもう少し大きなものもして、公共建築をするのがいちばんいいんですが、ほとんどの有名な建築家は公共建築からやっています。本当は、自分が座って、手に触るところが一番重要なんですが、ここが抜けてしまうんですね。

沢木　じゃあ、そういう言い方をすれば、子供からというか、建築家としての真っ当な成長過程を歩んでいらっしゃるわけですね。

安藤　そうなんですね。でも、たまたまですよ、それはね。

野心について

沢木　少し時代をさかのぼりますけど、高校時代にボクシングをなさったことがあるとものの本には書いてありますけど。

安藤　高校二年のときに始めましてね。それを言うと、みんなは、安藤さん、ボクサー、ボクサーいうけど、ホンマに……。

沢木　やったんですか、と僕も訊《き》きたいですね(笑)。

安藤　一年何カ月かやったんですよ。すぐにプロのライセンスとれたんです。四回戦を十何試合やりましたよ。

沢木　へえ、すごいじゃないですか。

安藤　それで、難波にオールというジムがありましてね、そこで僕ファイティング原田を見たんですよ。まだチャンピオンになる前に練習しに来たのを見て、僕はすぐやめましたよ(笑)。ああやっぱりこれは才能や思いましたね。

沢木　野球とかボクシングとか、スポーツは多分はっきり才能が見えると思うんですけれども、建築もわかりますか、才能のあるなしが、はっきりと。

安藤　それはわかりますよ。外国人でも日本人でも、いい建築を見に行きますよね。やっぱりこれは違うなというのはありますよ。

沢木　安藤さんの場合どうですか、才能の先天性、後天性ということでいうと。

安藤　建築って結構知識で、知識でもってつくる建築というのがあるんですね。

沢木　それこそ引用なんてよく言いますよね。

安藤　引用しますよね。引用するんですが、その引用をする前に、それをプログラムするのが才能ですね。例えば文学なんかでも、こういうものを書きたいという、とっかかりがありますよね。そこから膨らませていくときに、引用ばっかりでは膨らまないですね。まずイメージの骨格が必要でしょう。そこはやっぱり才能ですね。

沢木 安藤さんにとってそういう才能は、どういうふうに培《つちか》われてきたんでしょう。

安藤 先天的に形に対する感性みたいなのはあるようですね。僕は音楽に関しては何回聴いても、これはバッハだ、モーツァルトだといわれても、「ああ、そうかな」くらいしか思わないし。

沢木 僕もそうですね(笑)。

安藤 「そうかなあ」と思うんですが、建築についていえば、二十代の初めに雑誌なんか見て、これいいなと思ったヤツ、これはいい感性だなと思ったものが、ずっと評価されて残ってきているんですね。

沢木 安藤さんもやっぱり、ご自身の作品のなかに引用なんかはされるんですか。

安藤 あると思いますね。直接的ではないですが。東大寺南大門とか、大仏殿とか、竜安寺とか西芳寺とか、子供の頃に体験したそういうものが形をかえて出てきますね。独創性と言いますけどね、建築はもう、言ったら地の上に立っているわけですから。その地球上にないものはつくれませんよ。例えばいま、パルテノン神殿と現代テクノロジーの粋《すい》を集めた建築とを比較してみても、技術的にも空間的にもどっちがすぐれているかということは言えないと思うんです。むしろ、古代のほうは目標が一つですから……。

沢木 神との関係だけですからね。

安藤 そう、神との対話だけですから確かなものがつくれますよね。結局、長いあいだ生きながらえてきたものというのは、全部機能がないもんなんですよ。ギリシャのアゴラも機能があるようでない。ヨーロッパの教会にしたって宗教的な意味はあるんですけれども、直接的には機能がない。そういうものしか残らないわけです。竜安寺なんかも石庭がいいっていうから、みんな「うん」と言うて帰るけど、僕なんかは「そうかなあ」と。

沢木　確かにね。

安藤　だけど歩いていくあの道、参道、アプローチはなかなかのもんだと思うんですよね。それは、歩いていくという機能はありますけれども、直接には機能の少ないものでして、そういうものを建築だと考えると、いま僕が淡路島でやっている「夢舞台」はまさにその機能がないんですね。歩いて行くところばっかりなんですよ。あそこはだからずっと旅をする場所なんですよね。そういうものだけでつくられた建築というのは、恐らく今世紀にはあまりないと思うんですよ。

沢木　そうですか。

安藤　そういうものをつくっていこうとするとき、やっぱり過去のものを、自分が見たり体験したりしたものを意識的、無意識的に参照するわけです。

沢木　なるほど。

安藤　パリには有名なノートルダム寺院があるけれども、向かい側にサン・シャペルというでかい教会がありますよね。

沢木　聖書を題材にしたステンドグラスで有名なところですね。

安藤　いま、僕は司馬遼太郎記念館も設計しているんですよ。サン・シャペルのステンドグラスは色があってきれいですけど、司馬遼太郎記念館は白だけのステンドグラスをはめたら、司馬さんの精神に合うんじゃないかと思ってるんです。サン・シャペルそのままだったら、これは司馬さんには合わないと思いますが、違う形で見え隠れしながらあっちこっちに出てくることはある。ヒントとしてね。

沢木 ああ、なるほど。それが安藤さんの引用ということなんですね。つまり、見たものをそのままということではないけれど、見たものから影響を受けざるをえない。それを意識的にするかどうかというところで、引用か単なる影響かということになるんですね。

安藤 そうですね。

沢木 例えば、二十歳ぐらいのときに、もし僕が、ということでもいいんですが、誰か女性が、安藤さんに会ったら、この人は野心的な人だなと思ったか、それとも、この人は何か普通の平凡な人だなと思ったか、どっちだと思います？

安藤 二十代、デザインをしだしたときは、やっぱり野心的や思ったでしょうね。自分のことしかしゃべりませんから。自分の設計のことしかしゃべりませんから。

沢木 設計の話しかしない。

安藤 ええ。変わった人だなと(笑)。

沢木 やっぱりこういう内装のものをやりたいとか、こうだとか、ああだとかって。

安藤 ええ、言うてたと思いますよ。それは、やはり二十代の中頃だったら、建築の設計したい思ってるわけでしょう。僕は学校へ行っていないわけですね。周りはだいたい学校に行っているんですね、当たり前ですけど。だから、自分の設計は、いつも卒業制作ぐらいのつもりでやっていましたし、いまもしていますね。というのは、学生の卒業制作って、結構みんな充実しているんですよ。それが、社会へ出て二年もたったら普通になるんです。何で充実したものがなくなるのかなというと、だんだんと社会とか自分に妥協していくんでしょうね。だからみんな大学で教えた学生に言うんですけれども、卒業制作を部屋に貼っておけと。自分もあんなに一生懸命建築について考えたときがあると思えるんだから。

沢木　僕には卒業制作という意識はなかったけど、この一作がすべてという意識を失ったことはないような気がしますね。これを失敗しても次があるというふうには思わない。だからって、これに失敗したらすべて失うというふうに切羽詰まった気分でいるわけではありませんけど、そのとき取り掛かっている作品に集中する集中度というか、緊張感は失いたくないし、失ったことはないような気がします。

安藤　でも、その緊張感の持続いうのはやはり難しいんで、あのフォアマンのボクシングの番組でもそうでしたよね。

沢木　確かに。あの番組はジョージ・フォアマンというボクサーが四十五歳にして世界ヘビー級のチャンピオンに復活するという試合を軸にしたものでしたけど、その伏線になっているのは、二十年前のモハメッド・アリとのキンシャサの戦いというものなんですね。誰もがフォアマンの圧勝だと思っていたその試合にアリが勝ってしまう。それ以来、ジョージ・フォアマンは、なぜ自分はアリに負けたのか、あるいはなぜアリがあのとき勝ったのかという答えをずっと探し続けるわけですね。そして二十年間、フォアマンがようやく見つけた答えというのは、「あのときのアリは死ぬ理由を持っていた」というものなんですね。あのときアリは死んでもいいと思っていたと。しかし、俺にはあの試合にそれほどのものを見いだせなかった。その差だった、とね。アリがそのとき本当に死んでもいいと思っていたとは思わないけど、少なくともその試合にかける緊張感にはすごいものがあって、自分が負けることは世の中のしいたげられた人間すべてが負けることだなんて、傲慢な仮説を立てた。そして勝ってしまう。

一方、フォアマンも四十五歳のときに、もう一度あの二十年前に失ったものを取り戻すべく、すごい緊張感を持って戦って、実際に取り返すわけですね。でも、アリはその後、緊張感を欠いた試合をだらだらと続けて引退することになりましたし、フォアマンだってタイトルを奪還してからはそのときほどの緊張感はありません。常に緊張感をもって戦いつづけるというのは本当に難しいことなんですよね。

安藤　我々、建築の設計をする人間っていうのは、緊張感も持続していかなきゃいけないけれども、もっと面白いもの、もっとすごい空間をつくろうと思い続けている気持ちが必要なんですね。でも、見ていると、まずそれがなくなっていくんですよ。

沢木　やはり、なくなっていきますか。

安藤　なくなっていきますね。大体、四十五ぐらいになったらなくなっていきますね。そのいちばん大きな理由は、若いときに、建築家になるときに、有名になりたい、金をもうけたい、社会的地位を持ちたいとかいうところから始めるからなんですね。

沢木　金、名誉、地位ということでいえば、安藤さんは若いとき、どれがいちばん欲しいと思いました？　やはり、金でしたか。

安藤　欲しいと思うよりも何よりも、とにかく祖母と僕が生きていくための費用は要りますよね。

沢木　お金をうんと欲しいと思ったことはあまりなかった。

安藤　あまり意図的に欲しいと思ったことはないかな。それに、社会的地位とか、名誉というのは、あんまりイメージしたことないですね。

沢木　何が欲しかったんでしょう。何がいちばん。

安藤　つくるチャンスが欲しかったですね。

沢木　つくるチャンス。

安藤　仕事をするチャンス。何も大きなものというんじゃなしに、意欲的なものをつくれるチャンスが欲しいと、これはいまも思っていますね。

沢木　ということは、要するにつくりたいと。

安藤　ええ。つくりたいということです。

沢木　それは僕も同じですね。好きなように書けることがすべてでしたからね。金だとか、賞だとか、ほんとにどうでもよかったですからね。ただ、自分が書きたいことを好きなように書けるような状況をつくるのに十年くらいはかかりましたね。でも、そうなると、贅沢なことに、本当に書きたいことというのが見えにくくなってくるんですよ。

安藤　それはありますね。僕でも、今度は大きなものをつくれるようになったら、つくりたいということからどんどん離れていきますね。つくる対象が大きすぎたらね。どんどん大きくなって、ピラミッドみたいになってくるわけでしょう。建築には建築として成立するためのスケールというものがありますから、仕事が大きくなると、だんだんわからなくなってきますよね。

沢木　そうするといまは、どんな状況ですか。気持ちとしては。

安藤　なんというか、不思議な感じですね。

沢木　もうちょっと前だったら、つくるチャンスが欲しい、つくるチャンスが来た、つくれたうれしい、というような単純なサイクルだったんでしょう。

安藤　いまでもやっぱりつくるチャンスを探しているんです。試合をしに行きたいと思っているわけですね。試合がなかったら、話にならないですね。それはいつも思っているわけです。そのチャンスは何も大きなものじゃなしに、小さいのもチャンスだと。

心に残る建築

沢木　小さくてもいいんですね。

安藤　だいたい、小さいほうが面白い。例えば、僕の「光の教会」というのは、世界中の本に出るわけですよ。今世紀の建築の代表作としてあちこちに出るわけですよ。小さいものでしょう、こんなん。ところが、我々も大きなものをつくるけど、いくら頑張ってもどこにも出ない(笑)。出ないんですよ。ボクサーのパンチでも、スピードがあって切れのあるパンチと、いくら打ってもきかないというのがあるでしょう。ああいうもんなんですね。だけどいまは、事務所に所員が二十五人もいると、ああいう「光の教会」みたいな小さいのじゃ食えないんですよ。

沢木　食えないでしょうね。

安藤　ここが、非常に難しい。

沢木　「光の教会」ぐらいのレベルだと、作家的な、一種の作品ですよね。

安藤　そうですね。作品ですね。

沢木　そういうものだけをずっとやっていこうと思えば、いけないことはないんですか？　例えば二、三人で。

安藤　ところが、そういう規模の事務所だと、そういう面白い仕事が来ないんですよ。どこにいるかわからんでしょう、その建築家が。

沢木　ああ、そうか。

安藤　建築家って、みんなが探しているわりには、どこにその人がいるかわからないというところがありますね。もう一つは公共建築とかになると人数がいないと責任が果たせませんから、二十人ぐらいいないと仕事のチャンスさえ来ない。そして二十人ぐらいいると、ある大きさの仕事をしないと食えない。だけど大きな仕事は必ずしも人の心を打つわけじゃないんですね。我々はやっぱり、人の心を打つものをつくりたいと思っているわけですよ。ボクシングの試合でも、人の心に残る試合というのは、そんなにないですよね。

沢木　そうですね。数えるほどですね。

安藤　建築も、無数に建っていますよね。だけど、人の心に残る建築というのは少ない。特にこの十年はいくつもないです。

沢木　僕が建築について無知だというのは最初に言いましたけれども、例えば、安藤さんの代表作のひとつに「住吉の長屋」ってありますよね。三軒長屋の真ん中の家を、コンクリートの箱のような住宅につくり替えてしまった。僕はあれを写真で見て、どう思ったかというと、両端に住んでいる人、こんなの建てられて迷惑したろうなということなんですよね(笑)。こんなものが建たなきゃ、家について考えもしなかったのに、突然こんなのがボーンと真ん中にできちゃったために、帰るたんびに「家って何だろうな」とか、いろいろな余計なことを考えさせられるだろうなって思ったんですね、僕は。

安藤　基本的に、家ってそういうものだと思うんですよ。建てるいうことは、そういうものだと思うんですよ。人に考えることを気づかせるというか、人を刺激するものだと思うんですよね。あそこの家というのは、真ん中に中庭がありますでしょう。だから、家に帰るたんびに、雨降らんほうがいいなとか、冬、寒くないほうがいいなとか思わざるを得ない。

沢木　暑いのは嫌だと。

安藤　暑いのは割とカバーできるんですよ。自然光入ってきて、風が入ってきます。冬、寒いのは寒い。我々も、建てた当時は、冬には行くまいとか言ったりして(笑)。

沢木　ひどいじゃないですか(笑)。

安藤　あの住まいにはあの住まいなりの条件があるんですね。予算も敷地も限られている。だけど、その中で自分が空を見て、宇宙があるというのはいいと思うんですよ。

沢木　住み手が何を選ぶかですよね、もちろん。

安藤　宇宙をつくるわけですね、我々建築家いうのは。公共建築なら、県民にとっての宇宙をつくらないといけない。住宅なら、その家族の宇宙をつくる。建築家には、そういう宇宙をつくるという面白さはあるんですね。

沢木　建物の意味というのは、中での暮らす人にとっての意味と、通行人のように外側から見るだけの人にとっての意味と、二つありますよね。その二つが完璧に調和するなんていうことは、ほとんどいまの状況ではあり得ない。ある種の違和感を覚えさせることになる。そのことは、「住吉の長屋」の両隣もそうだし、その前を通行する人もそうですけど、むしろよいと思っていらっしゃるわけですか。

安藤　いや、基本的に町の中にありますから、そういうふうには思いません。でも、「住吉の長屋」は、長屋そのものより小さいんですよ、軒が。だから、普通の人が見ても、壁面が一枚コンクリート壁になったぐらいの印象でしょうね。ちょっと意識を持った人には、変わった壁が建ったくらいには感じるでしょうけどね。

沢木　なるほど。

安藤　基本的に、古い町並みに白い壁が一枚あるだけだと思います。やっぱり町を考えないといけないと思うんですね。それを考えながらやっているんですが、ただ、建築をつくるときには、要求条件はもう大体、いっぱい出てくるわけですね。建て主の。

沢木　そりゃ、そうですよ(笑)。でも、きっと「住吉の長屋」に住んでいる方もそうでしょうけど、みんな見にいっては、「住みやすいですか」とか、聞くんでしょうね。そのたびに、住んでいる方は口ごもったりして(笑)。

安藤　家というのは、僕、不満というのは常にあると思うんです。半分ぐらい不満だと思うな。半分ぐらい納得していると思うんですよ。全部満足いう家は、いちばん簡単なマンションですね。誰でも住めるけど、面白くないですよね。ほとんどの家は、不満半分で、満足半分ぐらいで成り立っていいんだと思いますね。

沢木　なるほど。まあ、それは面白いですよね。それを面白がれれば。だけど、それには体力が要りますね、多分。きっと体力がなくなったら、難しい家は放棄されると思うな。

安藤　そうかもしれませんね(笑)。

大阪人であるということ

沢木　安藤さんにとっていい作品って、どういうものなんですか。

安藤　沢木さんの場合はどうなんですか？

沢木　僕はいま、仕事の中身が拡散しつつある時期なんですね。これまでだったら、自分と対象との距離だけを考えていればよくて、自分と対象とがどのように遭遇して交錯したか、そういうノンフィクションを書きつづけてきたわけです。だから、自分と対象との距離が鮮やかに浮き出て、場合によったら、その交錯の瞬間が鮮やかに描くことができればよかったんです。ところが、最近は、必ずしも対象が外部にあるものとは限らなくなってしまったんで、そう簡単に言えなくなってしまったんです。やはり、自分に最も興味があるのは自分自身ではないかと思いはじめましてね。ただ、ひとつ言えるのは、どんな仕事であれ、自分が手を抜かなかったということが自分で確認できれば、それはすべていい作品だと思っているようなところはあるんです。とても自己完結的ですけれど。安藤さんの尺度というのはどういうものなんですか。

安藤　どうなんでしょうね。例えば、僕のつくった建物を使っている人たちの記憶の中に、ぼうっと思い浮かべられるものというのはいい作品でしょうね。「光の教会」なんかでも、その場に立ち会った人の記憶にどう残るかが大事なんです。子供のころからそこで育って教会に通っていた人が東京へ行って、ときどきぼうっと、帰ってみたいなと思うものをつくらないといけないでしょうね。多分、西洋の教会なんかそうだったんだろうと思いますよ。日本のお寺もね。そういうものは、量産というかたちではできないんですね。

沢木　いまおっしゃられたのは、クライアントの向こう側にいる人たちの記憶ですよね。そういうものによって成り立つ、その善し悪しが変化していくという、そういう意味では、自分だけでは完結しない世界なわけですね、やっぱり建築は。

安藤　そうですね。

沢木　例えば、自分が自己完結的にすばらしいものができたと思っても、全然すばらしくないということはあり得る。

安藤　当然ですね。自己陶酔型の人は全部自分のがいいと思ってるでしょうけど。

沢木　でも。安藤さんだって、そう思っていませんか(笑)。

安藤　いやあ、案外思わない。割と客観的ですね。

沢木　そうですか。もしかしたら、安藤さんには人を喜ばせたいというのが、本質的にあるのかな。

安藤　ありますね。ほかの建築家は自分のつくったものを、「どうや」と、「これは世界的に見てどうや」と、こう言うんですが、そういう競争も大事なんでしょうけれども、やっぱり人間をまとめて、たくさんの人たちに世話になってでき上がっていくものですから、そういうことを忘れるといい建築にならない。建築というのは、やっぱり常に共同作業なんですよね。だけど、建築家は共同作業というものを認めなかったんですね。大工がした仕事、左官屋がした仕事がありますね。みんな自分のやったことは認めてほしいですよね。そこをやっぱり認めてやるべきなんですよ。だから「現場の人間は建てたあとに同窓会したらいい」と、それが僕の発想。同窓会をしたら、彼らだって建物を見るわけですね。自分たちの建物がどういうふうに使われているかということを見る。すると、自分たちの仕事はこういうものだったのだということを、しっかり認識しますでしょう。

沢木 そうですね。次の仕事にも愛情持てますよね。

安藤 うん。建築の、そういうところを僕は面白いと思っているんですけど。普通の建築家はあまりそうは思わないですね。

沢木 同窓会、いいですね。

安藤 僕は、建築をつくるときに現場に模型置いて、全体はこうなりますよ、あなた方がつくっているのはこんなになりますと、仕事の全体像を把握してもらうようにしてます。最後には、プレートに、建築に関わった人の全員の名前を記入することにしているんです。建築というのはそういう作業だと思うんですよね。昔の東大寺とか法隆寺とかがつくられたときにも、関わった人の名前が全部記されているんですね。今は、そういう気持ちがなくなってきていますけど、例えば、左官屋が子供を連れてきたり、大工が奥さんを連れてきたりしたときに、「なるほど、うちの親父もこういう仕事してるんだ」と誇りに思えるじゃないですか。だけど建築家というのは、みんな自分のものにしてしまう。自分が最高。気持ち悪いわ。

沢木 その、安藤さんのバランスの感覚というのはどこから来ているんですかね。

安藤 大阪人というところからじゃないかな。

沢木 大阪人だからなんですかね、やっぱり。

安藤 合理精神というのは、片っぽで客観的な論理ですよね。そういうのは、大阪人だけにあるんじゃないと思いますが、僕の場合、かなりの部分、それがあると思いますね。

沢木 自己相対化能力ですよね。

安藤　だから僕はあんまり、自分がすごいなんて思わないんですね。みんなが、それはいいと言ってくれても、ああ、そうなのかなと思うくらいでね。ある面で僕なんか、初めからドロップアウトしているわけですけど、そういう人間なりに客観性があるのは、多分に大阪人だからかなと思うんですね。

沢木　大阪人ということではなく、安藤忠雄固有のものとしてはどうなんでしょう。

安藤　一つは、こういうことがありましたね。子供のころ、友達が淀川で二人死んだんですね。魚釣りで一人、何かのときに流されて一人。それと、自分の家の前で、一つ年下の子が車にはねられて、即死したんですけれど、自分の家の前へバーッと血が飛び込んできましてね。それはものすごいショックでした。

沢木　それはそうでしょうね。

安藤　それともう一つ、高校時代ボクシングをやっていたときに、みんなで有名なキャバレーみたいなところにアルバイトへ行ったんですけれども、そこが燃えて、ランキング十位ぐらいの人を含めて三人が焼死したんですよ。

沢木　それは大事件ですよね、昔のランキング・ボクサーってすごかったですしね。

安藤　その人たちが三人死んだんですよ。死体を運ぶのを手伝ったときに、ああ、人生ってこんなのかと思いましたよ。昼まで元気だったわけですからね。それが焼死した。ほんとに人間って、丸こげになったら、炭みたいになるんですね。そいつらだというのはわかっているんですけれども、どれが誰かもうわからんようになってしまって。それをみんなで担架とかで運んだときに、まあ人生、人間こんなもんかと思いましたね。

沢木　それは安藤さんのどこかに深く残っているんですね。

安藤　そうなんですね、きっと。だから、ちょっとしたことでは、あんまり慌てないですね。こんなもんだと思っていますから。

沢木　唐突ですけど、安藤さんは老人になった人たちのためにというか、もう建物と戦う体力も気力もないようなご夫婦のための住居というのを、つくろうと思えばつくれるんですか。すごい無礼な質問ですけど(笑)。

安藤　できると思いますね。どういう形なのかなと思いますけどね。だけど、本当は老人になると、小さい家のほうがいいですよね、絶対に。

沢木　それは間違いなくそうですね。

安藤　小さい家がいいですよね。それはそれなりにできると思いますね。

沢木　例えばそれは、冬は寒くなく、夏は暑くなく、水はたまらず(笑)、そういう住みやすいというか、少なくとも住むのに抵抗感のないものを望む老人につくれます?

安藤　一戸建てならできるでしょうね。それが集合したら難しいでしょうけどね。いま考えているのは、こういうことなんです。現在やってるものは、淡路島の「夢舞台」も含めて、県立美術館とか巨大なものが多いんですが、六十五歳くらいまでにそれをみんな終えて、六十六、七と、どんどんつくる建物の規模を小さくしていって、七十になったら、最初につくった「住吉の長屋」のような十三坪くらいの家に戻るといちばんいいかたちになるかもしれないなと……。

沢木　そう思っているわけですね。建築家としての上がりが巨大な東京都庁みたいな建物ではなく、「住吉の長屋」みたいなものだと。

安藤　ええ。

沢木　そういう展開ができたら理想的でしょうね。

最初の旅、最後の旅

森本哲郎
沢木耕太郎

もりもと　てつろう　一九二五年、東京生まれ。ジャーナリスト。

あるとき、森本さんから電話があり、ひとつ頼みがあるのだがという。『サハラ幻想行』が永く絶版になっているが、このたび再刊をしてくれる出版社が現れ、近く新版を出すことになった。ついては、巻末に誰かとの対談を載せようということになったのだが、その相手をしてくれないだろうかというのだ。

正直に言うと、雑誌や新聞での対談とは違って、その場かぎりのものではなく、森本さんの大切な著作の巻末に印刷されて残ってしまうということには責任があり、少し気重でないことはなかった。しかし、私がその場ですぐ引き受けさせていただいたのは、森本さんには密かに恩義を感じていたからだ。

あれは私の娘が生まれて半年後くらいのことだった。森本さんから連絡があり、自分の私的な勉強会に来て、ニュージャーナリズムについて話してくれないかという申し出を受けた。森本さんの事務所で開かれたその勉強会に行くと、そこには朝日新聞の現役記者やOBなどのジャーナリストが二十人ほどいて、私の話を熱心に聞いてくれた。

終わってしばらくはビールを飲んでの雑談になったが、そこには森本さんと並ぶ朝日の名文記者として鳴らした疋田桂一郎さんもいらした。そしてそのとき、子供について疋田さんが独り言のように洩らしたほんのひとことが、私のその後の人生を大きく変えるものになった。その言葉に出会わせてくれたということに、私は森本さんへの恩義を感じていたのだ。

対談の載った『サハラ幻想行』の新版は二〇〇二年の二月に刊行された。

二〇一四年、没。

（沢木）

旅とは旅にすぎない

沢木　森本さんのこの『サハラ幻想行』が出たのは一九七一年のことで、四年前の六七年には『文明の旅』を出されていますね。

森本　ええ、そうです。

沢木　僕は今、五十三歳ですが、森本さんはその時、まだ四十歳そこそこだった。

森本　たしか、四十代前半でしたね。そのあいだに、蕪村をテーマに『詩人 与謝蕪村の世界』を出しました。それが、一九六九年です。

沢木　僕の現在の年齢と、森本さんが『サハラ幻想行』を書かれたときの年齢を考えると、とても驚かされます。森本さんは、もちろん僕にとってジャーナリズムの世界での大先輩ですから、とうぜん年上の人が書いたもの、と思っていたのに、あらためて考えてみると、今の僕より、ずっと若い頃に書かれたものなんですね。

森本　若気の至りですよ(笑)。沢木さんの代表作『深夜特急』を読みましたが、文庫本では六冊にもなるのにスラスラ読めてしまうんだなあ。僕も旅ガラスみたいにあちこち旅ばかりして歩いてきたから、いっそう共感できるのかもしれない。場所にしても、僕の行った地域とだいぶ重なっているし。それだけに旅先の情景がありありと甦《よみがえ》ってくる。沢木さんはバスの旅にこだわっていますね。僕もそうなんです。で、ずいぶんバス旅行をしたもんだから、バス旅行の魅力がじつによくわかる。

沢木　それはうれしいなあ(笑)。

森本　バスで旅するというのは、地上を這《は》って行くようなものですからね。

沢木　たしか『文明の旅』に書かれていたと思うんですが、バグダッドへ行くバスとか、また、アフリカあたりではバスだかトラックだかよくわからない奇妙な乗り物が出てきましたよね。森本さんの書かれた本には、乗り物に乗って移動していく感じがよく出ていて、そのあたりが僕も近しく感じる理由かなと思っています。

実は『サハラ幻想行』という作品は、わずか六日間の出来事を描いたものなんですね。六泊七日、たったそれだけの旅に一冊を費やしてしまった(笑)。でもそれは、プロセスそのものが大切だったということでもあるんですね。

森本　まさにそうです。なんせ、そこまで行くのが、じつに大変だったから。

沢木　僕のバスの旅も、基本的にはプロセスの旅なんです。目的地に行くためだけのものだったら、もう少し違う方法があるのかもしれません。もちろん、仕方なしにバスに乗らざるをえないということもありますが、やはり、そのプロセスを面白がることができないと、いわゆる「旅」にならないのだろうと思いますね。

森本　僕は、よく旅とは何か、と聞かれるんですが、正直いって返事に困ってしまう。そこで、旅とは目的を持たないものである、目的を持って出かけるのは出張だ、と答えることにしている(笑)。

沢木　そこは少し大目に見てあげてほしいと思いますけど(笑)。ある程度の目的、たとえば、どこかの名所や遺跡を見たいということでも、充分、旅なんだろうと思います。旅は漂泊《ひょうはく》とはちがいますから……。しかし、目的地だけに執着するのは、旅という概念からちょっと外れてしまうような感じがしますね。

森本　そうですよ。プロセスそのものが旅だ、と言ってもいい。人生の最終目的地というなら「死」でしょう？　もし、目的地だけをめざしていたなら、人間は死ぬことばかりを考えて暮らすことになってしまう。人生もプロセスが肝心なんですよ。僕は、人生は旅、というより、旅は人生、と考えているんです。沢木さんは「旅には旅の生涯があるのかもしれない。旅にも青春期があり、壮年期がある」と書いておられるけれど、僕もそのとおりだと思う。

沢木　その旅の始まりですが、森本さんの場合は新聞記者としての旅で、外国に行かせてもらう機会がいっぱいあったわけですよね、偶然というか、幸運というか。それは、やっぱり幸運なことだと思われましたか？　それとも、むしろ大変なことでしたか。

森本　そうですね。たしかに恵まれていたと思う。苦労もしましたがね。

沢木　僕のころとは違って、あの当時の新聞社はそうとう贅沢に金を出したに違いない（笑）。だって、森本さんは半年間もパリにいて「世界名作の旅」を何本か書かれたわけでしょう。そんなこと、今やらせてもらってる人はいないじゃないですか。

森本　あのころは海外旅行が今みたいに日常化していませんでしたからね。それだけに、たしかに贅沢でした。半年で帰って来いといわれてたのを、まだ取材が終わらないと突っぱねて、僕はさらに一カ月延ばしたんですよ。

沢木　それも、パリをベースにして行きっぱなしでしょう。

森本　そう、パリの安宿に陣取ってね。

沢木　どのあたりですか。安宿なら、サンジェルマンとか？

森本　いいや、オペラ座からグランブールバールを歩いて、そう、十五分ぐらいのところかな。今はもうつぶれてしまったリヨン銀行を左に入ったところ。

沢木　じゃあ、表のにぎやかな通りから少し入った静かなところでしたか？

森本　ええ。狭いグラモン通りに面しているホテル・マンチェスターという小さな宿でした。イギリス人が経営してたのかな。とにかく古くて、まるで船に乗ってるみたいでした。

沢木　船に乗ってる？　それはまた、どうしてですか。

森本　建物全体が傾いてるんですよ。もしパリに地震があったら、まっさきに崩れてしまうな。二階の僕の部屋なんて、一歩入るとつんのめっちゃうくらい傾斜してた。

そこに置かれた小さな机で原稿を書かなきゃいけない。ところが、机も傾いているから、えらく書きづらくてね。でも、やはり住めば都ですよ。離れがたくなって、そこにずっといました。以来、パリに行くたびに懐かしくて、そのホテルを「表敬訪問」してました。

沢木　パリには建物の高さ制限があるから、五階プラス屋根裏部屋みたいなところが多いけれど、そんな建物ですか。

森本　いや、たしか三階建てでした。建物がコの字型になっていて、ちょっとした中庭があって……いま考えると、じつに住み心地いいホテルだった。

沢木　じゃ、そこに荷物や洋服やもろもろのものを置きっきりで取材したんですか。そうなるとほとんど下宿ですね(笑)。

森本　そう、下宿です。でも、沢木さんに言わせれば「なんて贅沢な」ということになるかもしれない。

沢木　いかに古いホテルと言ったって、やっぱりトイレが付いているんだろうなあ、シャワーもあるんだろうな、と思いながら聞いてました(笑)。

森本　もちろん、ありましたよ。清潔な、ね(笑)。とにかく借りっぱなしにして、そこを基地にアフリカに行ったり、中近東に行ったり、南米に行ったり……。一度の取材で一カ月かかることもあるし、いったんパリに戻ってきても、また別の取材に出かけてしまう。だから実際に部屋を使うのは月に三、四日だったりすることもあった。考えてみると、外務省の役人がやるようなことをしてたな(笑)。

沢木　それでもずいぶん倹約している感じがあったんじゃないですか？

森本　そうですよ。高級ホテルに泊まることを考えれば、料金も知れてましたからね。異国にいながら自分の部屋に帰るという安堵《あんど》感があったので、七カ月も日本を離れていられたんだと思う。それでも新聞社内では、僕が歴代でいちばん金をつかった記者だなんて言われてね。

アフリカへ行ってヘミングウェイの名作「キリマンジャロの雪」の背景を取材するために、サファリ旅行を個人的に仕立てたからです。あのころ、そんなことができるのはインドのマハラジャかハリウッドの大スターぐらいと言われるほど、金がかかるものだった。そんなことを僕が試みたからなんです。ちょうど東京オリンピックの年でしたが、そのあと日本は不況になって、社でも経費節減で廊下の電気まで減らしたそうです。そんなときに、僕のサファリの原稿が送られてきたもんだから、みんなカンカンに怒って……(笑)。

沢木　ひんしゅくを買ったわけですね。

森本　俺たちは節約のために薄暗いなかで仕事をしてるのに、あいつはなんだ、と。でも、僕がやったサファリは、新聞に紹介してくれるんならと、ケニアのサファリ会社が喜んで無料で仕立ててくれたんです。

沢木 連載が終わったあとも、しばらくパリに残ったんでしたよね。それはどうしてですか。

森本 僕は、とことん調べないと気がすまないタチでね。もっとスペインを歩きたいと思って……。まだ取材の必要あり、といって帰国を先延ばしにしていた。本社からは「帰国せよ」という矢のような催促です。僕は「帰れぬ」の一点張り。そうしたら「異動。至急帰れ」という電報が届いた。さすがに業務命令だから仕方がない、ということで帰ってきたら、異動というのは嘘だった。

沢木 やられたわけですね(笑)。

森本 「そう言わなけりゃ、お前は帰ってこないだろ」って、羽田に迎えてくれたデスクが笑ってるんだ。

沢木 それはまた、牧歌的な話ですね。

森本 まったく(笑)。七カ月も世界各地を歩き回っていたなんて、僕としてはあとにも先にも、このときだけでしたね。

沢木 旅先でいちばん困るのは夕飯だ、と、どこかで書かれていらっしゃいましたよね。

森本 ええ。長い一人旅だと、それがいちばんつらい。

沢木 夕飯のことがなければ、一人のほうが本当に気楽なんですけどね。

森本 でも、食事のときは相手がいないと、何とも味気ない。

沢木 それに、一人でおいしい物を食べようと思っても、欧米では難しい。レストランの側としても、一人で来られても困るんだろうと思います。席をどうセッティングしようかと悩むでしょうしね。結局、いいレストランに一人で行くと、隅の席に通されてしまう。それは別に店の側が差別しているわけじゃなくて仕方がないんですよ。ところが、同じレストランでも、いちおう一人前の格好をして女の人と行けば、ちゃんとした席に案内してくれる。だから一人の夕飯は、それはそれは本当に切ないですね。

森本　毎日、夕方になるのが怖かった(笑)。それをもう、いやというほど経験しましたよ。とくにイスラム圏の町、モロッコのカサブランカとか、アルジェリアのオラン、イラクのバグダッドみたいなところでは、出されたメニューは読めない、作法はわからない、ですしね。まわりを見ると、みんな楽しそうに食事をしている。僕も仲間に入りたいんだけど、言葉は通じないし……。彼らの幸福そうな様子を見ながら、こっちはポツンと一人でシシカバブなんか食べてる(笑)。

沢木　でも逆に、一人で寂しいなあっていう気持ちが、いろいろな思考を巡らせることになるから、その意味ではいいのではないですか。

森本　たぶんいいのでしょう。しかし、それは後になってからそう思えるだけで(笑)。

沢木　そうですね。やっぱりごはんは、おいしく食べたいですもんね。

森本　じっさい、孤独な食事をしていると、なんで自分はこんな所にいるんだろうという気になる。

沢木　そういえば、旅をしている間、なぜ自分はこんな所にいるんだろうという感じが、森本さんは強いのではないですか。僕はそれほど思わないんだけど。

森本　ええ、そういう思いは、ずーっとつきまとってますね。街を歩いていても、列車に乗っていても、どこにいようと、いつもその思いが迫ってくる。そして、しまいに、僕の人生はどうしてこんな形でしかあり得ないのか、ということに対して、腹立たしくなって……。

沢木　腹が立って、それからどうなります?

森本　こんなはずはない、もっとほかにあり得たにちがいない、って抗議したくなる。だから僕はあの世を信じてるんですよ。だって永劫《えいごう》にたった一回の人生だったら、それが、なぜ、こうでしかあり得ないのか、不条理きわまるじゃないですか。僕という存在が、ありようを変えて何万回、何億回と続くんじゃないかと、そう思いたいなあ。

沢木　そう思う人は、きっとそうなる(笑)。僕は、というと、まったく逆なんですよ。この人生、すごく面白かったという感じが、十年、いやもうすでに二十年くらい前から常にあったんです。つまり、「ああ、面白かった！」と思い続けて二十年生きてきた。そのせいか、いつ人生が終わってもいいという感じがある。

森本　へえー、そうですか。でも、面白ければ面白いほど、一回きりなんてもったいないじゃないですか。

沢木　なるほど、そうか。そういうふうに森本さんは思われるんですね。僕はそこが逆で、「面白かったから、もう充分」となるのだけれど。

森本　僕は、まだまだ、いや、もっともっと、かな(笑)。人生が一回きりだなんて、そんなバカなはずはない、と僕は思う。今度はインド人に生まれるかもしれないし、ことによると火星人に生まれるかもしれない。この無数ともいえる生命体のなかで、いまの自分としてこの世に存在するっていう確率は、信じられない確率だと思いませんか。あらゆる宇宙生命体のなかで、人間の一個人として生まれてくる。猫でも犬でもなく人間として、こんな生活をしている。奇妙に思いませんか。だから、いまの自分の人生だけだったら、悔いだけしか残らないような気がする。

沢木　今の自分じゃない何者かを、もっと生きてみたい、ということですね。森本さんみたいな人は、フランス人として生まれても、あるいはインド人に生まれたとしても、きっと同じ思いで生きてるに違いない。

森本　その思いが齢とともに、いよいよ激しくなるんですよ。

沢木　意外だなあ。でも、見方を変えると、それはどんな人生を歩んでも後悔するということになりませんか？　どんなに理想的な人生であっても、森本さんはきっと後悔するんだ、最後には(笑)。要するに、いっぱいいろんなことをやってみたいのでしょう。

森本　そう、ありとあらゆることをね。それなのに、なぜ僕はこんなわずかな可能性しか体験できずに死んでいかなきゃならないのか。それが、じつに腹立たしいわけですよ。

沢木　でも、未来永劫、果てしなく生き続けるというのも、かなり大変なことかもしれませんよ(笑)。

森本　結局、自分であるということ、自分でしかないということは、どうしようもない。放浪の俳人、山頭火《さんとうか》の句に「どうしようもないわたしが歩いてゐる」というのがありますが、僕はこの思いに大いに共感しますね。これは、自分自身に愛想が尽きた、というのとはちょっと違う。

沢木　おっしゃるとおり、山頭火にはそうした気配がありますね。でも、森本さんの場合は、そうじゃない。「愛想が尽きた自分が存在するどうしようもなさ」という感じとは違うと思う。山頭火には、その根底に強烈な自負があるにしても、ロクでもない自分、というニュアンスが若干ありますよね。そこが違う。

森本　たしかに、僕は自分の人生がロクでもないとも思わないな。

沢木　そう、かなり肯定的でしょう。

森本　ええ、一応はね。でも、肯定的であろうと、否定的であろうと、ただ一回きり、というのが、やりきれない。まだやりたいことが山ほどあるのに……。

沢木　それは、欲張りなんですよ。山頭火が聞いたら、俺はお前とは絶対に違うと、きっと言うはずですよ(笑)。

海と砂漠

沢木　あらためて『サハラ幻想行』を読んで、いちばん印象的だったのは、砂漠とカミュを象徴的に関係づけられていることでした。僕もカミュはずいぶん読んできたのですが、砂漠とカミュの関係について深く考えたことは、ほとんどなかった。むしろ、海の感じが強かったんです。まさに地中海のイメージです。

でも、たしかに森本さんが書かれているように、地中海は「青い砂漠」ともいえる。そこからカミュを考えるという発想は、当然あってもよかったのに、僕はほとんど考えつかなかった。カミュの初期の作品から受けるイメージは常に海でしたね。どんなに貧しい人間にとっても、海は等しくある。僕には、カミュがその海に仰向けになって漂いながら太陽を見ているというイメージしかなかった。

そして、もうひとつの重要な初期作品である『シーシュポスの神話』に対して、僕はあまり肯定的でないものですから、よけいに砂漠について考えなかったのかもしれません。森本さんは、カミュの不条理の概念は砂漠によって増幅されたのではないか、と書いておられますが、僕には、その視点がとても新鮮だった。

森本　カミュの作品は終戦直後、僕の若いころに日本に紹介され、たいへん流行りました。『異邦人』や『シーシュポスの神話』などを僕も夢中になって読んだものです。彼はアルジェリアのオランで中等学校の教師をしていたことがあって、この街についてのエッセイもある。それで僕は、「世界名作の旅」の取材で、『ペスト』の舞台でもあるオランを訪ねたんです。じつにいい街なんですね。椰子《やし》の並木の傍らにあるカフェにぼんやり座っていると、空は晴れているのにサラサラサラと時雨《しぐれ》みたいな音がする。何だと思います？　砂なんですよ。砂が降ってくる音。

沢木　アルジェやオランというと海の町という印象だけど、実は砂が降るんだ。

森本　そうなんです。たしかに地中海に臨む港町なんだけれど、潮騒よりも砂の声が聞こえるんですよ。

沢木　それは凄いなあ、とても面白い。

森本　僕も驚きました。アルジェもオランも、前は海、後ろは砂漠という町なんですね。地中海的な清澄がサハラの砂漠的な幻影と、ひそかに通じ合っている、そんな町。だから、ここに住む人たちは二つの海に生きていることになる。潮の海と、砂の海に、です。こうした町に育ったカミュも日常的にそれを感じ取っていたんでしょう。

沢木　僕もオランには行ってみたくて、マルセイユからどうしようか、地中海を船で渡ろうかな、と迷ったことがありましたが、実際にはまだ行っていません。森本さんのおっしゃるようなことは、その地に足を踏み入れないと絶対にわからないことですね。

森本　そう、空気を肌で感じないとね。僕はアルジェの東にあるカミュが愛したチパサという町にも何度か行きました。

沢木　チパサは光り輝く海の町という感じがしますが、やはり砂と関係があるんでしょうか。

森本　チパサでは海の力のほうが勝っていると思いますね。ところがアルジェ、オランとなると海の力と砂漠の力は相半ばしている。カミュはほとんどアルジェで暮らしていましたから、彼の文学を育てたのは砂漠と海ではないかと、そんな気がする。

沢木　なるほど。まさにそれこそが現場を訪ねることの醍醐味ですね。

映画化もされたノンフィクションで『パリは燃えているか』という作品がありますよね。それを共同で書いたのはドミニク・ラピエールとラリー・コリンズという有名なジャーナリストなんですが、僕が彼らの傑作だと思うのは『さもなくば喪服を』ではないかという気がしているんです。それはどういう内容かというと、スペインの闘牛士で国民的英雄であったエル・コルドベスという人物を、スペイン内戦から現代までのスペイン史をからめて描いた物語なんです。ノンフィクションのひとつの形としては、戦後のベストワンといってもいいのではないかと思っています。しかし僕は、最初この作品が実感としていまひとつよくわからなかった。

たまたま、これを読んだ直後、友人とアンダルシアを車で一カ月ほど回る機会がありました。ちょうど秋祭りの時期で、ほんとうに何の変哲もない小さな町を訪れたのですが、放射状の道をすべて塞いで、町の真ん中にある広場に牛を追い込んでいるんです。あっという間に広場が闘牛場に変わって、大勢の命知らずの若者たち、少年たちが自分の上着を手にそこへ飛び込んでいく。牛と戦うことが男としての証しなんですね。このとき初めて、スペインの男にとって闘牛がいかに特別なものであるかを実感しました。

そんな旅をしながら、もう一度『さもなくば喪服を』を読んでみると、いろいろなことがはっきりとわかってきたんです。闘牛に対するスペインの、とくにアンダルシアの若者たちの思いというものが。最近では少年たちの夢はサッカーの花形選手になることかもしれないけれど、僕が訪れたころは闘牛士とサッカーの選手と、少年の夢が拮抗《きっこう》しているような時期でしたから。

実際にその地を訪れなければ本当にはわからない、そういうことがあるものですね。カミュに関してなら、やはりアルジェやオランに行ってみないとわからないことがたくさんあるんだなと思っています。

森本 残念なことに、今は治安が悪いということで、アルジェリアには入れませんね。僕にとってはどこよりも行きたい国なのに。僕はもう一度、タッシリに登ってみたいんですよ。この年齢で登れるかどうか、体力に自信はありませんが、せめてジャネットというふもとのオアシスを訪ねてみたいと思っているんです。

沢木 タッシリは一度だけでしたか?

森本 いや、二度、行きました。友人が、きみの峠越えの描写は大袈裟だ、と言うので、それなら一緒に行ってみようじゃないか、と、七、八人の有志を募って、証明しに行ったんです。

沢木 いつ頃ですか。

森本 最初の旅から数年ほどたってからかな。一九七六年だったと思います。

沢木 で、証明はされました?

森本 それが……僕が最初にタッシリに向かったときは八月で、その過酷さといったらなかった。それを大袈裟だなんて言うなら、どれだけ苦しいか充分に味わわせてやろうと思ってみんなを引き連れて行ったんだけど、二度目のタッシリ行きは三月だったんですよ。気温がぜんぜん違う。前回とは比べようもないほど楽だった。だから「それほど大したことないじゃないか」と言われて、悔しくてね。でも、タッシリの岩の台地を一週間かけて歩いたら、さすがにみんなへばって、やはり過酷だ、ということにはなりました。だけど、あの峠の苦しみは夏じゃなきゃ、とても実感できませんよ。

沢木　森本さんは砂漠に魅せられているというか、砂漠に強い関心がおありですね。そのはじまりは何だったんでしょう。最初の問題設定、あるいは動機付けといったものは。森本さんは若いころ砂漠に惹《ひ》かれて、そして今でも、まだ惹かれ続けている。それは何なのだろう。

たとえば、海とか、山とか、砂とか、そんなふうにわけていったとき、森本さんにとって最後に残るのはやっぱり砂なんでしょうかね。

森本　僕にとっては、砂漠しかないんですよ。なぜだか自分にもよくわからない。しかし、考えてみると、砂漠には何もないけれど、同時に、すべてがあるからじゃないか、という気もします。砂漠には海の要素もあれば、山の要素もある。よく砂漠は「砂の海」で、ラクダは船だ、というでしょう。砂丘を山とみなすこともできる。なかには二百メートル、三百メートル級のものもありますしね。そこを越えるには山登りと同じで大変な労力を必要とします。それから、一望の平原という要素もね。

沢木　なるほど。実は僕も、二、三年前にサハラ砂漠に行ったんですよ。

森本　どのあたりですか。

沢木　モロッコです。砂漠にまるで興味がないというわけではないんですが、その旅の目的はマラケシュでした。『深夜特急』の旅のときも、マルセイユからアルジェに渡り、そこからマラケシュへ行こうかなと一度は思ったんですが、ポルトガルに入ってからもぐずぐず迷って、結局イギリスに渡って帰ってきてしまった。後になって、やはり地中海を渡ってアフリカへ行くべきだったと悔やみました。

それで、二年ほど前、スペインのマラガに行く機会があったので足を延ばしたんです。マラガからアルヘシラスまでバスで行って、対岸のタンジールへは船、そこからカサブランカ、そしてマラケシュまではバスを乗り継いで、という具合の旅でした。念願のマラケシュだったのですが、行くのがちょっと遅すぎたな、と思いました。

森本　遅すぎた、というのは?

沢木　マラケシュ自体は、たぶんそれほど変わっていないんでしょうが、僕自身が変わってしまっていたから。二十代のときにこの町を訪れていたら、印象も体験もまったく違っていただろうと。

そんな思いでマラケシュに滞在していると、砂漠に行かないか、とベルベル人のガイド風の男からよく誘われました。砂漠は近いのかと尋ねると、山を越えればすぐだよ、と言う。そこであらためて、気づきました。そうか、あそこの山を越えればすぐそこからサハラ砂漠がひろがっているんだって。

森本　そうですよ。砂の海が地の果てまで続いてる。

沢木　で、またバスのお世話になって山を越えてみたら、ほんとにサハラ砂漠の「ほとり」に出ちゃった(笑)。そこで会った若いベルベル人の男の子に「俺んちに来ないか」って誘われて、ちょっと胡散《うさん》臭いかなと思いつつ、まあいいやと、泊めてもらったんです。

森本　大胆だなあ。『深夜特急』のころから、ちっとも変わってない(笑)。

沢木　その家は本当によくできてるんですね。砂漠のほとりに建っているんだけれど、塀があって、家の中にはタイルが敷き詰めてある。夜、砂漠からの風が渡ってくると、その風がいちど壁にあたって柔らかくなってから床に這ってくるんです。だからタイルに寝るのがいちばん涼しい。このタイルの部屋に泊めてもらっていたのですが、あまり何日も甘えるわけにもいかない。近くにレストランと宿屋を兼ねたようなものがあるというので、そこに移りました。

ここもまた、すぐ目の前に砂漠がひろがっているんです。五十メートルくらい先にはもう砂丘がうねっていました。砂丘に登れば、日の出を見るにも、日の入りを見るにも、絶好のロケーションでしたね。でも、そこで何日か暮らしているうちに、僕は砂漠を甘くみてしまったんでしょう。小さいペットボトルを持って、日中も平気で砂漠を歩き回るようになりました。周りのベルベル人たちも、僕が砂漠の生活に慣れたのだろうと、全然かまってくれない。ある日、ひとりで、何時間も歩いて砂漠の奥のほうに入ってみたんです。そろそろ帰ろうと思ったら、方向がわからない。いちばん高い砂丘に登れば集落が見えるだろうから心配ないさと思ってたら、見えないんですよ。砂丘の陰に隠れてしまって。砂丘の向こうに見えるのは、地の果てまで続く礫《れき》砂漠。太陽が真上にあるから、自分の影から方角を割り出すこともできない……。

森本　で、どうなったの？

沢木　そこでね、あることを思い出したんです。

僕が泊まっていた宿では、働いているベルベル人の若者たちが猫を飼っていたんですね。あるとき、この猫の名前はなんていうのかと聞くと、ベルベル人の彼らは「猫」って言う。もう一度聞いても、「名前は猫だ」と言うんです。だから、「でも、それは猫という動物の種類のことだろう。一匹一匹に名前をつけないのか」と尋ねると、「猫は猫という名前以外はない」と言うんですよ。「それじゃ犬は？」と、さらに聞いたら、なんて答えたと思います？　「お前の国では犬に名前をつけるのか」だって。

森本　それは面白い(笑)。

沢木　ところが、そんな彼らが名前をつけるものが二つだけあるんです。ひとつはご存知だと思いますが、ラクダですよね。彼らが砂漠で生きるためにどうしても必要な動物で、それは家族同様の存在だから名前もつける。さて、もうひとつは何でしょう。なんて、ここで謎なぞをやってもしょうがないんだけど(笑)。

森本　うーん、何だろう。

沢木　僕もわからなかったんだけど、それはナツメヤシなんです。

森本　あ、ナツメヤシか。なるほど、砂漠のオアシスには椰子とラクダしか見当たらないからなあ。

沢木　だから、砂漠のほとりにポツンポツンと建つ彼らの家についても、「どこどこのナツメヤシのちょっと横をまっすぐ」というような道案内ができるわけです。このことを思い出して、もういちど砂丘の上から眺め回してみたら、見慣れたようなナツメヤシが見えた。ということは、砂丘の陰になって見えないけれども、その方角に宿屋があるはずなんです。自分がナツメヤシを見誤っていなければ宿にたどりつける。そのナツメヤシに向かって歩いて行ったら、角度はちょっとずれていましたけど、無事に宿に戻ることができました。

森本　それはたいしたもんだ。沢木さんはよく砂漠をご存知じゃないですか。一歩間違えれば、という経験をしたわけだけれど、砂漠の生活は楽しめましたか。

沢木　僕にとっては、その宿にいて、好きなときにいつでも砂漠に入っていけるという状況がとても快適でした。少し歩けば、そこには誰もいない。夜なんかもシーツを持っていって砂漠で寝ました。翌朝、戻ってくると「お前、どこで寝てたんだ。夜の砂漠で火を焚かなかったら、サソリが来るぞ」と、後になって教えられたこともありましたけど。砂漠の夜は、昼間とは一転して寒いのですが、お月様の下で、ひとり砂漠に寝るのは快楽です。まことに恵まれた砂漠での十日間でした。

森本　沢木さんは、必ずその土地土地の暮らしに入っていくんですね。

沢木　ある程度です。それでもやっぱり何もわからないというのが、正直な感想でしょうか。ただ、『サハラ幻想行』に出てくるトゥアレグ人のガイドのような、現地の人と何日か関わることで「何か」がわかりますでしょう。

森本　あなたが『深夜特急』の中で書かれているように、本当にわかったかどうか、そこは曖昧《あいまい》ではあるんだけど、「わからないけどわかる」。そして、「わからない、ということもわかるようになる」。こんな言い方をすると、読者は混乱してしまうかな。

　実は僕もサハラで沢木さんと同じように、方角を失う、という体験をしました。それは、この本のなかにも書きましたが、タッシリ高原のタムリットという地点で野営したときのことです。あたり一帯は侵食された岩の林。夕日を見に行こうと先に出た仲間を追って、ひとりで出かけたんですね。ところが、なかなか仲間には追いつけない。岩の林をどこまで歩いても眺望がひらけないので引き返そうとしたんだけど、迷っちゃったんですよ。キャンプ地の方向が全くわからなくなってしまった。

沢木　それは怖いですよねえ。

森本　あんなに恐ろしい思いをしたことはなかった。しかも夕闇が迫ってる。

沢木　一瞬にして漆黒《しっこく》の闇になってしまいますものね。

森本　どこにジャッカルがいるかわからない。岩陰にはサソリもヘビもいるというような場所でしょう。もう必死になって道を探したけれど、どう歩いてもキャンプ地に出ないんですよ。途方に暮れて立ち止まって、ふと見ると、人の足跡があった。しめた、これはぼくより先にでかけた連中の足跡に違いない、この跡を辿れば戻れる、と思いました。ところが、しゃがんでよく見ると足跡はひとり分だけ。なんと、それは自分の足跡だったんです。

沢木　それは、僕も同じ立場だったらショックで目の前が暗くなりそうですね。もっとも、すでにあたりは暗かったかもしれませんが(笑)。

森本　そりゃ、これほどギョッとしたことはないですよ。歩を進めていたつもりが、ぐるぐる回っていただけだった、とわかったときの衝撃。自分の足跡に出会うという恐ろしい体験は初めてでした。

沢木　どうやって戻れたんですか。

森本　とにかく夢中でやみくもに歩いているうち、タバコの空袋を見つけたんです。フランスの「ジタン」のね。これは同行のフランス人学生のものにちがいない。そこで、それをたよりに道をたどって、キャンプ地に行き着けた。いや、あの体験は忘れられないですね。

沢木　多くの旅行をされてきて、危機的な状況とか、生命の危険を感じるというようなことは他にもありましたか。

森本　それは、ずいぶんありましたね。

沢木　たとえば?

森本　これは国内のことですが、昭和四十六年、今から三十年も前ですね。僕は当時、朝日新聞の記者でした。北海道に取材に行った帰り、予定していた便に間に合わなかったんです。出発時間の十五分前ぐらいに千歳空港に着いたんですが、キャンセル待ちの乗客がすでに搭乗してしまっていた。こちらはどうしてもその便で帰らないと仕事に間に合わない。そこで強引に何度も交渉したんだけれど、もう空席待ちの人を案内してしまったのでと断られて、次の便に回されてしまった。ところが、三十分あとの次の便がなかなか出ない。結局、一時間近く待ったでしょうか。それで羽田に着いて家に電話をしたら、たいへんなことになってた。なんと、僕が乗るはずだった便が、雫石で墜落していたんです。

沢木　あ、自衛隊機と衝突した雫石事故ですね。

森本　そうなんです。で、その便の乗客名簿には僕の名がのっていたわけ。

沢木　乗り遅れても、名簿はそのままだったんだ。

森本　なにせ勤めていたのが新聞社なものだから、そのニュースがすぐ社に入る。同僚はびっくりして、すぐに留守宅に連絡しちゃったんですよ。「奥さん、気をしっかり持ってください。ご主人が遭難しました」って。

沢木　それはたいへんだ。

森本　女房は腰を抜かしたそうです。一緒に住んでいた僕の母親は気丈《きじょう》だったので、「大丈夫。あの子は運が強いから、きっと生きてるよ」と言ったそうですがね。僕は、そんなことなどまったく知らないで、羽田に着くと家に電話をしたわけですよ。そうしたら、女房は「生きてた！」って、また腰を抜かしちゃった(笑)。

沢木　それはすごいな。ひとつ余分の命をもらったということですよね。でも、森本さんは普通の人からすれば三つ分くらいの命を生きてるんじゃないかなあ。

森本　そうかもしれませんね。アルジェリアでも、サハラ砂漠からアトラス山脈を越えてアルジェに戻る途中で運転をあやまって崖から落っこちて、それでも助かったことがあるし、モンゴルでは強盗に襲われて、あやうく生命をとられるところだった。

沢木　モンゴルで強盗、っていつごろの話ですか。

森本　もう二十年近く前、八三年のことです。

沢木　そんなこともあるんだなあ。僕はモンゴルに行ったことはないんですが、あそこも一種の砂漠といえば砂漠ですね。

森本　そうですね。草の砂漠。草のほか何もない。カラコルムというチンギスハンの古都へ行ってみましたが、そこにも何もないんです。ラマ寺院があるだけでね。残念ながら、強盗事件のせいで、僕にとってはモンゴルの旅の記憶は、あまりよろしくない。

沢木　よろしくないですか。話としては、とても面白そうだけど(笑)。

黄金の日々

森本　沢木さんも『深夜特急』の旅でけっこう危険な目にあったでしょう。香港の宿やインドでの経験などは、かなり勇気を要することですよ。正直言って、僕にはあれだけの勇気はないな。

沢木　年代にもよるのでしょうね。たとえば、さきほどお話したようにマラケシュへ行ったのは二一、三年前のことで、これもバックパックの旅だったのですが、二十代のころのそれとは、やはり違います。

昔の旅では、まず第一に金がなかった。だから、やむを得ず安宿に泊まって、交通手段もいちばん安いバスだったわけです。でも、今回のモロッコ行きのときは、いくらか余裕もあった。Tシャツにジーパンという格好でいいホテルに泊まるのもまずいかなという理由で、安宿を選んだということなんですよね。かつてのように切迫した貧しさの中で、何かを求めてほっつき歩くという感じではなくなっていました。森本さんも書かれていたと思うのですが、僕の『深夜特急』の旅と、最近のモロッコの旅とは、同じバックパックを担いだ旅ではあっても、質はまったく違う。十年、二十年前と同じように旅をしようというのが土台無理な話で、自分の年齢も違っていれば、状況も変わっているんですから。やはり旅というのは、その時にしかできないものなのですね。その時点での外的条件と内的条件に制約されて存在するものではないでしょうか。だから、旅をなぞろうとすると、必ず裏切られる。

森本　懐かしいから、もう一度なんて思っても、同じ体験は絶対にできない。

沢木　サハラ砂漠で、朝四時ごろ砂丘に登ると、砂漠の果てから太陽が昇ってくるのを見ることができます。寒さをこらえながらじっと待つんですが、僕はそのとき、自分は今、地の果てにいると同時に地球の中心にいるのだ、という感じがしました。僕が立っているところが世界の中心で、そこに向かって太陽がやってくるような感覚です。そうした感覚は、これまで他のどの場所でも味わったことがなかったものですから、とても新鮮でした。けれど、この感じをもう一度味わいたいと思って、僕が今またサハラへ行ったとしても、決して同じ感覚がもてるとは限らない。

森本　人生と旅を重ねるのは安直なようでいやだけれど、やはり旅も人生の一日一日と同じなんですよ。同じ時間を二度生きられないようにね。

沢木　だから、その時点では、旅の意味とか重要性はわからないのでしょうね。人間は愚かで、後になってからでないと気がつかないんですね。そして、本当にその意味がわかったときには、もう遅くて、後のまつりなのかもしれません。

森本　沢木さんは、人生の中で旅する時間について、二十六歳という年齢にずいぶんこだわっていますね。不思議なことに、僕も最初の外国への旅は、二十六歳のときだったんですよ。

沢木　へーえ、本当ですか。

森本　一九五一年九月にアメリカへ行ったのが、ぼくの最初の海外体験です。日本を出たときはまだ二十五歳だったけれど、誕生日が十月なので、半年近くの滞在期間中は二十六歳だった。今考えても、そのときの強烈なイメージというのは、やはり二十六歳でなければ得られないものだったと思う。

沢木　それは本当によくわかります。でも、最初の海外旅行は二十六歳でなければダメかというと、そんなことはまったくない。ただ、あまり若すぎるのも、また、あまり齢を取りすぎてからというのも、タイミングがよくないでしょうね。うまく言えないのですが、いちばんいいのは「何かをつかみかかっているような年代」と言えばいいのかな。まだ何も経験していない、まっさらな十代では、ちょっと可哀想というか、怖い感じがします。

森本　ただ、沢木さんと僕では二十年の開きがあるんですね。僕がアメリカに行ったのは、サンフランシスコで講和条約が調印された直後でした。アメリカの新聞協会が日本のジャーナリストに「民主主義教育」を徹底させるべく行った研修に参加したんです。当時の日本人は公用か留学目的でないと海外へは出られなかった。だから二十年後の沢木さんの旅とは、世界がずいぶん違っているだろうなと思います。

沢木　まったく違っていると思います。森本さんたちの時代には、向上心があったでしょうね。何かを学ぼうとか、何かをつかもうという。頑張ることの意味を信じられた時代精神が、昭和二十年、三十年代にはあったと思う。それから二十年経って、僕が旅をした時代は、旅が目的を持たないものになりつつあったころなのでしょうね。

森本　だけど、僕は『深夜特急』時代、あのヒッピーが流行っていたころの旅が、本当の旅のような気がするんだな。僕は、敗戦直後に焼け跡で食べる物もないような日本から、いきなりニューヨークみたいな大都会へ飛んで、確かにたいへんな文化衝撃を受けたけれど、あれはほんとうの意味での旅ではなかったと思う。幕末の咸臨丸《かんりんまる》みたいなもんですよ。

沢木さんがバス旅行をしていたころ、僕もインドに行っているんです。リシケシというヒマラヤのふもとの、ヨーガ行者がたくさんいるところなんだけれど、ニューデリーからそこまで、満員のバスに何時間も揺られて行った。オウム真理教のせいでイヤなイメージがついてしまったけれど、ヨーガ修行の師をグールーというでしょう。そのグールーに会いたいと思ったんですよ。何にも調べもせずに、いきなりニューデリーに行ってあちこち聞いて回ったら、あのターミナルから出るバスでリシケシへ行け、と言われてね。それで、すし詰めのバスで五時間。インド人はよく椿の葉みたいなものを噛んでいて、それをそこらじゅうに吐き出すんですよ。あれにはまいったな。

沢木　赤いやつですね。キンマといったかな。

森本　そう。お前もやってみろ、といわれて噛んでみたけど、苦いだけで。

沢木　で、五時間で到着して……。

森本　リシケシに着いてすぐに、ヨーガ道場を訪ね歩いた。グールーに会いたいと頼むと、行者の誰に会いたいのか、と聞かれてね。そこで「偉い行者のもとで修行したいのだが、誰がそうなのかわからない、教えてほしい」と頼むと、「それは、お前が選ぶのだ。どのような行者に会えるかは、お前の運次第。出会ったのがインチキ行者だとしたら、それはお前の運が悪いのだ」って言われて。

沢木　なるほど。

森本　いったい、インドにグールーは何人ぐらいいるのか、と聞くと、何百万人だって言うんですよ。洞窟で修行してる行者だけでも二万五千人いると言われて、途方に暮れてしまった(笑)。で、とりあえず洞窟をのぞきに行って、そこにいた行者に、どうか弟子にしてくださいとお願いしたんだけれど、まったく無視されてね。こちらも頑張っていたら、ついに追い出されちゃった。仕方がないので、アシュラム(ヨーガ道場)で修行体験をすることにしたんだけど、相棒のカメラマンは、とてもこんなところには泊まれないと、町のホテルから毎日通ってきた(笑)。

沢木　面白いなあ(笑)。そのアシュラムには外国人もたくさんいたんですか。

森本　いましたよ。ヨーロッパから来たヒッピーたちが。アシュラムだけではなく町の空き地には、そうした若者たちがたくさんいて、僕も彼らと一緒にそこに泊まって一晩、過ごしました。そのとき、ドイツ人の若者が「いい死に方を教えてやる」って言ってね。七階とか八階のビルから飛び降りて、地面に叩きつけられたときどんな格好になってるか、その形を考えろと言うんです。そのときの格好をしてビルから落ちていけばいいってね。それがいちばんいい死に方だなんて、訳のわからんことを言ってた。

沢木　よくわからないけど、それって面白いですね。

森本　妙なことを言うヤツだなと思いましたよ。

沢木　「飛び降りる瞬間の形を思え」ですか。

森本　じゃ、それはどういう形なんだと聞いたら、彼はやって見せてくれた。お前も死ぬときは、この格好で天国へ来い、と。

沢木　そのドイツ人、なかなかの人物だったのかもしれない(笑)。

森本　ヒッピーと話したり、アシュラムで行者たちと話したり、あの時代の旅が、僕にとっていちばんいい旅だった。あなたの『深夜特急』と読むと、そういう良き旅の様子が、実によく出ている。出版してから十五年経ったいまでも、若い読者をとらえているでしょう。

沢木　旅のありようというのは、いろいろな形があるし、常に変化していますよね。たとえば、戦後なら小田実の『何でも見てやろう』のように前向きな目的を持ち、能動的な考え方で世の中を動かしていこうとする人の旅行記が存在する。一方、僕の場合のように、受け身の旅も存在する。受け身の旅とはどういうことかというと、外界に向かって冒険をしにいくのではなくて、外界からの刺激に自分がどう反応したか、それを見つめる旅。だから、僕の作品の中でも行動する自分の役目はたいしたことなくて、そこに書かれているのは何かに反応する自分だけなんです。

　紀行文というと勘違いする人がいるのですが、何か人と違った面白いことをやって、それを書けば紀行文になるというものではない。失礼な言い方かもしれないけど、森本さんの『サハラ幻想行』も、たかだか七日間の話でしょう。厳密に言えば六日間。でも、そのたった六日間の旅を一年半もかけて三百五十ページの本にまとめた。タッシリの岩絵を見に行くという動機と行為自体には、若干、冒険的な要素があるけれども、森本さんの旅そのものは、本当の意味での冒険ではなかったはずです。

重要なことは、旅で受けた刺激を自分でどう消化し、それにどのようにリアクションしていくか、だと僕は思います。そして、これまでの自分の過去の体験や記憶を取り出して、その旅に重ね合わせるということではないでしょうか。だから、どちらかと言えば受け身です。紀行文というのは基本的には受け身の文学だと思う。

芭蕉の『奥の細道』も旅を終えて何年か経ってから、ようやく完成しているでしょう。その間、芭蕉はずっと考えていたわけですね。句もどんどん変化させていった。なかったことまで書いてしまってもいる。でも、旅が終わって一年半、二年と考え続けている間に変容していくものが、いっぱいあると思うんですよ。

森本　確かにそうですね。

沢木　そういう中で紀行文というのは初めて成立するのであって、旅そのものではないわけです。僕が死ぬときになって、その時点で、もしいくつかの旅の作品が成立しているとすれば、それは僕が何年かにわたってずっと考え続けてきたということだと思います。もちろん、旅したときの僕のリアクション、感情などは割とまめにノートに書き留めていますが、それを正確に再現しようと思っていても十年考え続けていくと、やはり変化していきます。いや、育っていく、といったほうが適切でしょうね。そうしたものを今の若い読者たちが読んでくれているのだと僕は思っています。

しかし、実際の旅のありようそのものには、冒険的な要素は何ひとつないんです。基本的に、大

森本　冒険をする紀行文というのは成立しえない。だって、旅は冒険する場じゃないですよ。同感ですね。僕も冒険することはほとんどなかったな。

最後の旅

沢木　冒険をしようなんて気持ちは自分にないものですから、まず起こりようがない。要は、旅の間じゅう受けるさまざまな外部からの刺激から自分が何を選び、それをどう受け止め反応していくか、ということではないですか。森本さんもそんなふうに、わずか六日か七日の出来事を一年半かけて書かれたんですね。そして、書き終えてからも、旅は深く心に残っていて、ますます想いが強くなっている。僕の場合は書き終えてしまうとその旅は消えてしまうんです。書き終えたその瞬間に……。書き終えるまで何年もかかって、その間にどんどん濃縮されていくのですが、書き終えた途端、その旅がなくなってしまう感覚が、僕にはある。

この本に書かれたタッシリへの旅というのは、まだ森本さんの内部に濃く残っているんでしょうか。

森本　ええ、いよいよ強く残っている。随分《ずいぶん》あちこち旅してきましたが、僕の心の中にいちばん濃く焼き付いているのは、この旅ですね。いまだにサハラの夢を見る。夢の中で砂の音が聞こえるんですね。ほかの旅は消えていくけど、サハラの旅が僕の中から消えることはあり得ないと思う。

沢木　それはすごいな。素敵ですねえ。じゃあ三度目があるとしたら、また行ってみたいですか。

森本　それは、もう！　砂漠へ行けと言われたら、これからでも、すぐに飛んでいってしまうだろうなあ。

沢木　僕もテレビなどでタッシリの岩絵を見ることがあるのですが、あんな場所で、傷まないんですか。

森本　風化はどんどん進んでいるでしょうね。

沢木　観光客がいたずらをする、なんてことはないんでしょうかね。

森本　観光客なんて、めったに行きませんから、大丈夫ですよ。それに、あの岩絵の前に立つと、いたずらする気もなくなるんじゃないかな。異様な雰囲気に圧倒されてしまって。

沢木　そうか、なるほど。

森本　でも、僕は岩に描かれた原始絵画そのものより、そこまでの道行きと風景が忘れられない。岩の台地を一歩一歩踏みしめ、全意識を次の一歩だけに集中して黙々と進む。こんな行為はタッシリじゃないとできない。でも、そういう所だからこそ、砂漠の世界は唯一神を生み出したのではないか、と思います。歩きながら考えるのね、そんなことを。はっきりいって岩絵はどうだっていい。

沢木　岩絵は必要条件ではあるけれども、必要十分条件ではない。

森本　目的があるとすれば、僕の場合、それは砂や岩の海を歩くことかな。沢木さんはバスに揺られること？　行為としては同じだと思う。

沢木　僕がいつもバスの中で何をしているかというと、窓の外を見ながら自問自答しているんですね。最近、よくカジノへ行ってバクチをやるんです。バカラというのを。そこでも、やはり自問自答をしていますね。バカラはAとBのどちらの数字が大きいかを当てるだけの単純なゲームなんですが、自分は絶対にAだと思いながら、百円賭けていいところを五円しか掛けられなかったとする。

そうすると当たっても配当は、たかが五円。そこで僕はとても悲しくなる。これならいっそBに百円賭けてはずれたほうがよかったとさえ思ってしまう。絶対に当たっていると思いながら五円しか賭けられない自分って何だろうと、考えてしまうんですよ。バカですねぇ(笑)。でも、そんなふうに僕は一晩中バクチをしながら、自分のことを延々と考えているみたいなんです。

同じように、バスに乗って風景を眺めながら、ずーっと自分のことを考えているんです。時々、外部からハッとするような刺激がくる。たとえば人が話しかけてくるとか、バスが停まって食事の時間になるとか……。その刺激に対するリアクションで僕の思考は中断する。でも、またいつの間にかバスの外を見ながら自分のことについて考えている自分がいるんです。

何を考えるか。もちろん、今夜何を食べようかと思案していることもあるでしょうが、風景に向かって自分自身を投げかけて、その風景から自分が受けるものを考えたり、遠い過去のことを考えたりしているように思います。僕はそういうふうに時間を過ごすことが、きっといちばん好きなんですね。この場合、目的地なんて、どうでもいい。

森本 そうね。目的地は問題じゃない。道行きこそが旅なんですよ。だから僕は、飛行機よりも列車で、列車よりもバスや車で、車より歩いて、とにかく大地を這うようにして行きたい。最初にオリエント地方を旅したときは、イラクのバグダッドからシリアのダマスカスまで、一晩、トレーラー・バスに揺られました。寒くてガタガタ震えながら夜中に国境を越えたんだけど、そういう旅のほうが鮮明に残っていますね。インドからネパールのカトマンズへ向かったときは、バスさえなかった。インド側の国境まではバスで行けたんだけれど、そこには宿屋もなくて、仕方がないから歩いてネパールへ入ろうと思ったんですよ。しかし、向こう側にも宿があるようには見えない。暗くなってきたし、さてどうするかと迷っていたら、そこへ、これまで見たこともないようなオンボロトラックがやって来た。乗せてくれと頼むと、いいよ、と言う。でも、そのトラックがどこを目指しているかすら僕にはわからない。とにかく移動しなきゃという思いだけで、乗り込んだんです。あまりにもオンボロなので、崖に落ちやしないか、動かなくならないか、と心配でうたたねもできない。それでも、明け方になってようやくカトマンズの灯が見えてきた。町に着いたときは、運転手も、その助手も、僕も、もうヘトヘト。そのままトラックの中で寝込んじゃった。でも、目が覚めるとカトマンズがそこにあった、という現実には感動したなあ。あのトラックの窓から見えた光景は、今も忘れられない。

沢木　確かに、飛行機からだと普段見られない光景が見られますが、何か、こう、くすぶった感じでクリアじゃない。

この間、アマゾンの奥へ入ったときには、ゆっくり船で行きました。いつもなら船を雇うなんて考えられないんだけど、今回は特別な取材ということで……。昼は上流に向かってひたすら上って、夜になると停泊してハンモックを吊って寝るというような日々を送ってきました。まわりの風景は川と熱帯雨林だけ。でも、その風景の微細な変化はいまでもすぐに甦らせることができる。

森本　アマゾンには何の取材で？

沢木　大げさに言うと、熱帯雨林の思想、ということでしょうか。アマゾン川にはピンクのイルカがいるんですよ。僕が目指したところは、一面に蝶々が乱れ飛び、川にはピンクのイルカが跳びはねる不思議な世界でした。

森本　僕もマナウスまでは行ったことがあるけれど、さらに先のほうまで？

沢木　もっと奥です。タバチンガという、ペルーとコロンビアの国境の町まで。そこからさらに奥へ行ったわけです。季節はちょうど雨期の終わりでした。去年の同じころ、僕はベトナムにいたのですが、今年は赤道をはさんで熱帯雨林のちょうど対称的な位置にある場所を訪れたことになる。ともに赤道に近くて、似ているように思えますが、実際はぜんぜん違うんですよ。ブラジルとベトナム。同じ熱帯雨林で同じように大きな川がありますよね、アマゾン川とメコン川という。何が違うかというと、アマゾンにはあまり人間の手の入ったクリークがないんです。一方、メコン川にはいたるところにクリークがある。ベトナムにしばらく滞在してわかったことなんですが、クリークがあることによって、メコンは人間的な川になっているんですね。つまり、人間と自然が共生できる。細い水路をうまく使って、ベトナム人が熱帯雨林と川をいかに人間的なものにしているかということが、アマゾンに行って初めてわかりました。

森本　なるほど。それは大きな違いだな。

沢木　森本さんは、とにかく砂漠でしょう。僕は熱帯雨林なんですよ。あの湿気が好きなんです。

森本　いやあ、僕とまったく逆ですね。僕は乾いてないとダメだ(笑)。

沢木　ベトナムではあまりに快適なので、僕はここで生まれたんじゃないかと思ってしまいました(笑)。

森本　僕から見ると、沢木さんにはアマゾンのほうが似合うように思うけど、ベトナムのほうが身体にあう？

沢木　ベトナムは食べ物もおいしいし(笑)。

森本　僕も去年の七月、三十二年ぶりにベトナムを訪ねましたよ。とにかく蒸し暑くて、参った(笑)。

あそこは一年中、湿気の多いところでしょう。

沢木　そうだと思いますが、僕が滞在していたのは雨期じゃなかったんです。だから一度雨期に行きたくて、行きたくて(笑)。とにかく、ものすごく蒸し暑いのがいい。熱帯雨林が、僕にとっていちばん快適な感じがしましたね。

森本　最初の話に戻りますが、僕はもうじき喜寿を迎えます。でも、家にいるより旅してるほうが元気になる。沢木さんの『深夜特急』を読んでいても、僕自身の旅がひとつひとつ甦ってきて元気になるんです。本当にいい旅をされましたね。あの旅は貴重な財産ですよ。

沢木　ええ。でも、さすがに今の僕ではできないし、ほかの誰にもできないでしょう。政治的、宗教的、社会的に入ることができなくなった地域がけっこうありますし。でも、もっと本質的には、やはりみんな豊かになっちゃった、ということでしょうね。今の僕たちがバックパックを担いで旅をするのには無理がある。あのころのように切羽詰まった気分で旅をするのは、もう無理ですよ。みんな、ゆったり旅ができるんです。時代がそういう時代なのだから、それは仕方がない。あえて無理をするのはおかしいですよ。

森本　そうですね。でも、だからこそ、その時にしかできない旅が成立する。そこに何より旅の魅力があるのだと思いますよ。

沢木　もしも、もしも、ですよ。人生で旅ができる回数には限りがあって、その回数券がもう一枚しか残っていないということがわかったとします(笑)。そうしたら、森本さんはどこを最後の場所として選びます？　やはりタッシリということになるのか、それとも別のどこかなんでしょうか。

森本　沢木さんはどこを選びます？

沢木　実を言うと、僕はまだ決まっていないんです(笑)。サハラでもないし、ベトナムでもないし、アマゾンでもない。たぶん、その最後の旅の場所としてはどこがいいか、今いろいろなところを旅しているのもそれを探すためではないかという気がしているんです。

森本　最後の旅路。僕は欲張りだから、死んでからも旅を続けたいな。あの世で、ね。

サッカー日和

岡田武史
沢木耕太郎

おかだ　たけし　一九五六年、大阪府生まれ。サッカー日本代表チーム元監督、サッカーチーム・オーナー。

二〇〇二年、日本と韓国との共催で、サッカーのワールドカップ大会が行われることになった。私は、それについては、新聞への随時の執筆と週刊誌の連載をすることで対応するつもりだった。

私はせっかく「共催」をするのだから、日本と韓国の二つの国から大会を見てみたいと、ソウルの新村という学生街にアパートを借り、日本と韓国を行き来しながら試合を見ることにした。

週刊誌は「ＡＥＲＡ」で連載することになっていたが、その直前にまず、前回のフランス大会で日本代表チームの監督をした岡田さんと対談してくれないかと言う。

話が終わったあと、決勝戦の会場である横浜スタジアムに行き、ピッチに降りての写真撮影ということにあいなった。

カメラマンの注文で、サッカーボールを持ち出しての「リフティング合戦」ということになった。もちろん、私はサッカーをやったことがないので、蹴りはじめてもすぐにボールを落としてしまう。しかし、何回かトライしているうちに偶然うまくいくようになった。すると、岡田さんは少しむきになって、リフティングを続けようとした。

その姿は、失礼ながら、なかなか愛らしいもので、現在に至るまで「岡ちゃん」の愛称で呼ばれつづけている理由の一端を見たような気がしたものだった。

この対談は「ＡＥＲＡ」の二〇〇二年五月十三日号に掲載された。（沢木）

野球小僧とサッカー少年

沢木　初めまして、よろしく。

岡田　こちらこそ、よろしく。

沢木　といっても、こちらはあまり初めてという感じはしないんですけどね。フランス・ワールドカップのときに、あちこちでお見かけしていたもんですから。

岡田　そうでした。いつも遠くですごい鋭い目をしてる人がいるんですよ。「あれっ、あれはどう見ても沢木さんだなあ」と思って。僕は、申し訳ないけど、あの少し前ぐらいに沢木さんの本を初めて読みだしたんですけどね、厳しい人なんだろうなって。

沢木　やさしい目をしていたはずなんだけど(笑)。

岡田　とても、とても(笑)。

沢木　ところで、といっても、なにが「ところで」かよくわかんないんですけど(笑)。僕の子供の頃は野球全盛で、サッカーというのは全然視野に入ってなかった。不思議なことに、授業でやった柔剣道を含めればスポーツはかなりの種目をやったのに、なぜかサッカーだけやったことがないんですよ。足はそこそこ速かったし、ジャンプ力もあった。背は百八十センチだから当時としてはかなり大きかった。サッカーだったらセンターバックかなんかになって相当いいところまでいったんじゃないかと思って、すごく残念なんです(笑)。岡田さんの場合、サッカーはいつごろ視野に入ってきたんですか?

岡田　僕も小学校の頃は近所で三角ベースをやるというところから始まってましたからやっぱり野球なんです。家の近くに南海ホークスの難波球場があって、「南海ホークス子供の会」に入ったりして、ずっと野球をやってたんですよ。

沢木　へえー、意外ですね。

岡田　それが小学校六年生のときにメキシコ・オリンピックがありまして、日本代表が銅メダル取ったでしょう、釜本さんが得点王になって。それで何となくサッカーブームみたいのが起きて、小学校の校庭でみんながボールを蹴るようになったんですね。ところがうちは私学でけっこううるさい学校で、蹴ったボールが女の子の顔に当たってケガをしたということがあって、サッカー禁止になったんです。で、中学校は私学がいやだったんでそこを出ることにして、公立の中学校で野球部に入ろうと思って行ったら、下級生はみんな正座とかさせられて、バットでこづかれて、僕、そういうのが全然だめだったんですね。これは絶対向かねえなと思って、野球部は諦めました。実は、僕の姉が三つ年上でちょうど入れ替わりだったんですけど、その中学校の卓球部のキャプテンをやってたんですよ。「武史、卓球部に入りなさい」と言うから卓球部を見にいったら、シュッ、シュッてみんなで素振りをしてるんですよ。これが実に暗い(笑)。

沢木　ハッハッハッ。

岡田　あるとき、あるところで、この話をしたら、「僕、卓球部でした」っていう人がいて、応対に困りましたけど(笑)。それでね、グラウンドに出たら、サッカー部が野球部の隣で練習していたんですね。それが、ひとり転んだりすると、別の奴が「ワン、ツー、スリー!」とか言い出して、突然みんなでプロレスを始めたりしてすごく楽しそうにやってるわけですよ。「ウワッ、なんか面白そうだな」と思って、さっそく友達二人と合計三人で「入れてもらおう」ということになって、僕なんかメガネをしてるのに入部したんですよ。入ったのはたまたまでしたけど、なんか一緒に入った友達もやめないし、そのうちに全然できなかったリフティングとかできるようになったりしだして、だんだんサッカーそのものが面白くなりはじめたんですね。

沢木 そのときのサッカー部というのは、ちゃんとサッカーができるくらいの人数は集まっていました？

岡田 集まっていましたよ。顧問の先生もいない……いや、顧問はいることはいるんですけど、経験がないもんで教えることができない。だからとても弱いチームでしたけど、三年生にけっこう優秀なメンバーがいて、それだけでも十人ぐらいいましたから、各学年合わせると三十人ぐらいはいましたね。

沢木 それでは十分でしたね。少なくとも紅白戦はできる(笑)。ただ、すごいコーチとか優秀な先生がいてハードトレーニングをするというような学校ではなかったんですね。

岡田 先輩が指導するという感じでした。

沢木 というと、あまり環境的には恵まれていなかったと思います？

岡田 いや、確かに恵まれてはいないんですけど……逆に、進学した高校も指導者がいないところで、そのかわり自分たちでどういう練習をしたらいいんだろうかと、強豪校の練習を見にいったり、本を買い集めてサッカー文庫なんていうのを作ったりしていましたからね。それによって、誰かに言われたことをこなすだけじゃなくて、自分たちで考えてやるようになったというのは、いま思えば逆にとても恵まれてたのかなっていうふうには思いますね。

沢木　中学から高校に進んだときは、迷いもなく、絶対にサッカーというようになっていたんですか？

岡田　もうそれは絶対でした。中学のときは途中から面白くてしょうがなくなって、朝ボール蹴って、学校の休み時間にボール蹴って、部活やって、終わったら近くの公園へ行って蹴って、夕飯食べてから家の前でボール蹴ってっていうぐらいのめり込んだんですよ。

沢木　バリバリのサッカー少年になったわけですね。

岡田　それどころか、中学三年のときには、どうしても僕はドイツに留学するって宣言したんです。ドイツでプロになるんだって。

沢木　ヘェー、すごい飛躍ですね(笑)。

岡田　当時、僕が言いだしたら聞かないっていうのはよく知ってたから、親父も困っちゃいましてね。ある人の紹介で、産経新聞の大阪の運動部長をやっておられた方に相談に行くことになったんです。会うと、「どんな奴が来るかと楽しみにしていたけど、おまえのような奴にはとてもまだ早すぎる」と言われて、とにかく高校だけは出ておきなさいと説得されてしまった。そこで、高校受験して、大阪の府立高校に入ることになったんです。

沢木　たとえば僕らでも、高校ぐらいのときだと、野球をやっていても、陸上競技をやってても、自分の力はまあこの程度かなっていう感じが少しわかってきたりしますよね。僕だと高校時代は陸上競技で走り幅跳びをやっていたんですけど、オリンピックに出られるくらいの力が自分にあるかどうかというと、ちょっとなさそうだなという感じがしてきたというのがある。スポーツでも、特にひとりでやるスポーツの場合、かなり早い段階で自分の実力がわかってきてしまうというのがあるんですけど、サッカーの場合はどうなんでしょう。たとえば岡田さんは高校で指導者もあまりいないような学校でやっていたわけですよね。一方、有名な、サッカーの強豪校でやっているスター選手みたいなのがいるとすると、そいつらと伍《ご》してやっていけるぐらいの能力はあるというふうに思ってましたか、自分のこと。

岡田　うーん、そんなふうに真剣に考えたことなかったんですよ。情報がそんなになかったし、世界のサッカーなんていうのもよくわからなくて、ペレっていう名前もろくに知らなかったぐらいですからね。ただやっていて楽しいし、どんどんうまくなれるし、「俺は絶対もっとうまくなれる」という、この気持ちは引退するまでありましたね。

沢木　それは素晴らしい。

岡田　でも、それが「ああ、俺はもうこれ以上うまくなれないな」という感じに襲われたときにやっぱり急に萎えはじめましたよね。

沢木　いつ頃ですか。

岡田　三十三歳のときでした。だから、中学、高校のときなんかは、「絶対俺は将来プロになってドイツへ行くんだ」っていうぐらいの勢いだったんですよ。

劇的な変化

沢木　このあいだ、小学生ぐらいの子供たちのサッカーの指導をしている人の話を聞いたんですけど、明らかに「あ、この子はどう頑張ってもここぐらいにしか行かないだろう」とかっていうのは、だいたい子供のうちで判断がつくと言うんですね。だからそういう子にはできるだけ試合を楽しむようにしてあげたいと思って、自分のチームは試合に全員出られるようにさせているんだって聞いたんです。確かに、サッカーに限らず、高校生ぐらいのレベルでも「あ、この子はこれ以上行きそうもないな」というのはわかったりしますね。

岡田　わかりますよ。わかるんですけど、正直ね、監督なんかを何年かやったいまでも自信ないですね。素質的に「この選手はしんどいな」と思った選手がほんとに努力して、しんどいなりにもJリーグで試合に出られるようになって、「よく、あいつ、試合出られるぐらいまで行ったなあ」という奴もいますし。そういう意味では、「こいつはあのレベルに行くのは難しいだろうな」という奴が、「こいつなら簡単だ」というような奴より、意外と上に行ったりということが起きるんですよね。

沢木　それはひとつにはサッカーというスポーツの特性もあるかもしれませんね。たとえば単純に考えて、百メートル走で十秒を切ることができるようになる人と、十三秒までしかいきそうにない人っていうのは絶対に違うというところがありますよね。でも、サッカーにはそういう絶対というのが比較的少ないんじゃないでしょうかね。

岡田　少ないというか、ごまかしがきくんですよね。要するに足が遅くてボールさばきが下手でも、人を使うのがうまかったら、自分を出さないで済むとか、選手としていろんな行き方があるんですね。十一人いて、全員がめちゃくちゃうまい選手だったら逆にチームにならないというところがある。

沢木　なるほど。

岡田　サッカーというのは足でやりますよね。手でやる競技というのは、ある程度まではすぐうまくなるんです。一方、足というのはすぐにうまくならない。ちょっとずつちょっとずつうまくなっていくんで、ものすごくうまいといったって知れているんです。そういう意味では自分でも何とかなるというふうには思っていましたね。

沢木　岡田さん、選手としては、自分の能力はどのくらいまであったと思いますか？

岡田　僕は、いまだったらプロになれなかったですね。当時の日本のサッカーのレベルだったから僕ぐらいでも努力すれば日本代表になれた。いまだったらJリーグのレギュラーになれるかどうかもわからない。やっぱり日本のサッカーは、それだけまだ成熟してないスポーツだったんですね。

沢木　それぐらい劇的に変化しましたか。

岡田　変化しました。

沢木　特に何が？

岡田　それは、技術も、サッカーに対する感覚みたいなものもぜんぜん変わりましたね。

沢木　たとえば僕で言うと、サッカーって、ほんとにまったく知らなかった。ある時期から見るようになったんですけど、もともと僕たちの基本的なスポーツ観というのは野球によって成立しているわけですね、集団スポーツは。

岡田　そうだったでしょうね。

沢木　野球って何かというと、役割が完璧に固定化されているスポーツですね。たとえばピッチャーはピッチャーでキャッチャーはキャッチャー。ピッチャーがボールを投げるとキャッチャーがそれを受ける。もちろんキャッチャーもフレキシブル、流動的に動く部分はあるけれども、絶対にキャッチャーがセンターフライを捕りにいかないということがありますよね。投げる人、捕る人、そして打つ人という守備と攻撃の役割も決まってる。だけど、サッカーというのはディフェンダーのセンターバックがフォワードの選手を追い越していちばん先頭に行ってボールを蹴っちゃう。で、ゴールするっていうことだってよくありますよね。

岡田　あります。ゴールキーパーが最前線に行くことだってあるくらいですからね。

沢木　サッカーも役割の決まったスポーツではあるけれど、その役割がすごくフレキシブル、流動的ですよね。それによって攻めも守りも変化していくパターンが無限に生まれてくる。たとえば、野球の場合は、たぶん五十年前の野球選手を現代に連れてきても別に困らないで試合に出られると思うんですね。でも、サッカーだと、岡田さんの世代のさらに二世代ぐらい前の人が、いまのトッププレーヤーの中に入って対応できるかっていったらどうですか？　少し訓練すればできます？

岡田　非常に能力のある選手がひとりとか入る分には何とかなるかもしれないですね。ただ、日本の場合はここ十年で急に伸びましたからね。サッカーの成熟国だと変化の度合いはなだらかでしょうけど、日本の場合は変化し成長した部分が急激だったので、けっこう厳しいかもしれないですね。

沢木　その変化、成長した部分というのは、もうちょっと厳密にいうとどういうところですか。サッカーに対する基本的なコンセンサスというか、理解度みたいなのが上がったということでしょうか。

岡田　第一に技術が向上した。第二にトレーニング方法が確立してきた。第三に戦術というものが浸透してきた。第四に、というか、これがとても大きなものなんですけど、Jリーグというプロ集団ができたことで、選手たちがプロフェッショナリズムというのをしっかり持つようになってきたことがあります。それが急激に伸びた、いちばん大きな要因かもしれませんね。

沢木　プロフェッショナリズムとは？

岡田　たとえば、ひとりの選手の力量のライン、技術、心技体《しんぎたい》、何でもいいですけど、それがこの机の高さくらいまでのラインだとしたら、激しい練習をすると必ずガーンと下に落ちますよね。インターバル・トレーニングをして、終わった瞬間にすごく走れるようになっているなんていう奴はいない。そこで休養を取って、回復させて、前よりちょっと強化されて次の日に練習場に現れることになる。それがトレーニング効果ですよね。ところが、アマチュアは、ハードな練習をしても、回復させるどころか、夜ディスコに行って、酒飲んで、元の机の高さまでのラインにすら戻っていないというようなことがある。

沢木　それがプロとアマの差ですか？

岡田　いや、Jリーグができて一、二年目のころは、プロのはずの選手がアマチュアみたいなことをしているのがすごく多かったんですよ。みんなに注目されて、チヤホヤされるもんだから、勘違いして。

沢木　確かに勘違いもしますよね、すごい人気だったから。

岡田　アマチュアは練習だけすればいい。しかし、プロというのは回復させて効果が出るまで日常を拘束されるから高いお金がもらえるんだよということなんです。トレーニングの三要素という、練習、休養、栄養という三つの要素をきちっと管理できるようになって、初めてプロと言えるようになる。Jリーグができて、レベルが急速に上がってきたのは、こういうプロとしての自覚を持った選手が多くなってきたからだと思いますね。

沢木　Jリーグができた最初の一年目とかっていうのは、やっぱりそのへん混乱してました？

岡田　それはもう勘違いだらけでしたよ。だってサテライトチーム、二軍のチームとかを作らなきゃいけないから、各チーム、いきなり大勢プロを集めなきゃいけなかったわけですよ。おかげで中途半端な奴がみんなプロになって、それでもファンにキャーキャー言われて、お金もらって、それはもう勘違いもはなはだしかったですよ。それで潰れていった選手とかいっぱいいましたしね。だから、いまでも僕は選手たちに言うんですけどね。おまえら同じ世代の若者と同じように練習後にカラオケ行ったり、深夜テレビ見たいんだったらプロやめろと。でも、そんな意識ぜんぜんなかったですからね、最初の頃は。

歴史の蓄積、記憶の蓄積

沢木　あれはJリーグができた年だったかなあ、TBSだったと思うんですけど、ある番組でクイズが出されたんです。いまはサッカーの少年チームの数が少年野球チームよりも多くなっているんだという前振りがあったあとで、サッカーをやっている子供たちにアンケートをとった結果、彼らが野球を敬遠した最大の理由がわかったが、それは何だったかというんです。何だったと思います？

岡田　髪の毛を伸ばせないとか……。

沢木　うん、まずあの集団性がいやだとか、それこそ先輩後輩の上下関係がいやとかっていうんじゃないんですよ。

岡田　ほお……。

沢木　なんと、ルールが難しすぎる、というんです。

岡田　野球のルールって、そんなに難しいかなあ。
沢木　と思うでしょ？　ところが知らない人に野球を教えるって本当はとても難しいんですよ。
岡田　ああ、そういやね、ヨーロッパの人が言いますよね、なんで打ったらみんな一塁に走るんだって(笑)。
沢木　そう、三塁に行ったたっていいじゃないかっていう話になりますよね(笑)。それとか外野にフライを打ち上げると、野手が捕球してからでなきゃどうして塁上のランナーは走っちゃいけないんだって。そんなこと、僕たちは当然のように知っているのに、まったく知らない子供に教えるのってほんとに難しいらしいんですね。で、子供たちも「野球のルールは難しすぎる」って言うんですよ。
岡田　へェー。
沢木　それで、これはもう野球の前途は暗い、サッカーに負けるなと思ってるところに、六本木でパーティーかなんかがあったらしくて、サッカーの選手とあるレストランですれ違ったんですね。そのとき、僕はいまでも忘れないけど、それはラモス瑠偉《るい》をはじめとするヴェルディの三人だったんですけど、光輝いてるように見えましたね。そして、ここで同じ読売のジャイアンツの野球選手とすれ違ってもこれほどの印象は受けないだろうなと思って、一瞬、これは勝負はついたのかなと思いました。
岡田　でもね、僕なんかからすると、野球というのは日本においてはプロスポーツとしての歴史が違うと思えますね。
沢木　なるほど。その厚みみたいなのは感じますよね、野球には。
岡田　サッカーなんか、給料を比べてみてもまだまだ少ないし、選手としてやれる年数も野球よりもずっと短い。そのうえ、クビになったあと、野球みたいにいろんなポジションがあるわけじゃない。サッカーのチームなんてコーチは二人いりゃあいいんですからね、ひとつのチームに。もう圧倒的に限られた選手しかサッカーの世界に携わりつづけることができない。そういう中でやっていかなくてはならない日本のサッカーというのは、まだまだ成熟してないなと思いますね。

沢木　僕、いま、岡田さんの話を聞いていて、こんなふうに思ったんですね。野球というのは、もちろん選手は一代だけど、チームというのはつながっていて、歴史が蓄積されていく。その歴史は、僕たち見る側に記憶として蓄積されていくわけですよね。ジャイアンツの記憶、タイガースの記憶という具合に。だけど、やっぱりサッカーというのは、僕たち見る側にとって記憶の蓄積がまだ少ないですよね。

岡田　確かに。

沢木　それはナショナルチームのレベルでも、同じで、これから国民のあいだに記憶が蓄積されていくんだと思うんですね。それがなんかサッカーならサッカーの文化の厚みを増していくことになると思うんですけど、どうでしょう。

岡田　そうだと思いますね。

沢木　そういえば、このあいだ、日本代表が親善試合をやったポーランドのウッジで偶然すれ違いましたよね。

岡田　ホテルの前で。

沢木　あのとき、僕はテレビのドキュメンタリー番組を作るために行っていたんですけど、その制作チームに通訳としてポーランドの女性がついてくれていたんですね。その女性は二十五歳で、日本の同志社大学に留学したことがあるっていう、そして、「あ、ダ・ヴィンチの描いたモナリザってこういう顔なんだろうな」というような、小柄なんだけどとてもきれいなお姉さんだったんです。その彼女が、ポーランドが強かった時期の選手の名前、みんな知ってるんですよ。

岡田 ああ、ガドーハとか、ラトーとか？

沢木 いや、僕はぜんぜん知らないんですよ。ポーランドはかつてとても強かったって、ワールドカップで三位になったくらいなんですって。

岡田 そうです、西ドイツとスペインで開かれた二つの大会で。

沢木 「あのとき、こういう選手がいて、ああいう選手がいて」というのをちゃんと若い女性が知ってるわけですよね。それはナショナルチームのレベルでしょうけど、そうやってポーランドにはポーランドのサッカーの記憶が蓄積されていくわけですよね。それを知って、ちょっと感動しました。

岡田 いや、だから正直言って、こんどワールドカップが日本に来るということで、日本中けっこう騒いでますけど、はっきり言って、日本の普通の人がワールドカップっていうものを知ったのはフランス大会からだと思うんです。それまでどんな大会かもよくわかってなかったと思うんですね。

沢木 予選リーグから決勝トーナメントへの勝ち上がり方のシステムすら知らなかったかもしれないですね。三十二チームが八つのグループにわかれて、それぞれリーグ戦をする。その結果、各グループの上位二チームが勝ち抜けて、今度は一発勝負のトーナメントを戦っていく。僕もこのシステムがきちんと頭の中に入ったのはフランス大会からでしたからね。

岡田 わからないながらに、なんかすごい大会らしいということで、「えっ、それを日本でやるんだ。これは大変だ。自分たちもなんかしなきゃいけない」と、みんな肩肘《かたひじ》張って迎えようとしているような気がしますね。その意味では、ワールドカップが日本に来るのがちょっと早かったのかな、もうちょっと成熟してからでもよかったかもしれないなと思わないでもありませんね。

沢木　そうかもしれません。

岡田　だから、各国のチームのキャンプ地なんかも、自分の町や村に来てもらうのにお金払ったりする。普通キャンプをするほうがお金を払うんです。ＦＩＦＡからもキャンプ代が出てるわけですから、各チームに。外国に行くと「どうしてなんだ」と言われるんですよ。要するに「なんかすごいもんがくるらしいぞ」ということで、「出遅れるな、手を挙げろ」と手を挙げて金を使っちゃったんで、このまま引き下がれないぞという感じですよね。キャンプの予定地に行くと、どこへ行っても、「どこどこの国を迎えるんですけど、どういうホスティングをすればいいんですか」と訊ねられる。「いや、そんな無理する必要はないんです」と答えるんです。だって、来るチームは別に豪華なレセプションもやってほしくないし、旗振って騒々しく迎えてなんかほしくないんですからね。もっと自然体で迎えられるレベルになってから開催してもよかったのかなと。だから、そういういろんな意味でまだサッカーというのは、いま沢木さんがおっしゃった記憶の蓄積というものが少ないんですよね。それも、自然に積み重なってきたという記憶の蓄積がね。

沢木　Ｊリーグができてまだ十年ですもんね。

岡田　ええ。だから、たとえばコンサドーレ札幌がＪ２に落ちたときに言ったんですよ。「Ｊ２へ落ちた！」ってもうこの世の終わりみたいにみんな悲観してるから、Ｊ２に落ちたって死ぬわけでもなんでもないじゃないかと。僕の友達がイタリアのトリノにいるけど、トリノにはユベントスという世界一になったチームとＡＣトリノという小さなチームがある。で、僕の友達はＡＣトリノのサポーターなんです。これはたとえセリエBに落ちても、俺たちはおじいさんのその前からずっとACトリノのサポーターだからと応援しつづける。そのチームが、またセリエAに上がったら「おお、よくやった」と喜ぶ。落ちたからといってユベントスに乗り換えるサポーターなんて誰もいないんです。そういう歴史がないから、ただ一回落ちたからといって深刻になってしまう。長い歴史のうちにはこれから何回も上がったり落ちたりするんですよと言うんです。それをずっとおじいさんの代のその前から応援してると言えるような歴史を作ればいいだけなんだという話をしたことがあるんだけど、それが本来のクラブチームであって、この選手がいるから応援するとかっていうのは、ちょっと違うような気がしますね。

沢木　選手ではない？

岡田　Jリーグのスタジアムで選手の名前が書かれた旗とかがバーッと出ますよね。あれだけ選手の名前が出るのは日本ぐらいですよ。日本のチームの応援というのは、その選手へのタニマチ的な応援がけっこうあるということなんでしょうね。

沢木　なるほど。

岡田　その選手を切ると、腹を立てるファンがいる。この前もコンサドーレの後援会での最後の質問で、「監督は誰々選手と誰々選手を切られましたけど、彼らがまだやりたいと言ってるのを切って……」というのが出てきたんですね。俺は知らんて(笑)。彼らは好きですよ、いい選手だと思ってる。でも、僕は監督としてチームを勝たさなきゃいけないんです、という話を諄々《じゅんじゅん》としなきゃいけないわけですよ。

沢木　そういう話は外国だったら、仮にイタリアだったら絶対出る質問じゃないんですかね？

岡田　いや、それは「おまえがあいつを切ったからこのチームが弱くなったじゃないか」という批判はありえるでしょう。切っても勝ってるかぎりは、それは絶対言われないですね。でも、日本では「その切った選手の奥さんが妊娠されてたことは知ってますか」なんて言われる。知ってますよ。ただし、そんなことで決めていたらチームは勝てないんで、そういう意味では日本のサッカーの場合は、いま言われたような蓄積というのはまだまだですね。百年あるんですから、ヨーロッパは。

沢木　ヨーロッパと言えば、九八年に行われたフランス大会で、日本代表のキャンプ地になったエクスレバンではどんな歓迎のされ方をしました？

岡田　大袈裟な歓迎はまったくありませんでした。でも、初戦でアルゼンチンに負けて、警察が先導するバスでエクスレバンに入ったら、町を歩いてる人が拍手してくれるんですよ。で、ホテルに着いたら、掃除のおばさんからコックから全員が玄関に並んで、拍手してくれてるんです。何も言わず、ただ拍手をして迎えてくれたんです。本当にうれしかったですね。

沢木　聞いただけで、ジーンときますね。

岡田　それで最後、予選リーグで三敗して、僕が辞めるとなった時に、ホテルのオーナーが僕の部屋にワインを一本入れてくれて、「You must continue」とメッセージを書いてくれた。

沢木　「続けるべきだ」と。

岡田　ええ。しゃしゃり出てこないで、温かく見守ってくれているというか、自然体でやってくれたのは、これはもう忘れられないですね。

沢木　それが一番ですもんね。

岡田　だからいつも言うんですけど、無理しなくていいって。背伸びしたってできないんだから、自分なりの、その町なりのホスティングをすればいいんじゃないですかって言うんですけどね。

沢木　フランスのワールドカップでいうと、僕はほんとはフランスに行く予定はなかったんです。だけど、そのワールドカップの何カ月か前に、NHKから、試合の中継を日本で受ける前後にコメンテーターの役割をしてくれないかっていう打診があったんです。彼らは僕がサッカーを全然知らないっていうことを全然知らなかったんですね。

岡田　ハッハッハッ。

沢木　当然「あいつは知ってるだろう」と来たんで、「いや、実は僕、サッカー、まったく知らないんですよ」と言ったら、「エッ」と向こうが驚いて、「それでもいいですから」なんて言いだしたけど、サッカーを知らないでコメントなんかできないですからね。それで「ごめんなさい、できないんです」と言ったら、そこからは逆に相談されるかたちになってしまって、「コメンテーターは誰がいいでしょうかね」という話になってしまった。そのとき、僕は自分だったら誰の意見を聞きたいかというふうに考えたんですね。そこで「僕はラモス瑠偉の意見を聞きたいかな」と言ったら、「なるほど、ラモスですね」と膝《ひざ》を打たれてしまった(笑)。それがヒントになって、当日はラモスさんが解説することになったと思うんですよね、たぶん。

岡田　そうだったんですか。

沢木　それで、もし僕があそこで余計なことを言わなければ、城彰二選手は日本に帰国した際、空港でファンに水をかけられたりしなかったんじゃないかと思うんです。あとで聞いたら、ラモスさんがなんかテレビで城選手にかなりきついことを言っていたって。それを受けてのファンの行為だとしたら、僕は城選手に謝らなくてはならない(笑)。

それはそれとして、コメンテーターの件が終わったあとにまたNHKの人から連絡が来て、コメントはいいから、とにかくフランスのワールドカップを観ませんかという提案があったんですね。観て、もし何かひとつドキュメンタリーを作れると思ったら作ってみませんかっていうんです。

岡田　ああ、それでエクスレバンにおられたんですか。

沢木　そうなんです。もし作れないと判断したら作らなくてもいいという寛大なお誘いで。僕はサッカーのことはよくわからないけれど、もしかしたらこういう視点でワールドカップのドキュメンタリーを作ることができるかもしれないという、その視点が見つかったらやってみてもいいなと。だけど見つからなかったらお断りしていいですかって確認したら、全然かまわないって。それで若いディレクターの人と二人で、一カ月、フランスに行って最後の試合までずっと見てたんです。だから、楽しい旅行だったんですよ、何もしないでぼんやりと(笑)。

岡田　いやあ、僕には怖い視線だったなあ。「ああ、何か書かれるんだろうなあ」と(笑)。

沢木　いや、僕はほとんどただ見てたんですね。取材しているジャーナリストもそうだし、選手もそうだし、監督やコーチとか、いろんな人たちがどういう振る舞いをするのか、知らなかったんで、とても興味深かった。サッカー取材の現場を知らなかったから、現場を見ることがとても面白かったんです。キャンプもそうだし、試合もそうだし、その前後も、ぼんやりずーっと見ていた。そもそも、僕が何かものを書いたりするときの基本的な感じは、ただぼんやり見てることなんですね、最初は。

岡田　ほう。

沢木　そこで何か引っ掛かるものが出てきたら、そこに向かって掘り進んでいくんです。だから、最初に何も引っ掛かってこなければ、それはなしなんですね。そのためにフランスでずっとぼんやり見ていて、その結果、ひとつだけ気になったことがあったんです。それは、クロアチア戦でした。

岡田 第二戦の？

沢木 日本が予選リーグを敗退することになってしまうのはクロアチア戦で失った、あの一点ですよね。

岡田 ええ。

沢木 あの一点の取られ方というのが、あとになってとても気になってきましてね。別にそれは岡田さんもおっしゃっているように、ある程度リスクを背負ってボールを中盤で回して相手に食いつかせて、それで突破していこうということなんだから、あそこで取られること自体は誰も責められないし、責めるべきでもないんでしょうけど、とにかく途中でボールを奪われ、そこから失点してしまった。名波から中田、中田から……。

岡田 山口のところへバックパスしようとして……。

沢木 アサノビッチに奪われてしまう……。

岡田 というか、井原に当たってしまった……。

沢木 のをアサノビッチがもらっちゃったんですね。

岡田 ええ。

沢木 で、それをシュケルに出して、彼にゴールされてしまう。

岡田 そうです。

沢木 その、名波がボールを出してからシュケルにゴールされるまでを計ったら十三秒だったんです。

岡田　ほう。

沢木　その間、ボールに触ったのは……実際には触っていなくても関与したと言える人は、日本の選手としては名波、中田、山口、井原、そしてゴールキーパーの川口。クロアチアの選手としてはアサノビッチとシュケルで、合計七人。それに監督としての岡田さんと、クロアチアの監督の、何ビッチって言いましたっけ。

岡田　ブラジェビッチ。

沢木　その九人にゴールまでの十三秒のことを語ってもらって、一時間のドキュメンタリーが作れるんじゃないかと思ったんですよ。

岡田　ほおー。

沢木　そしてね、予備的に名波さんと山口さんに話を聞いたら、すごく面白い話がいっぱい出てきた。たとえば「ヒデが出したボール、遅かったと思いますか?」と名波さんが言って、「あれは芝の転がり方がほんのちょっと、僕たちの予測と違ってたんです」とかね、そういうような話があったりして、「ああ、そういうものなのか」と感動して、勇んで作ろうと思ったら、NHKの人たちが、なんか、上の方がどうもその番組は作らなくていいっていうことになっちゃってと言い出すんです(笑)。それで、結局、作らなかったんですけど、ちょっともったいなかったですね。

岡田　はあ……それはもしかしたら僕がNHKの会長の海老沢さんと少し揉《も》めたからじゃないかな。

沢木　たぶん(笑)。それで結局、僕はフランスのワールドカップについてはいっさい……。

岡田　それは申し訳なかったですね。

沢木　いや、全然(笑)。僕はね、二〇〇二年の日韓大会をよりよく観るための準備を一九九八年のフランス大会からしようと思っていたんですね。だから、逆に一九九八年のときに具体的な仕事をしたり、書いちゃったりしたら、なんかトンチンカンなことがいっぱいあったと思うんです。ところが、岡田さんのおかげで(笑)、とてもいい準備ができたもんですから、すごくラッキーだったと思ってるんです。

岡田　安心しました(笑)。

心意気と目標

沢木　たとえば監督っていうものは……サッカーにおける監督という話なんですけど……監督って、どの程度の力があるものなんですか。

岡田　それについてはね、経験とともにどんどん変わってきているんですね。監督の力というのはものすごく大きい反面、やっぱり選手がやるもんだというところも、ものすごくあるんですよ。だから結局、バランス感覚なんですよね。で、監督の力というのは結果から見ればあります。それは大きいです。でも、監督があまり仕切っちゃうと、選手がロボットみたいに自分で考えなくなってしまう。サッカーにはいろんなフレキシビリティーがあって、監督はあらゆる局面ですべて指示するわけにはいかないわけですよ。それを自分たちでやらせるようにしなきゃいけない。ところがなんでもかんでも自由だといったら、今度はチームにならない。

だから、監督がどこまでやるかというのは、そのチームによって変わってきます。試合相手によって変わってくるし、その試合をする時期によっても変わってくる。だから、一概に、監督というのはものすごく大きな力を持つもんだとは言い切れない。この試合では選手の力だったなとか、この試合はある程度監督が力を発揮したなとか、けっこう試合によって変わってくると思いますね。

沢木 日本の代表監督のフィリップ・トルシエは七割は監督だというようなことを言っていますけど。

岡田 そんなことは絶対ありえないですよ。まあ一割ぐらいは運ですよ、これはどうしようもない。まあ多く見て二割ぐらいを運とかいろんな事故とか、偶然のものだとしたら、残りの八割のうちの四割は選手の力で、あとの四割がある程度監督の力だということが言えるのかなというくらいですね。

沢木 話の脈絡はぜんぜんないけど、たとえば、いま、関西が大騒ぎしてる、阪神に新しく監督としてやって来て旋風を巻き起こしているあの星野仙一という人の存在をどういうふうに感じます？

岡田 いや、僕、星野さんはすごいなと思いますね。僕は、監督とチームというのはマッチしなきゃいけないと思ってるんですよ。というのは、今年の星野さんが、もし野村さんが阪神の監督になった去年の時点で来ていたら、こうはならなかったと思うんです。まあいろんな人に聞いても、やっぱり野村さんがあれだけ厭味たらしくとも、ともかく頭を使わせるような下地を作り、選手に野球を理解させるようなことをやった。そこへ星野さんが来て、ワーッと盛り上げて、一気に勢いをつけたということのようですよね。

たとえば日本にトルシエが来て、前のフランス大会のときのメンバーがたくさんいるとき、あのフラット3というのはぜんぜん機能しなかった。南米選手権でもボロ負けして帰ってきた。ところがいまの若い選手ではすごくうまくいっているという。フラット3がいいか悪いかじゃないんです。前の選手たちにはちょっときつすぎるんですよ、あのやり方は。というのはリスクを冒しますからボールを取られたら一発で裏をとられてやられてしまう。しかし、いまの選手はあんまりボールを取られないからもつんです。だから、いまの選手に前回の古い戦術をやらせると物足りないと思う。要するにトルシエがいまの世代のチームとうまくマッチしてるということなんですよ。あのフラット3がいい悪いじゃなくて、そのチームとマッチするかどうかなんだと。コンサドーレ札幌でいまフラット3やったらえらいことになっちゃう(笑)。

そういう意味ではね、いまの星野さんというのは、タイガースとすごいマッチしてるんじゃないかなと。

沢木 それは時期とかいろいろな状況、すべてにおいてですね。

岡田 僕はひとつ知りたいことがありましてね。今年の星野さんは、最初から「優勝だ！」と、大きなことを言いましたね。野村さんは決してそんなこと言わなかった。

僕もフランス大会の前に「予選リーグは一勝一敗一分けで行く」と言ったとかいうことで、えらい叩かれたんですね。これは別に対戦相手が決まる前に、何気なく雑談の中で、「予選リーグを突破したいから、最低一勝一敗一分けだな」と言ったのがバーンと表に出ちゃったものなんですよ。それから組み合わせ抽選会があって、対戦相手にアルゼンチンとかが決まると、「アルゼンチンには負けるつもりだ」と書かれて、「最初から負けるつもりでいる」とか批判されたんですね。いや、負けを計算に入れなかったら、全チーム優勝となるわけですよ。全部勝つというのは心意気ですよ。それは僕らだって、試合やるときに負けようと思ってやることはないですよ。でも、心意気と目標というのは違うんですね。

目標というのは論理的にある程度根拠がないといけない。この戦力でこの相手だったら、こういう戦い方をすればこのぐらいはいけるなという、ある程度の根拠がないとね。で、星野さんを見て、最初、意気込みをぶちあげたのかなと思ったんですよ。ところが、気がつくと、けっこう、いろいろと手を打っていた。そういえば去年はピッチャーがいいのに打てなかったが、そこへちゃんとファイターズから内野に片岡篤史とかを取ってきている。つまり、ある程度根拠をもって言ったのかなと。それを一度直接訊いてみたいなと思うんですけどね。

沢木　なるほど、星野さんの優勝宣言は、単なる意気込み、心意気だったのか、それとも根拠のある目標だったのか。

岡田　僕ら、シーズンが始まる前に目標を言うのはものすごく難しいんですよ。以前、コンサドーレがJ2のときに、今季の目標というのは二位以内だと宣言したんですね。二位になればJ1に上がれると。浦和レッズがいたから、まさか一位になれると思ってなかったですからね。とにかく二位になるためには勝ち点これぐらい必要だというような目標を立てて、そのためにこうこう、こういうサッカーをやるということで始めるわけですよ。ただし、試合にはすべて絶対に勝つつもりで臨むと。

で、去年、一位になってJ1に上がった。そこでのチームの目標というのは残留だったんだけど、残留なんてネガティブなことは目標にしたくなかった。そこでいろいろ計算してみたんですね。リーグのチームをABCと三つのグループにわけてみたら、Cグループが六チームあった。そうしたらこのグループの上に行こうよと。Aグループと何勝何敗、Bグループとは何勝何敗、Cグループとは何勝何敗という具合に計算していったら、ちょうどそれが前年度までの二年間の勝ち点が十位ぐらいのチームの勝ち点とピッタリだったんですね。「おお、じゃあこれでいこう」と。「勝ち点いくつ、順位は十位」と、目標を設定したんだけど、ただそれだけだとだめなんですよね。だから、「ただ俺たちはこれを目指すけど、この先には常に『優勝』ということがあるんだということは忘れないでほしい」と言わなきゃいけない。ところがすべてをすっ飛ばして、まず「優勝！」とぶちあげてしまう人がいっぱいいるわけですよ。最初、星野さんもこれかなと思ったんですね。

沢木　なるほど、それかと思ったんですね。

岡田　本当はたまたまうまくいっただけなのかどうか(笑)、星野さんに直接訊いてみたいなっていうのはありますね。

沢木　ただ、そのとき、監督のやり方みたいなことでいうと、岡田さんはあんまり選手とベタベタする関係をもたないというふうにおっしゃっていましたね。星野さんは、ベタベタかどうかわからないけど、見ていると岡田さんよりもう少し緊密な関係をとるような雰囲気もあるじゃないですか。そのやりようというのは、もちろんそれは人によっていろんなパターンがあるということは承知の上なんですけど、岡田さんはそういうベタベタした関係は好まないという感じですか。

岡田　いや、僕も変わりましたよ。

沢木　変わりました?

岡田　監督は、結局、選手を切らなきゃいけないじゃないですか。だいたいそれが仕事ですから。二十人いても十一人しか使えないしね。選手にとっていい監督というのは使ってくれる監督ですから、みんなに好かれようというのは無理なんです。しかも僕は浪花節《なにわぶし》なんで、選手とめし食ったり、仲良くなったり、仲人までしてて、そいつをクビなんてよう言わないですよ。だから、あえて一線を、自分が弱いのを知ってるんで、決断が鈍らないために一線を引いてたんですよ。

沢木　逆にね。

岡田　ただ、いつも愛情は持ってやってると。だから、選手にも必ず言ってるんですね。「俺は十一人しか使えない。『それじゃあやっていられない』という奴はいまのうちに出ていってくれ。ただ俺に『この野郎』って向かってくる奴の面倒は見る。それでも一年終わったら一試合も使わないかもしれないけど、絶対にうまくしてやる自信がある」と。

コンサドーレの二年目は、やっぱり一年目の反省がありましてね。一年目、選手たちには、ただでさえ日本代表の監督をやった人間が来たという緊張感があるのに、その僕が目をつり上げて、肩をいからして、「俺がやるからにはさすが岡田だといわれるサッカーやって勝たなきゃいけない」と思っている。「俺が」というのはワールドカップに行った監督なんだと、そういう驕《おご》りのようなものがあったんですね。だから、一年目なんか誰も近寄ってこない、怖くて。スタッフも近寄ってこない。裸の王様状態ですよ。実は、毎年オフにイタリアの友達のところへ行って、雑談をしたり、ボケーッと一年間を振り返ったりするんですけど、そのとき、「ああいうのは自分の驕りだったなあ」と思ったんです。

そこで、二年目からは努めて肩の力を抜くようにしたんです。そうしたら、まずいろんな人が寄ってくるようになってね。それとともに、自分の決めたルールが自分をがんじがらめにしてるということに気がついたんですね。たとえばいっさい選手とは飯を食わないと決めていた。しかも、ルールというのは一度決めたら絶対に破ったらだめだと、すごく厳しかったんです。

沢木　自分に対して？

岡田　自分にも厳しい、選手にも厳しかった。ところがあるとき、スタッフが「岡田さん、彼がなんかおかしいんですよ、僕らが聞いても何も答えないでずっとうなだれてるんですよ」と。そんな情報も一年目は上がってこなかったんですけどね。「そうか」というんで、「おい、ちょっと来いよ。昼飯でも食おうか」と誘って、「どうしたんだ」と訊いたら、何も言わないで、そのうちポロポロ泣き出して、親代りの兄貴が病気であと一カ月だと言われていますと。「なんだ、そんなんだったらすぐ帰れ。そういう大切なことにサッカーも試合も関係ないから」と。そういうことがあったあと、気がつくとそいつの僕に対するロイヤリティーがものすごく変わっていたんですね。あれっ、俺はなんで選手と飯を食っちゃいけないなんて自分を縛ってたんだろうって……。

沢木　縛っていたものがほどけたんですね。

岡田　僕は遅刻した選手は絶対使わないし、罰金も三万円とかって言ってたんです。でね、ある大事な試合の前日にエメルソンが遅刻してきやがったんです。僕は内心「明日の試合、勝ちてえなあ。エメルソン、使いてえよなあ。でも、遅刻したら使わねえって言っちゃってるよなあ」と葛藤してね。しかし使ったら、これまでの規律が乱れて、チーム内からも「なあんだ」と信用なくなってガタガタになるんじゃないかって思ったわけですよ。そこで、エメルソンを呼んで、みんなの前で練習そっちのけで思いっきり怒ってね、まあパフォーマンスなんですけど。で、全員に向かって「今日、エメルソンが遅刻してきた。本来なら使わない。でも、明日の試合は非常に重要だ。そしてエメルソンの力は必要だ。俺が全責任を負うからエメルソンをメンバーに入れる。もし文句のある奴がいたら言いにきてくれ」と言った。で、誰も何も言いに来ないで、そのまま試合にスーッと入っていくことができた。そのあと、僕がルールを曲げたにもかかわらず、なんか規律が乱れるというのはいっさいなかった。なんだ、そんな大袈裟なことじゃなかったんだと……。

沢木　思えるようになった(笑)。

岡田　自分ひとりで、「これをやったらえらいことになる」なんて、どうして俺は自分で自分をがんじがらめにしてたんだろうなって。

沢木　面白いですねえ、そういうのって。

岡田　ただ、これはあんまりやりすぎるとだめなんですけどね。

沢木　そうでしょうね、もちろん。

岡田　それとやっぱり負けを受け入れるようになったですよね。僕は悔しくて悔しくて、どうしても負けが受け入れられないタイプなんですけどね。

沢木　そういうタイプだったんですね、ずっと。

岡田　選手の頃も、ミニゲームなんてやってるじゃないですか。そんなときに、見ているコーチが入ってもいない相手のゴールを「ゴール！」とかって言うとしますよね。僕は、もう負けるのいやなもんで、許せないんですよ。ゼッケン投げ捨ててね、「冗談じゃねえ、こんなのやってらんねえ」って、帰っちゃったことがあるんですよ(笑)。

沢木　子供みたいじゃないですか(笑)。

岡田　そういうタイプだったですからね、試合に負けたときにヘラヘラしてるようなのは許せない。札幌の監督になって、基本的には札幌のホテル住まいですから、部屋に帰ってもやることがない。どうしても録画してあるビデオを一日見ることになる。他にやることないわけです。外に出たらあぶないしね、負けてるから(笑)。

沢木　ハッハッハッ。

岡田　それで「なんで勝てねんだ」となる。あいつがあのときもう少し詰めていたらとか、こいつはこのときはもっと突破できたはずなのにとかギリギリと考えることになる。何とか正解を求めようと、ほんとに大袈裟に言ったら夢の中でも考えてるんですよ。そうすると練習に出ていっても、僕がピリピリしているもんで選手も暗いんですね。で、そのまま次の試合いっちゃうから結果もよくない。

沢木　負の連鎖ですね。

岡田　ところがあるときからフッと力を抜いたら、ビデオを見てても、「サッカーには正解なんかないんだし、相手も必死でやってるんだ。勝負事なんだから負けることもあるよ」と思えるようになった。最初はだめなんですよ、一晩は悔しくて悔しくて。ただフッと抜くことができるようになったんです。そうすると練習の雰囲気がガラッと変わって、次の試合に持ち越さなくなった。あれ、不思議なもんだなあと思いましたね。

沢木　不思議なもんですね、ほんとに。

岡田　だから、指導者というのはここで終わりというとこはないと思うんですよ。これからも僕、ずっと勉強だと思うんですけど、まあそういう意味では変わってきましたねえ。

沢木　札幌の監督をやったということで自分がかなり大きく変わったという意識はありますか、その前と。

岡田　ありますね。なんだかんだいって、僕は日本代表の監督が初めての監督で、単独チームをやるのはコンサドーレ札幌が初めてでしたから、そういう意味では、まず代表で監督やって変わりましたし、コンサドーレの監督やって変わりましたし、コンサドーレの監督をやっていく中でまた変わりました。なんか、大きく三回変わりましたね。

性悪説によるチーム作り

沢木　監督の能力ということで言えば、選手たちにとっては、さっき岡田さんがおっしゃったように、使ってくれりゃあとりあえずいい監督だっていうことはありますよね。でも、結果が伴わなければそんなにいい監督とは思われない。

岡田　ええ。

沢木　そうすると、選手たちがいい監督だと判断するいくつかの物差しがあるとして、ひとつは人間性、人格がありますよね。もうひとつは指揮官としての能力がある。この二つが相伴《あいともな》っていれば選手にとって、まあいい監督ということになるんじゃないかと思うんですね。だけど、その二つがきちんと揃《そろ》ってる監督って、そんなにはいないですよね。どちらかの何かが欠けている。人格に欠損があったり、能力が足りなかったりとか。そのとき、二者択一というわけにはいかないかもしれないけど、選手たちにとっては二つのタイプの監督のどちらがいいもんなんでしょう。第一は、人格はろくでもないけど、とにかく結果を出してくれる監督。こいつのところにいると、たとえばいい成績を上げることができて、自分たちもスポットライトを浴びられて、金も少しよけいに入ってくるということになる。第二は、なんか結果はあんまり伴わないけど、この人はとにかくいい人だし、まあ我慢しようかと思えるような監督。選手の側でいえばどっちのほうを選ぶと思いますか。

岡田　それは最初のほうだと思いますね、短期的にはね。ただそれは長続きしないですけどね。

沢木　長いスパンで見ていくと、やはり人格の問題が出てくると？

岡田　そうです。

沢木　そうだとすると、監督には自分の人格を高めようとかっていう意識はあるもんなんですか？

岡田　それはありますよ。自分という人間をやっぱり大きくしていかなきゃいけないというのは、強く意識するかどうかにかかわらず、まあ多くの監督が持つもんじゃないのかな。本を読んだりもそうだし、いろんな違う分野の人ともお会いする、芸術家の人と話をするとか、そういうのは間違いなくありますね。ＡＣミランの監督をやってたアリーゴ・サッキという――アメリカ大会のときのイタリア代表の監督をやった人ですけど――そのサッキが「君たち、いいコーチになりたかったら、絵を見なさい、音楽を聞きなさい、本を読みなさい」と言っていた。最初は何を言ってるんだろうと思っていたけど、それはいまになればよくわかることですね。ただ、選手に対して、自分の人格を理解してもらおうと思ったら絶対だめだと思います。

沢木　そこのところをもうちょっと説明してもらえませんか？

岡田　要するに媚《こ》びを売るようなことになってしまう。自分の人格を信じてついてきてもらうというのは危険なんです。僕がいま得ている感触では、人間性善説に従えば、グループとしてまとめるときには「俺はこんなふうにおまえたちのことを考えてる、わかってくれるだろ」ということになる。でも、「人間みんないい奴なんだから、最後はわかりあえるよな」という感じで当たったら絶対にだめですね。性悪説で、「どうせこいつらはよそに行ったら俺のことボロカスに言うんだから」というくらいに……。

沢木　思い切る。

岡田　そう。グループとして考えるときは性悪説で考えないとだめだと思うんです。ただ、個人と個人で向かい合うときにはやっぱり選手も人間ですよ。そいつのことを愛してやってなかったら、やっぱり感じますからね。どれだけ口でいろいろなことを言っても、サッと見切りますからね。

沢木　いまおっしゃられた、グループと対するときには性善説ではなく性悪説で対応すべきというのはとてもわかりやすいんだけど、たとえば逆に選手の側から見ると、彼らにとってのロイヤリティー、忠誠心というのは、チームに対するものより、やっぱり監督に対するもののほうが強いんでしょうか。もしロイヤリティーなるものがあるとすれば、ですよ。いや、ぜんぜんない人もいると思うんです。

岡田　いますね、たくさん(笑)。何も考えてない奴いるからなあ。

沢木　だけど、あるときに、何のために戦うのかみたいなことが浮上するとすれば、どっちですか。

岡田　それは二種類あるような気がしますね。たとえば僕が札幌に来る前からコンサドーレにいて、スター選手だったけど、僕が来たとたんに使われなくなった選手。それで、パッと試合に出したら、そいつは僕のためというよりも、このチームが好きだし、サポーターにも好かれてるし、だから頑張るということになる。一方、さっきも言ったような僕のためにという奴も出てくるだろうし。

沢木　だけど、自分に対するロイヤリティーを持つ人をいっぱい作りたいというふうに思っちゃだめですか、監督は。

岡田　と思いますけどねえ。ロイヤリティーというのはあとからついてきて、自然と培《つちか》われるもんでね。それを期待して策を練るというのは本筋と違うような気がしますね。

沢木　なるほどね。そこは簡単には結論は出ないかもしれないけど、まあ岡田さんはそうだろうと思われるんですね。

岡田　ええ。

沢木　善悪ということで言うと、僕はサッカーで唯一嫌いなのは、あの卑怯なところ(笑)。痛くもないのにファールを貰うためにのた打ちまわったりして、それが通っちゃったりするじゃないですか。誰が見たって、さっさと立ちゃいいじゃないかと思うのに、その狡《ずる》さが肯定されるというのがどうしても納得できない。

岡田　僕も基本的に好きではありません。

沢木　だから僕は、アメリカ人にサッカーが浸透しない理由のひとつはそこにもあるんじゃないかって思うんですよ。たとえばアメリカン・フットボールで、ボールを持ったランニングバックが相手から死ぬほどのタックルを受けても、何事もなかったようにスクッと立つじゃないですか。それなのにサッカーの選手は、痛くもないのに痛いふりをしている。そういうのがアメリカ人には許せないんじゃないかという気がする。

岡田　確かに、勝つためになんでもしなきゃいけないかもしれないけど、やっぱりある一線というのがなけりゃいけないはずですよね。ラグビーの大西鐵之祐《てつのすけ》さんが『闘争の倫理』とかでおっしゃっているようにね。勝つために何をしてもいいということになったら、最後は殺し合いになってしまう。行くところまで行ってしまうと、人間というのはいくらでも残酷になれる。自分の仲間を殺されたら、捕虜になった奴を滅多打ちにして殺してしまう。それが人間の本性なんだと。だから、それをさせないためには、その状況になってしまう前に自分を抑えることのできる人間にしなきゃいけない。それがスポーツのいちばん大事なことだとおっしゃってる。

そういう意味で、僕も何をしてもいいとは思わないんですよ。たとえば去年のトヨタカップでアルゼンチンのボカ・ジュニアーズとドイツのバイエルン・ミュンヘンが戦ったときも、勝っているボカ・ジュニアーズが文句を言ったり、痛がってわざと時間を浪費する。あれは勝つために彼らなりの正当な努力をしているのか。いや、あれはやっぱりスポーツというものの本質を逸脱《いつだつ》していたと、僕は思います。

沢木 その岡田さんの感覚が世界的なコンセンサスになっていく可能性はありますか。

岡田 ないでしょうね。南米があるかぎり。それはもう価値観が根本的に違いますから。裏切ったら悪いとか、そういう価値観がない。でも、そういうチームに負けなきゃいいんだなというふうには思いますね。

沢木 逆に言えば、それは審判をだますということになりますよね。レフェリーだって万能ではないからだまされますよね。

岡田 逆にね。でも、それがあるから面白いと……。

沢木 言えなくもない、という考え方がありますね。そういう論理で、たとえばそういうごまかしも、すべて含んで面白がるということができないのは、あまりにも包容力がなさすぎるという考え方が一方ではあるわけですね。

岡田 そうですね。

沢木 でも、やっぱり、単純に嘘をつくのはカッコ悪いですよ。たとえ、ここでファールをもらいたいとしても、大きな演技をしないでスクッと立ち上がっちゃうようなサッカー選手がいてもいいと思うんですけどね。見ていると、そんなに簡単に引っくり返るかなあというようなくらいコロコロとみんな転がりますよね。

岡田　それはね、ブラジルのジーコのような人が日本に来て、「なんであそこで倒れないんだ」とか言うのを聞いて、そういう演技をするのが本当のプロだと勘違いしている時期があったと思うんですよ。でも、やっぱり最近はある程度変わってきていると思いますよ。だって、見てるほうがわかるんですもん。そういうのを見ると、沢木さんがおっしゃったように、僕ら監督として見てても頭にきますもん。以前、コンサドーレにもそういうのが一人いましてね。そいつが倒れても、味方から「大丈夫、大丈夫、ドクターは行かなくていいから」という声が出る(笑)。

トルシエという「外圧」

沢木　そこで、いよいよトルシエ監督の話になるんですけど(笑)、岡田さんはわりと日本代表の監督になったフィリップ・トルシエについて肯定的というか、よくやってるというふうにおっしゃられていますよね。いまのトルシエさんについて功罪というのがあるとすれば、まずその「功」は何ですか。

岡田　それは、ひとつに、やっぱり日本人というのは外圧がないとなかなか変えられないというところがありますよね。協会の中にしても、いつも一緒に飯を食って、家族同士でも付き合いがあったりすると、たとえそいつに能力がないとしても簡単に切ることができない。ポジション変えられないということになる。それがトルシエだと「こんな奴いらねえ!」と言えてしまう(笑)。そうでないと変えられなかったところは多々ある。そのお陰で、いろんな意味で、選手もそうだけど、協会がタフになりましたね。

沢木　なるほど。

岡田　この前ね、札幌でパラグアイと親善試合やることになって、日本代表が来たんだけど、トルシエは前の代表監督の俺が行ったら面白くないだろうというのはわかってるから、行かなかったんですね。ところが、スタッフは、コーチだけじゃなくて、マッサージとか、マネージャーとか、広報担当とかに至るまでみんな僕がやってたときの連中だから、電話を掛けてきて、「せっかく札幌に来てるんだから、岡田さん、飯でも食いましょうよ」と言うんです。「いやあ、行かんよ」と断っていたんですけど、夜の十時ぐらいになって、「もうトルシエ寝ましたから来てください」と言うんで行ったんですよ。

沢木　トルシエは早寝なんだ(笑)。

岡田　新しいスタッフもいましたけど、十五人ぐらいで飲みながら話していると、「いやあ、岡田さん、トルシエというのはね……」とか愚痴こぼすわけですよ。「岡田さんね、耐えられないですよ」とか言ってるわけ。それ聞いて、「でもな、いまおまえらそんなこと言ってるけど、なんか顔は生き生きしてるし、すごいタフになったじゃないか。俺と一緒のときは、グラウンドで『何やってんだ!』って怒鳴ったら、みんなシューンとしてどっかへ逃げてたじゃないか」と言ったんですね。そうしたら、「でも、岡田さんも相当わがままだったけど、トルシエはもっとわがままなんですよ」って。

沢木　ハッハッハッ。

岡田　「いや、そう口にできるおまえたちは、それだけタフになったんだよ。これはトルシエのお陰だぞ」と。本当にいろんな意味でタフになりましたね。

沢木 いやあ、それはもう結論に近い話が出て来てしまったけど、実は、僕、トルシエさんが指揮している練習風景の「秘蔵ビデオ」を長時間見る機会があったんですね。テレビのドキュメンタリー番組を作るのを任されて。それを見ていろいろ感じることがあったんですけど、まあ、とにかく、明確にわかったことは、トルシエは一貫性がないということ。

岡田　ハッハッハッ。

沢木　それと、岡田さんはトルシエさんの強圧的なところを肯定的にとらえていらっしゃるけど、たとえば選手たちにガーッと言って、一種のファイティングスピリットを掻《か》き立てるみたいなのは、確かにその通りでいいんだけど、意図的というより、単なる感情の赴《おもむ》くままなのではないかという感じがなくもないんですよね。

この間、イタリアのパルマで中田英寿君と会ったんですよ。そのとき彼が「僕は最初、あの二面性は演技だと思ってた」と言うんですね。「だけど、あれ、演技でもなんでもない根っからのものなんですよね」と言うんで、「実は僕もそう思うんだけど」と盛り上がった(笑)。それでいまの若い代表の連中がどうなったかというと、「みんな賢くなったんですよ」ということらしい。トルシエに何か言われても流してるって。しかも、すごくその流し方がうまくなったそうでね。「要するに若い代表メンバーは賢くなって、打たれ強くなったのね」と言ったら、「そうなんですよ」という答えでした。

そこで話としては、こうなるわけです。いい親のもとにいい子が育つかというとそうとは限らない(笑)。よく教育者の子弟に学校から逸《そ》れていってしまう者が出やすいとか言われることがありますよね。逆に、ろくでもない親のところにいい子が育つことがある。僕には、いまのシドニー・オリンピック組は、ああいう親のもとに育ったよい子なんだっていう感じがするんですよ(笑)。

岡田　いや、だから、僕がさっき言ったのは、トルシエを肯定してるっていうよりもね、あのエキセントリックさでタフにさせられたということなんです。ただ、これは絶対長続きしないですよ。こんなこと長続きはしない。ただみんなワールドカップが終わるまでは我慢するでしょう。でも、あれをヨーロッパでやったら大変でしょうね。選手全員、誰も練習場に来ないですよ。だから、一時的にはいい面があったんじゃないかと……。

沢木　一種の外圧の瞬間風速的にね。

岡田　そう、外圧の瞬間風速。

沢木　ただ僕にはひとつわからないところがあるんですよね。岡田さんはシドニー・オリンピック組が大豊作の年代であったとおっしゃっていて、実際にその通りなんだけど、トルシエでなくてもあの豊作の子たちはいたんだからという考え方と、やっぱりトルシエがああいうふうに上の世代の選手たちをすっ飛ばさなければうまく育たなかったという考え方と、どっちが正しいんでしょう。

岡田　それは誰にもわからないですね。すべては結果論になってしまう。僕のときでも……やればやるほどわからないんだけど……たとえば、ジョホールバルでカズ(三浦知良)とゴン(中山雅史)を二人替えて逆転して勝って、これはすごい名采配《めいさいはい》だと言われたりする。でも、ひょっとしたらゴンとカズを替えなかったら、あいつらが点取って延長にならずに勝ったかもしれない。これは誰にもわからないですよね。あくまでも結果論。トルシエの場合も、現実として彼がああやって結果をここまで出してきたのは間違いない。じゃあ同じ選手を使ってほかの人がやっても勝てたかというのは別なんです。

沢木　常にわからないですね。

岡田　確かに豊作の選手たちはいた。でも、豊作の選手たちがいたからって……たとえば、Ｊリーグでも、いい選手が揃ってるチームが優勝しているかというとそうでもない。いい選手がいないとなかなか優勝はできないけど、いたら優勝できるかといったらまた別問題です。僕は、意外とあの世代がいくらいい世代だからといっても、トルシエじゃなく日本人の誰かがやってたらあそこまで、たぶんさせられなかったと思いますよ。

沢木　そうですか。

岡田　僕は代表の監督のときにあの世代を五日間、キャンプで見たんですよ。びっくりしましたね、最初に見たとき。なんでこんなにうまいんだ、こいつらって。僕が見ている代表チームよりぜんぜんうまいんですよ。

沢木　代表チームより(笑)。

岡田　びっくりしてね、小野伸二とか稲本潤一とか中村俊輔とか、ああいうのがゾロッといてね、「こいつらすごいな」と思ったですよ。ボールのコントロールで言うと、たとえばボールを受けた瞬間、パッと体が向いてるとかね。前の世代の選手だと、ボールを止めてもそっぽ向いちゃってるというようなのに、「すごいなあ」と思って。でも、五日やって、何か物足りない。うまいんですよ、スマートなんですよ。ところが何か冷めてるんですよ。淡々とやるんですよ。「絶対勝ってやる！」とか、「取られたボール、絶対取り返してやる！」っていうんじゃなくてスッと取り返すんですよ。

沢木　うん、らしい、ですね（笑）。

岡田　いや、それはそれでいいんだけど、負けてるときに「よーし、絶対一点取ってやる！」とか、そういうのがないんですよ。これは致命的だなと思いましたね。勝負事って、非論理、非理屈が絶対必要なんですよ。こいつら理屈でいえば理屈どおりのことができるだろうけど、なんかそういうものを超えたものが欠けるなと思いましたね。サッカーにも、ゴンみたいな泥臭い、「この野郎！」というものがないとだめだと思うんです。ヨーロッパでも特にイングランドあたりの選手は戦うことにすごいものを持ってますね。悪ガキで、運動が得意で、足が速くてというような奴が、スライディングでいくらケガをしそうでも平気で突っ込んでいく。日本だと、「わー、ちょっと、ここが心配で」となる。この辺のメンタリティーが全然ちがうんですね。タフネスというか、そういうものが。

沢木　確かに、若い選手にそうした激しさを感じることは少ないですね。

岡田　ところが、そいつらを押したり引いたり、怒鳴ったり突き飛ばしたりしながら（笑）、トルシエは戦わせましたよね。あれ、僕がもしやっていたら、「どうしてですか」と彼らは訊いてくるだろうし、僕も「いや、おまえな、これはこうだろ」とか説明しなきゃいけない。でも、トルシエ相手だと、どうせ言葉も通じないからしょうがないってなるでしょ（笑）。

沢木　そう、ぜんぜんわかんないみたい。そのビデオ見てるとわかるんだけど、選手たちもトルシエが激高して叫んでも、何を言ってるか全然わかんない。で、あとでコーチの山本昌邦さんに訊いてるの、「あれ、何て言ってたんですか？」って（笑）。

岡田　それがよかったんですよ。そういう意味ではトルシエがやらなかったら、日本人だったらほんとにあそこまで戦わせられたかといったらわからない。

沢木　ただ、僕のフィリップ・トルシエに対する不信感というのは、彼が一貫してないというところに根差しているんですね。たとえばトルシエが、日本の選手がだめなのは外国に行って経験してないからだってよく言ったりしますよね。でも、中田君は外国に、イタリアに行ったじゃないですか。そして日本に戻ってチームに合流すると、「俺の実験室に参加してないから、ああたらこうたら」といろいろ文句を言ったりする。それだけじゃなくて、どうもトルシエ監督が一貫してないなって思うのは、ずっと彼がしゃべってるビデオを延々見た結果なんですけど、選手に自立しろと言っているのに自立した人間が出てくるとそれをいやがるというようなところがあるからなんです。

それは、この間のポーランドとの親善試合のときにすごく象徴的だったんですけど、試合後にある記者から質問が出たんですよ。試合の途中で選手たちが中田君を中心にしてピッチで相談をしてたんですけど、あれは何を話し合ってたんでしょうかって。そうしたらトルシエがムッとして、「なんてことないよ、何も話してないよ、あんなの。ちょっとアレだよなっていうぐらいのことだよ」と答えた。それ聞いてアッと思ったのは、そうやって本当は選手がピッチの中でいろいろ自分たちで考えて、判断していろんなことを決めていくということを望むと言っていたはずなのに、そういうことを実際にやられるのはいやなんだなこの人は、と思ったんですね。

監督としては、自分の戦術、自分の考え方を十分に理解して忠実にやってくれることがベストでしょうけど、中でやるのは選手ですよね。その人たちがある程度自分たちの判断でいろいろ動きはじめるのを見るのは、監督としてはやっぱりいやなものなんですか？

岡田　人によるんじゃないですか。彼はいやだろうね（笑）。僕は……そうだなあ……でも、一度こういうことがありましたね。コンサドーレでやってるときに、ある選手を交代で出したんですよ。でも、僕の言ったこと理解してなくて、ぜんぜん違うことやってるから、「違う！　違う！」って指示出してて、キャプテン呼んで伝えようとしたんだけど、すぐに離れなければならなくて、説明しきれなかった。それでも試合は勝っちゃったんです。すると、試合後にある記者が、岡田監督が我を忘れて叫びまくって、選手も何を言われてるかわからなかったらしいとかいう記事を書きやがって、それには俺、キレたけどね(笑)。

沢木　キレましたか(笑)。

岡田　我を忘れて叫んでるっていうことは、監督が選手たちの邪魔をして舞い上がっているっていうことじゃないですか。冗談じゃない。

沢木　ハッハッハッ。

岡田　ただ、自分の指示したことを逸脱されるのがいやだという思いがとても強い人もいるかもしれませんね。トルシエはそうだと思いますよ。

面白いのは、チームのまとめ方っていろんなことがあってね、たとえば「このオッサン、もうどうしようもないから、俺らでやろうぜ」ってまとまってしまうチームもないことはないんですよ。

沢木　今回の日本代表にはそれに近いところがあるのかな(笑)。

岡田　あのチームにもいろいろなことがあるらしいけど(笑)、ただそれも含めて、トルシエはあのチームにマッチしてるような気がしますね。

天気ひとつで

沢木　ところで今度のワールドカップですけど、僕のような素人から見ても、日本代表の成績の予測というのはとても難しいと思うんですね。

岡田　そうですよ、そんなの誰にもわからないですよ。

沢木　でも、今度の日本代表は、明らかに四年前と比べて力はアップしていると考えていいですね。

岡田　アップしてますね。

沢木　それはディフェンダーがとか、フォワードがとか、中盤がとかっていうんじゃなくて、全体的にとにかく底上げされていると。

岡田　まず、そういう技術とか個人戦術のレベルが上がっているとともに、最近、国際経験を積んできて、ものすごいチーム全体に落ち着きを感じるんですよね。

沢木　しかし、それでも、日本が予選リーグを突破できるかどうかということに関しては、できるかもしれないけどできないかもしれないという以上のことは言えないんでしょうね。

岡田　だから、僕は順位予想とか大嫌いなんです。当たらないから。日本代表は、客観的に見て力があるというのは間違いない。予選リーグを突破する力はあります。突破してもおかしくない。でも、同じH組のロシアも突破してもおかしくないし、ベルギーが突破してもおかしくない。チュニジアもひょっとしたら突破できるかもしれない。

沢木　だって、チュニジアもフランス大会のときのジャマイカみたいなもんで、日本に勝っちゃうかもしれないですもんね。当然勝つ力はあるわけですからね。

岡田　そういうレベルなんですよ。確かに日本も突破の可能性はある。でも、ほかの三チームもあると。で、残念ながら日本は予選リーグを突破してもおかしくないという力になったのは今回が初めてだということなんです。前回はそんな力じゃなかったから。ところが、ロシアやベルギーというのはいままで何回もそのレベルでやってきている。日本のように、初めてそのレベルに来て、すぐに突破しようというのは虫がよすぎやしないかと言えなくもないんですよ。僕らが初めてワールドカップに出たときもね、結局、その前に「ドーハの悲劇」があって、そのさらに前に「この韓国戦に勝てば出られる」というのがあって、それぐらいの力がついて、三回目にようやく出られたんですよ。

沢木　なるほど、今回の日韓大会が予選リーグを突破できるかもしれない力をつけて戦う最初の大会だというわけですね。

岡田　そういう意味では、予選リーグを突破できる力は十分持ってるけど、そんなに甘くないぞと。

沢木　たとえば、個人競技だと、オリンピックで自己最高を出せるタイプと出せないタイプがいますよね。日本の選手は残念ながら出せないタイプが多い。ところが外国では、全員じゃないけど、ある種の人たちはオリンピックという最高のところで自己最高を出す人たちがいて、結局その人たちが勝っていくわけですよね。サッカーの場合、こんどのワールドカップでいいんですけど、自己最高というふうには、はっきりとはわからないけれども、自分のもっともよい部分をワールドカップという舞台で出せるタイプの選手と、そういうような大きな舞台になると出せなくなってしまうタイプの選手というのは、はっきりいます？

岡田　いや、僕、出せない選手というのは、いまはいないと思いますね。

沢木　たとえば、フランス大会のときも彼らなりの可能なパフォーマンスの最高のレベルを全員が出していたと思います？

岡田　あのとき僕がいちばん恐れていたのは「ワールドカップだ」ということで過緊張というか、ナーバスになりすぎて力が出せなくなるということだったんです。それだけは絶対に避けたかった。そのためにものすごく気をつかって、試合に臨むに際して、「ワールドカップといえども同じ九十分のサッカーの試合なんだ」ということを言いつづけてきたんですね。そういう意味では、最高のレベルとまではいかなくても、自分で何もできなかったというような状態じゃなくて、ある程度ののびのびとできたとは思ってます。

沢木　いまの若い新しい代表の人たちも、同じように、自分たちの能力をごく普通に出すことのできる能力を持った選手たちだと思われます？

岡田　ええ、思いますね。なんかね、いまの若い選手たちというのは、さっきも言ったように、なんか煮え切らない物足りなさがある反面「何かをしなければ」という感覚が少ないんですよ。「自分が何々をしなければ！」という、はっきり言うと責任感がないということなのかもしれないけど(笑)、そういう感覚がけっこう少ないんです。まず「国のために」なんて考えてる奴はそんなにいないだろうし。

沢木　ふーん。

岡田　そういう意味ではたぶん萎縮するなんてことはないと思うんですけどね。

沢木　もし自分たちの力をのびのびと発揮することができれば、まあ予選を突破してもおかしくはないだろうということが言えると。

岡田　思いますね。

沢木　そうか。しかし、まあ、どうでしょうねえ……どうでしょうねって常に最後にはこうなっちゃうんだけど(笑)。

岡田　いや、それも当然なんですよ。だって、たとえばベルギー戦のときに大雨が降って、ロシア戦がカラッと晴れて、チュニジア戦が湿気のないカラカラの気候になると、これは日本にとって最悪ですよ。逆に、ベルギー戦がカラッと晴れて、ロシア戦が雨でグッチャグチャになって、チュニジア戦はムシムシッとした気候になれば、それだけでぜんぜん有利不利の状況は変わりますから。

沢木　そうですよねえ、地中海性気候のチュニジアの選手にとって、確かに梅雨はつらいかもしれませんね(笑)。

岡田　ロシアはショートパスをつないできますからグラウンドが悪いとだめです。ところがベルギーというのはグラウンドが悪いと彼らのタフさが出る。むしろいいグラウンドで綺麗《きれい》につなごうなんてするとミスしてくれます(笑)。

沢木　なるほど。だから成績の予想なんて、もうすべて仮定の積み重ねで、「こうであれば」というのが一個狂ったらまったく変わっちゃいますもんね。

岡田　レフェリーにひとつPKを取られてしまえば終わりですしね。

沢木　本当にそうですよね。いろいろな要素が絡み合って、いろいろなドラマが生まれ、その結果、泣いたり笑ったりすることになるんでしょうね、きっと。

垂直の情熱について

山野井泰史
山野井妙子
沢木耕太郎

やまのい　やすし　一九六五年、東京都生まれ。登山家。
やまのい　たえこ　一九五六年、滋賀県生まれ。登山家。

山野井泰史も山野井妙子も、共に世界的なクライマーである。二〇〇四年、その山野井泰史さんが『垂直の記憶』という本を出版することになった。タイトルの名付け親のひとりだった私は、ぜひ売れてほしいと思い、宣伝に一役買うべく「週刊現代」誌上で対談をさせてもらうことにした。

新宿の高層ビルの最上階にあるレストランに設けられた対談の席には夫人の妙子さんも一緒に来てくれ、ごく自然に話に加わってくれた。

そこでの私は、まさに「それで、それで」と話を聞いていた子供時代の私そのまま で、対談というより、話をせがんでいる子供のようであったかもしれない。

すでに一度か二度聞いたことがある話も少なくなかったにもかかわらず、聞くたびに新鮮な驚きがあり、もっと聞きたくなってくる。

この段階では、まだ自分で二人のギャチュンカン登山について書くというつもりはなかったが、やがて、ここで聞いたひとつの話に強い印象を受け、『凍』という作品を書こうと決意するに至る。

まさに、ブーメランのように、人への「親切」が自分のもとに返ってくることになったのだ。

この対談は「週刊現代」の二〇〇四年五月一日号に掲載された。

（沢木）

人生を決めた映画

沢木　わざわざ奥多摩からこんな都会に出てきてくれてありがとう(笑)。

山野井　いやぁ、それにしても、ここの眺めはきれいですね。どれぐらい高さがあるかな。

妙子　三ピッチ、百五十メートルぐらいかな？　窓から顔が出せれば正確にわかるんだけど。

沢木　ドンピシャリ。このちょっと上までで百六十一メートルだそうだよ。

妙子　そのくらいだろうね。

沢木　ところで、今日の話は、生き方のスタイルとして単独というようなことと、生きるとか死ぬとかっていうことに関する考え方に収斂《しゅうれん》していくと思うんだけど……まず、山野井さんは名刺を持ってる？

山野井　ありますけども、ほんのわずかしか刷ってなくて、書いてあるのも「山野井泰史、住所、電話番号」だけです。

沢木　肩書というか、名前の横に何かつけるとすれば何になるの？

山野井　「お山にたくさん登ってる人」ぐらいですかね(笑)。

沢木　ハッハッハッ。

山野井　どうでもいいです、そういう言葉。山の雑誌とかでクライマー、アルパインクライマー、登山家、アルピニスト、いろんな名前で呼ばれるけど。

沢木　たとえば、飛行機なんかで隣り合わせになった外国の人に「君のジョブは何なの」と聞かれたとしたら？

山野井　名刺の肩書きってだいたいが職業でしょう？　僕のは、まあ、職業じゃないですから。

沢木　職業ではないんだ、山登りは。

山野井　それは絶対です。

沢木　山登りを職業化している人ももちろんいるわけね。

山野井　いらっしゃいます。

沢木　そういう方向を山野井さんが選ぼうと思えばあるていど選べるよね。

山野井　選べます。

沢木　だけど、それとは微妙に異なる位置にいることのほうが心地いいわけですね。

山野井　うーん、山登りというのはもっと精神的な、職業じゃなくて、行為ですから。それこそ友人はたくさん死んでる、なおかつ僕も行く、彼も行く。そこでお金を得ても本来いいんでしょうけどね。端《はた》から見れば僕なんかプロみたいなもんでしょうけど、やっぱりそこでお金が関わるのが、僕は割り切れない。スポンサーからお金をいただいたらプレッシャーになる。そしてピュアでなくなるというのは、冒険の世界では昔から繰り返されてきた同じパターンですから。安易な方法で登ったり安易な冒険に移っていって、成功だけを求めるようになってしまう。

沢木　たとえば、登山だったら頂《いただき》に登ることが絶対の条件ですよね。

山野井　そうですね。でも、たとえば、イギリスのダグ・スコットなんていう登山家は僕よりピュアです。彼はこの前、電話で話したとき、「チベットの何とかという山へ行くんだ」って嬉しそうにしゃべってるんですね。僕でもその名前の山のことはよくわからない。もう六十ちょっとぐらいの人が、「知ってるか、その山。いいだろう」っていう感じで話しかけてくるんです。一生懸命調べて、彼は仲間と行くんだろうな。あの弾んだ声を聞いただけで気持ちよかったですね。

沢木　そのダグ・スコットは、しかしそこではソロというこだわりはないのね。気の合った二、三人で登るという感じなのかな？

山野井　そうですね。

沢木　僕は山野井さんとはまったく別の生き方をしているけれど、なんとなく似てるところがあるような気がしているんですね。それは言ってみると「ソロ」の生き方というようなものだと思うんです。

山野井　そういえば沢木さんもずっと一人でやってきたんですよね。

沢木　僕は助手とか秘書とかいう人を使ったことがない。だから、仕事場に知らない人から電話がかかってくると、早く沢木さんを出してくださいなんて言われる。当人が出ているのにね（笑）。山野井さんも基本的に一人で登ることが多いですよね。

山野井　そうですね。

沢木　山の場合、複数のパーティーで登るのと、一人で登るのとではどういう違いがあるんだろう。

山野井　まあ、複数のほうが絶対的に楽ですね。そんなに難しくない山でも雪をかき分けていくわけでしょう、山登りって。そうすると、誰かが先行していくところを後ろからついていって時々交代することができる。ロッククライミングだったら足を滑らせても誰かがきちんと確保してくれる。だけど、僕の場合、落ちたらほぼ生き残れません。

沢木　それでも一人を選ぶっていうのはどうして？

山野井　単純に僕は何か決めるときも一人で決めるのが好きなんですね。たとえ友人とでも相談するのが嫌です。失敗してもいいから自分で決断して実行する。それがすごく気持ちいい。

沢木　子供の時からそうだったの?

山野井　僕は小学校五年生の時に山に登り始めて、悲しいぐらいそれが好きになった。以来二十八年間一日たりとも山のことを考えない日はなかったと思う。下手すると寝てるときもね(笑)。なんでこんなに好きなんだろうって自分でも驚くぐらい。

沢木　自分の意志で登りはじめたの?

山野井　テレビで外国の山の映画を見て、あ、これはすばらしい、自分はこんなのやりたかったんだって思ったら、もう翌日から石垣とかにへばりついてました。

沢木　その映画で印象に残っているのはどういうシーン?

山野井　舞台はヨーロッパアルプスなんですけど、赤っぽい花崗岩がでかく映ってて、下に白い氷河があって、そこにクライマー二人が延々と高みに登っていく。いろんなことがあって二人とも宙吊りになって、年老いたほうが自分からロープを切って落ちていく。本来ああいう山だったら三、四秒で下に落っこっちゃうんですけど、それが長いんですよ。三十秒ぐらいずーっと落ちていくんです。その間の表情が出たりして、すごくきれいでしたね。

沢木　その時、山野井少年がいいなと思ったのは、山というより崖を登っている感じがよかったんですね。

山野井　ええ、岩壁があって空があって、その間でクライマーが高みを目指して登っている。いいなあ、と思いましたね。でも、できたらそこに人間は二人いないほうがいい。一人のほうがいいんです、僕は。その垂直の岩壁の途中、僕一人が黙々と登ってる。それを考えたらもうこんなところにいられない(笑)。

沢木　帰らないでね(笑)。それにしても、本当に不思議だな。十歳そこそこの少年がテレビで映画を見て、ほとんど一生の方向を決めてしまうなんていうことが現実にあるんだからね。

山野井　でも、僕は小学校で山登りを始める前から、冒険的なことに興味があったみたいなんですね。たとえば、踏切の前に立ってると、長い貨物列車が通過していくことがある。よく見ていると、とてもゆっくりなんでその下の車輪と車輪の間をくぐれるタイミングってあるわけですよね、数秒。

沢木　そんなの、あるかどうか知らないけど(笑)。

山野井　あるんです(笑)。すると自分で自分に「お前はなんでこれをくぐらないんだ。行け！」って声が聞こえる。できないんですけどね。

沢木　でも、そういうふうには思うわけね。

山野井　ええ。アドレナリンという言葉は当時知らなかったけど、やればすごく達成感が得られるのにと思っていた記憶があります。

死への覚悟

沢木　以前、最初は若い叔父さんに山に連れていってもらったと聞いたけど、初めての山はどこでしたっけ？

山野井　南アルプスの北岳。

沢木　北岳に初めて連れていってもらってどう思ったの？

山野井　叔父さんは山の中でいかにしたら遊べるかという術《すべ》をよく知っている人でしたね。別にノウハウをきちんと守らなくてもいい。たとえば、君がまっすぐ行きたかったら、この山道を外れてもいいからまっすぐ行っちゃえよ、というような人だった。ギリギリのところでは僕を守ってくれていたと思いますけども、何か遊び方っていうか楽しみ方をすごく教えてくれたような気がしますね。

沢木　それは幸運だったね。

山野井　その後、僕と、中学生ぐらいの友人と、その叔父さんと三人で山に行くってことがよくあったんですけども、叔父さんは今でも「他の子どもよりやっぱり君はすごく楽しそうだった」って言いますね。他の子どもはつらそうな表情をしていたけど、君のつらそうな表情ってあんまり記憶にない、と。

沢木　精神的に好きということもあったんだろうけれど、肉体的にも特性があったのかな。

山野井　能力でいえば恵まれていたと思います。たとえば高度八千メートルになると、絶対に無酸素では登れない人間というのは世の中にはたくさんいます。でも僕は一回目で無酸素ですんなり登れましたし。

沢木　肉体的な条件として高度に対する順化能力を除けば、山登りには何が重要なの？

山野井　単純に筋力じゃなくて判断する能力。ここからは石が落ちてくる、ここからは雪が落ちてくる、このオーバーハングの向こうにはこういう地形があるだろう――そういう知識っていうのは、たぶん何十回登っても学べない人は学べないです。悲しいかな、現代人はそういうふうにできあがっちゃってますから。だけど、僕はそういう知識とかすぐに学べた。どんな危険もわかることができる。これは才能だと思います。僕より若い人と何度か登ったことがあるけれども、残念ながら彼にはそういうことは何十回登っても学べないだろうなというのがわかったりします。

沢木　その一歩手前の、単純な筋力とか運動能力とかに関して言えば、特に優れたものがあったっていう感じはある？

山野井　懸垂力《けんすいりょく》とか、運動テストとかは人一倍できました。山登りに懸垂力というのはとても重要ですから。普通の人は第一関節でぶら下がっての懸垂というのはなかなかできないわけですけど、僕は若いときから何十回もできましたし。

だけど、ほんとにロッククライミング、フリークライミングだけやってる人は僕よりそういう能力は恵まれてます。僕は残念ながらそこまで達することはできなかったです。ただ、ヒマラヤとかで、八千メートルぐらいのところで登るということであれば、負けないでしょうけどね。

沢木　山野井さんの登山歴は大きく二つぐらいに時期が分かれるじゃない。たとえば、フリークライミングに近いことをずっとやってた時期と、八千メートル級の山に向かうというのとは、大きく変わった感じがする？　それともずっと同じことを続けていてという感じなの？

山野井　まあ、フリークライミングだけのときは純粋に能力だけが問われるようなところがありましたけど、やっぱり精神的な部分が全然違いますね、高い山へ行くようになったときは。アメリカとかでフリークライミングだけをやってるときと違って、「今年は生き残れるのかなあ」とかいうのが毎年のことだったですしね。雑誌とかで取材されて、山野井君の記事が三カ月後に出るよって言われると、楽しみだけど僕は見れないかもしれないなと思うときがよくありました。

沢木　フリークライミングのときには、そういう生死ということに関してはそれほど深刻な感じではなかった？

山野井　なかったです。もちろん、垂直のところを登りますから緊張感はありますけど、そこまで生死に近いもんじゃないですね。

　僕より能力的に優秀な日本のクライマーというのは今でもいる。彼らはヨセミテとかヨーロッパアルプスでは僕より登れる。素晴らしいスピードで登っています。ただ、それ以上なぜか行けない人っていうのはたくさんいましたね。たとえば、僕はヨセミテの翌年、北極圏にあるバフィン島のトール岩壁を一人で登ってる。これだけは自信を持って、あの時代ああいう行為ができるのは世界で数人しかいなかったと言えます。

沢木　そこのところを、もう少し説明してくれるかな。

山野井　たとえば、救助態勢も何にもない。常に嵐がやってくるような場所、いま対談やってるこの高層ビルの十倍、千五百メートルくらいのところを一人で攀《よ》じ登って行く。

沢木　一枚岩のところなんだね。

山野井　そう。で、何日間かかるかもわからない。骨折したり病気になっても誰も助けてくれない。そういうところに一歩踏み出せる人間は、あの当時ほとんどいなかったです。

沢木　そのとき、踏み出すか踏み出さないかということでいうと、貨物列車の下をくぐろうかどうしようかと思って、くぐっちゃうみたいな感じなのかな。

山野井　貨物列車の場合は漠然とやりたかっただけですけども、北極圏のトール岩壁の場合、これをやらないと僕の未来はないという切羽詰まった感じがありました。本当に理想のクライマーを目指すためには、突破しなければならない課題でしたね。

沢木　そのとき失敗して死んでもおかしくないよね。でも死なないと思ってたの？

山野井　わからない。半々ぐらいの気持ちです。

沢木　十五年ぐらい前、ラインホルト・メスナーと会って話をしたときに、なぜ生き残ることができたんだろうかという話になったんですよ。そうしたらメスナーが、「いや、だいたい五〇パーセントは死ぬことになってる。で、五〇パーセントは生き残ることになってる。たまたま自分は生き残る側になったけれど」と言うんです。「それは何故なんですか」と聞くと、「それはもう運としか言いようがない」って彼は言うわけですよ。いっさい自分の力とか技術とかっていうことを言わずに、一貫して運だって言い続けていた。山野井さんは、トール岩壁では五〇パーセント死ぬ可能性もあったのに、なぜ生き残ったと思います？

山野井　うーん……何だろうなあ。僕は、一週間岩壁の中で過ごしたんですけども、一瞬たりとも集中力が切れなかった。たぶん他の人がやったら一週間に何度も切れます。それと、そこではまだ死ぬわけにいかなかったですね。今もそうで、なんで死ぬのが怖いかって、次の山を登れなくなっちゃうから(笑)。

トールの次、フィッツロイに行ったんですけど、トールを登っているときにもうフィッツロイのことを考えてましたから、やっぱり死ぬわけにいかなかったです。

妙子　でも、単純に死の恐怖とかは雪崩《なだれ》で埋まったときとかに感じたでしょう。たとえば、マナスルで埋まったときに。

山野井　自分で判断できない死はやっぱり怖いよな。自分の能力で解決できない死は怖いです。

沢木　でも、死はだいたい自分の能力で解決できないものでしょう？

山野井　できないですよね。あ、マナスルのときは覚悟がなかったですね。

沢木　覚悟がなかった？

山野井　そう。妙子と行くときは一人のときと違う。

沢木　そこが面白いよな。

山野井　一人のときは、こういう人生だし、まあ、何かあっても仕方ないと思ってます。妙子と一緒のときは僕は死にたくないです。妙子を死なせるわけにいかないですから。だから、ちょっと登山として種類が違います、僕の中では。

妙子　一人のときっていうのは、死ぬ確率を最小限にする技術なり判断力なり、頭の中の計算は完璧ですよね。他人が入っちゃうとそこは計り知れないでしょう。自分でカバーできる範囲ではやってるけど、その落差がすごくある。

沢木　妙子さんも、一人のほうが本当はやりやすそうだと思う？

妙子　私は自分が性格的に危ないのがわかってるから。

沢木　なんで危ないの？

妙子　怖がらないから。

沢木　ハッハッハッ。妙子さんは怖がらない人なんだ。怖がらない人は危ないんだね。

山野井　僕は、だれよりも危険が理解できちゃう。僕の横に三人登山者がいると、あいつ危ないなとか、見えちゃうんですよ。そうするとやっぱり集中できない。わがままかもしれないけど、自分だけのことに意識を集中しないと危ない。だから、今後も僕は登っていきますが、死ぬとしたら何人かと行ってるときでしょう。一人のときは僕はなかなか死なないですよ。

沢木　妙子さんから見てても、二人で登ってるときには山野井さんは意識がこっちにきたりあっちに行ったりしてるという感じはある？

妙子　そうだと思います。

沢木　それで、何か事故が起きるのは妙子と一緒に登ってるときだって話になるわけね。でも、現実的にそうだったわけだ。

山野井　だけど、楽しかったからいいんです。

沢木　妙子さんは指が取れる前はすごい強かったわけ？　指が取れてもメチャクチャ強いクライマーだったの、山野井さんの評価としては。

山野井　体力とかそういう面では、僕は他にいろんな男の人と組んで登山したことがあるけど、それよりも強かったですね。

沢木　妙子さんは一回目の指切断のときに、マカルーで手足の指の何本取れちゃったんだっけ？

妙子　十八本切りました。

沢木　取っちゃったあとって、全然能力は違っちゃったと自分で思う？

妙子　アイスクライミングだけは、左のほうが特に指が短かくなって、ちゃんと握りきれないからちょっと不利になりましたけど、他のことは変わってない。体力的にも、そんなに落ちなかった。

沢木　すごく失礼な言い方だけど、今ではさらに根元から全部落ちちゃったわけだよね。

妙子　ええ。

沢木　かつての力はもちろんなくなったろうけど、それでも何か登れる感じはある？

妙子　岩登りはできますけど……。

山野井　八千メートル級の山をちょこちょこっと登る分には妙子は十分にできますよ、たぶん。でも、それで本人が満足するかどうかはわからないですけどね。

北壁からの生還

沢木　二〇〇二年の秋、ヒマラヤのギャチュンカンに行って、山野井さんは本当は北東壁をソロでやろうと思ったわけですよね。だけど、壁の状態を見てこれは無理だと思った。

山野井　登れるかもしれないけど降りられないと思ったんです。

沢木　でも、その次の選択として、北壁を妙子さんと二人で登ろうというふうに思ったのはどうしてなの？

山野井　うーん、日本では「北東壁がもしだめだったら二人で北壁をやろう」って妙子に言ってたけど、できたら一人でやりたかったかな。だけど、妙子だって純粋に山登りが好きですから、わざわざベースキャンプまで来てもらってるし、山頂まで行かせてあげたい。それと、実は妙子はこの数年、目標にした山を登れていない。いい頂を登らせてやりたいなと思いましたね、それは。

沢木　妙子さんも登りたいと思ったのね。

妙子　それはもちろん。ベースキャンプで待ってるだけではとってもつまんないです。心配しているだけですし。だから、実は北東壁に登れないって泰史が判断したときに、「やったー！」と思った(笑)。

沢木　とは言え、北壁もそんな簡単なルートじゃないですよね。今まで歴史的に一チームが登っただけで、それも世界屈指のメンバーだった。北壁に登ることにしたとき、危険度というのはどのくらいと予測してたんですか。

山野井　たとえば僕が以前登ったトール岩壁。それは五割の確率でやばいところなんだけど、ギャチュンカンの北壁は二割ぐらいで、それほどとは……。

沢木　でも、登頂に成功したあと、壮絶な下降をすることになるわけですよね。

山野井　悪天候だったので七千五百メートルのところで引き返せばよかったんだけど、どうしてもその先に行きたかった。

沢木　妙子さんは無理と思ってテントに引き返したけど、山野井さんは頂上に向かってしまったわけですね。

山野井　その段階になると「あそこに行きたい！」という思いだけです。登りながら、もう一人の僕が僕を見てるんです。一生懸命僕が一人で頂上直下の雪山を登っている姿が見えるんです。それが見えてるときはたまらない……。

沢木　で、登頂に成功して、妙子さんの待つテントたどり着いたときは息も絶え絶えだったわけですよね。

山野井　最後、妙子のもとに戻ってくるときは二、三歩あるいては座り込むような感じで、本当に疲れ果てていました。

沢木　その翌日から悪天候の中で「死の下降」が始まるわけだけど、雪崩に遭《あ》うのは三日目に壁のような斜面をロープを使って下降しているときですよね。

山野井　僕はピトンっていうのを打ってぶら下がったまま。妙子はだんだん降りていくところでした。

沢木　そのときは山野井さんも雪に飛ばされちゃったの？

山野井　いや、その支点にぶら下がるんですけども、衝撃で逆さまにはなってます。で、ロープを握りしめています。

沢木　妙子さんはガーンと下に落ちて宙吊りになる。

妙子　私は逆さまの状態で止まりました。まるっきり頭が下。

沢木　それで持ち直すの？

妙子　垂直な壁のところだから足先がなかなかつかないんですよ。ザックも背負ってるし、大暴れしてようやく上向きになった。ところが、上を見ると岩の角でロープが切れかかっている。泰史はそれに気がつかないで必死に引っ張ってる。「引くなァー」って叫んでも聞こえないらしい。ちょうど二メートルぐらい右に氷というか、固い雪の壁がちょっとだけあったんで、ロープが切れかかっているのを無視して振り子のように体を振って、そこまで行ったんです。

沢木　飛び移るという感じね。それで、切れかかったロープを体から外したわけ？

妙子　直接結んであったんじゃなくて、カラビナというのを通してるから、それをガチャンと外せばいいんです。

沢木　で、上で引っ張っていた山野井さんは、するすると上がってきたロープの先が空っぽだったけど、妙子さんがカラビナを外したんだなということがわかった。落ちて死んだんじゃないと。

山野井　まだ半信半疑でした。でも、少し降りていって呼んだら、風の中でも声が聞こえるようになった。

沢木　でも、妙子さんのところまで降りていくのがまたひと苦労だったわけですね。

山野井　そうですね。一時間の予定が四、五時間かかった。そのときはもう目が見えなくなっていたし。

沢木　それは何によって？

山野井　雪崩に遭ったとき後頭部とか相当衝撃を受けているんで目の神経がやられちゃったんでしょう。何か見えにくくなってきたなと思ったら、十分後には手のひらも見えない。たぶん、僕がもし目が見えていたら妙子のもとに一時間で到達できて、さらにその下に降りて、ちゃんと座って寝ることができました。だから、もし目がダメージを受けていなかったら凍傷もこんなになっていなかった。二人で宙吊りで寝たとき、手も足も相当やられた。下で少しは座って眠れたら全然違っていたと思う。

沢木　そうか。妙子さんのところに到達するまでの四、五時間というのが大きくて、夜、ビバークしなければならなかった。それも宙吊りのように……。

妙子　傾斜七十度ぐらいの氷のところに、アイスピトン三カ所刺して、ロープでブランコを二つ作って、外向きにお尻をとりあえずひっかけて。

沢木　僕たちは、ビバークというと雪を掘ってその中で寝るというイメージしかないけど、それどころの騒ぎじゃないんだ。そのブランコの段階で、あ、これで死ぬかもしれないという感じはなかった？

山野井　ないです。だけど、肉体的には、よく言う極限の状態まで追い込まれていたと思う。しかし、まだ死なないだろうと。ブランコに腰かけた状態でバサッとテントをかぶって寝ていたけど、一時間ぐらいしたら、何か朝日がすごいきれいだなぁって。それだけ記憶にある。片目がうっすら見えるようになっていて、青空が一瞬見えたような気がするし。それで、降りて行かなきゃいけない斜面も見えたし、ベースキャンプの位置もなんとなくわかって。ああ、遠いんだなあと思いましたけどね。だけどすごいきれいだった……。

妙子　私は天気がいいのか悪いのかもわかんなかった。でも、何か白く明るいのが見えるから、あ、夜が明けたんだなというのはわかった。

山野井　妙子がその日すごく緩慢な動きをすることに、少しイライラしてた。妙子をとても信頼してるけど、今まで見たことのない動きだったから。十年間一緒に登って、明らかにちょっと違うというのがわかってたから、うわァーって。

妙子　すごい疲れてたんだと思う。その上、目もほとんど見えてないし、何がなにって全然わかんなかったですから。それで、手も凍ってガチガチになっちゃってるので、全部がミックスしちゃって動きが悪くなっていた。

沢木　その動きが悪くなっていることは自分でもわかってたの？

妙子　わかりました。

沢木　夜が明けてから下降を始めるわけでしょう。その日のうちに氷河上には行くんだっけ？

山野井　はい。

沢木　氷河上に降りるのがやっとだったの、その日は。

山野井　僕だけだったらもう少し進めたでしょうけど、二時間以上、妙子は遅れてましたし。

沢木　下降中にはぐれてしまった妙子さんが遅れてたどり着くのを待ってて、そこで合流するわけですよね。

山野井　そのとき、あ、これで助かるなと思いました。これでもう大丈夫だと。

沢木　でも、実はまだそこから二日ぐらいかかるんだよね。

山野井　ええ。

沢木　そこで山野井さんは、だれか、何人かが登ってきてすれ違ったような気がしたんだということなんだけど、いま考えるとそれは何だったと思う？

山野井　僕は霊とかそういうのってほとんど信じないほうだから、疲労で脳に酸素がちゃんと行き渡ってないためにそういうのを見たんだと思います。だけどほんとに見えましたからね。僕が座ってるとポッと出てきて、向こうは立って僕と会話をした。それで、しばらく会話して、ふと気がつくといなくなっている。そうするとまた出てくる、みたいな感じでした。

沢木　で、彼らは妙子さんのところに行ったんだなと思ったの？

山野井　その人たちは皆さん上にあがっていきましたから、妙子のもとにもうすぐ合流できるな、よかったなあと思いましたね。

沢木　で、ずっと見てたら妙子さんが降りてくるのが見えたわけだよね。

山野井　いったん妙子はけっこう接近して、二、三百メートル以内に来たのにまた見えなくなって。隆起しているところの奥の谷に隠れるなというのはわかってたんですけど、それでもなかなか出てこないから不思議に思ってたら、またもう一人の人がポッとやって来た。僕が「今、妙子がいなくなったんだけど」と言ったら、「いや、今トイレに行ってるから大丈夫だよ」と言って彼はまたいなくなった。それでしばらくしたら妙子が出てきた。日本に帰ってきてから初めて知ったんだけど、妙子は本当にそのとき用を足していたっていうから（笑）。

沢木　そこはとても面白いよな。
山野井　その話を日本で聞いて、あとから逆にイメージを作ったわけじゃ絶対ないんですよ。
妙子　わりと最近なんです、その話をしたのは。

判断の仕方

沢木　危険な選択を積み重ねながら、それでもなんとか降りてこられたというのは、たとえばメスナーが言ってたように、判断できない運とかいう領域が少しはあるのかなと思う？　それとも、そういうのに還元しないで、それは自分たちの判断力と技術と体力で全部説明できるって感じがする？
山野井　妙子はわかんないけど、僕は運じゃないと思いますね。たとえば、僕らと同じ能力を持った人が行けばやっぱり帰ってきてます。同じような人たちが十人、あるいは十組行っても生きて帰ってこれると思います。
沢木　同じような状況に遭っても？
山野井　うん。同じ能力を持ってれば……普通のちょっと低いレベルのクライマーだったら何回かは死んでる場面はあったでしょうけど。
沢木　たとえば、ギリギリの登山をしてる段階で生き残って、やっぱりそれは自分の力とかにすべて還元できるというふうに思える？
山野井　思います。というか、他のスポーツもそうだけど、僕は少しずつレベルを上げてきている。登る対象も高いところを目指す。大体ギリギリのとこですから、判断もいつもギリギリのところです。それでも今、僕は生きてます。運じゃないです。絶対、運じゃないです。

妙子 だって、私たちが判断するのは、どっちの道をとっても五分五分だからどっちにしようかなって決めているんじゃないものね。

沢木 なるほど。こっちのほうがよいと思って判断するわけね。

妙子 判断する材料があって、こっちのほうが登ったり降りたりすることができる確率は高いとか、そういう判断の仕方だものね。

沢木 たとえば、山野井さんのバリエーションルートの選び方というのは、自分が登っていく軌跡が一つの判断の基準になってるんですよね。美しいラインを引けるルートを選ぶんだって。それは面白いし、いいなと思ってるんだけど。

山野井 ヒマラヤの易しいルートや雪深いところを、よっこいしょ、ハアハア、休憩、と登っていく。それもいいですけども、やっぱり僕はどちらかというと露出感があるところに、なるべく小さなザックだけ担いで、ゆっくりでもいいから休まず登っているというのが好きなんです。

沢木 それが自分のイメージする、絵柄的に美しい登山なのね。

山野井 美しいですね。

妙子 山もとんがってたほうがいいとか(笑)。

山野井 できたらね、あんまりまん丸い山じゃなくて、ピラミッドのようでなおかつ頂点がしっかりあってそこにズバッと切り落とされたような壁がある。そこに僕は一人、サッサッサッと上がっていく。いいですね。

沢木 メスナーと話したのは結構長い時間だったものだから印象的なことがいっぱい聞けたんだけど、

そのひとつになぜ山登りをするのかというのがあってね。彼はそれを一生懸命説明しようとしたとき、こういう言い方をしたんですよ。難しい山に登ろうって思うのは、一見、自分で自分を殺してしまおうって計画を立ててるように思えるって。自分を滅ぼしたいって欲求があるような気がするくらい、難しい計画を立ててしまう。でも、その計画を打ち破りたいと思って、山登りを成功させて降りてくる。その企てのほうが勝って自分を滅ぼしちゃって死んじゃうかもしれない。だけど、今のところ、その企てを打ち砕こうとして山登りを成功させる僕のほうが勝ってるんだよね、と。それは難しいルート、難しい山に挑戦しつづけるということに対するメスナーなりの答え方だったんだけど。

山野井　企てという意味では、僕も数年前まではそうだったかもしれないです。企てていました、僕も。そういう状況に常に追い込まないと満足しない自分がいました。でも、ここ三年ぐらい。そういう企てとかもなくなってきました。数年前はやっぱり企てて、そして脱出して快感を、危険な考えかもしれないけど快感を得て、それを年に数度繰り返したい。まあ、最低、年に一度はその企てをしたいと思ってたけども、今はちょっと違う。

沢木　それは、ギャチュンカンを経験したからということではないよね。

山野井　ない気がします。だんだんまた昔の感じに近くなってきました。小学生で登りはじめたとき、企ても何もないわけですよね。明日、どこどこ山に行くんだなと思うとワクワクする。単純ですけど、最近はそれに近くなってきてます。

沢木　山野井さんと妙子さんは奇跡的にギャチュンカンから生還できたけど、凍傷という代償を支払わなくてはならなかったわけですよね。結局、山野井さんは何本落としたの、足の指と手の指？

山野井　合わせて十本です。

沢木　指を十本落とすということは、山野井さんにとってどういう意味を持つことになると思われましたか。

山野井　これで、山登りにおいて僕が目指していたものは不可能になったなというのがわかりました。けれども、その当時は「このまま突き進む僕を誰か止めてくれ！」みたいな気分で登っていたかもしれない。突き進んでいけば死が待っている。それを肉体的に止めてもらったんですね。この手と足ではもう僕の憧れてるところには登攀《とうはん》できないですから。正直「助かった！」と思いました。

沢木　要するに、ヒマラヤ最後の課題と言われるジャヌー北壁のような山にはもう登れないだろうということね。

山野井　だから、一瞬、これで普通になれるかなと思いました(笑)。皆さんが体験する普通の生活の喜びも、もしかしたら僕に経験するチャンスが与えられたのかなと。

沢木　具体的には妙子さんも手の指をすべて落とす。山野井さんも十本落とす。厳密に言うと、山野井さんは手の指が四本、足の指が……。

山野井　手の指は五本でした。右足は全部ないですね。

沢木　でも、指を落とすとかって簡単に言ってるけど、凄まじい手術なんだよね。ノコギリで切るんだっけ？

山野井　凍傷になった指と言うのは、ミイラ化してシワシワになっているから、最初はペンチみたいなのでガッガッってむしっていくんです。最後は骨が残るんで電気のこぎりみたいなのでウィーンとかやって切って、あとはヤスリみたいなので面取りして(笑)。

沢木　うわァー、聞いているだけでムズムズしていきますね。で、落としてから痛みが始まるんですか？

山野井　いやあ痛いですね。だから、見舞客が僕の前を歩くだけで傷口に響いてきて、「動くのをやめてくれ！」と叫びたい感じでした。

沢木　妙子さんは今回で手の指はほとんどなくなってしまいましたよね。

妙子　でも、どうしてもお箸を持ちたいので切り落としたところを袋縫いにしないでもらいました。

沢木　というのは？

妙子　本当は袋縫いをしたほうがよく固まって痛まなくていいんだけど、そうすると指が二、三ミリ短くなってしまう。ほんの数ミリでも残っていればお箸が持てるんで、切り落としたところをそのままにしてあるんです。

沢木　妙子さんは料理をするのが好きだから、箸だって持ちたいよなあ。

山野井　妙子はすごいんですよ。この手で固いカボチャを切って、煮物を作りますからね。

人生で後悔はひとつもない

沢木　山野井さんは、もう最高の難度の山は登れなくなってしまった。それは、さっき言っていたように「あ、これで生き残ることができた」という以外に、理想のクライマーになることができなくなった、理想のクライミングができなくなったということでもあるわけですよね。落ち込むことはなかったですか。

山野井　なかったですね。ギャチュンカンの七千五百メートルから山頂に向けて出発するときに凍傷の可能性はあると思っていましたし、それでもあのとき頂に行きたかったわけですから。

沢木　山野井さんはほとんど後悔することがないんだよね、あらゆることに関して。

山野井　後悔ってひとつもないですね、今までの人生において。沢木さんだってそうでしょう？

沢木　そうですね。三年前にブラジルのアマゾンで飛行機事故に遭って墜落したときも、どうしても死にたくないなんて思わなかったからね。十分に人生を楽しんだ、オーケーだってね。

山野井　これは負け惜しみにとってほしくないんだけど、こういう体になってまた面白くなってきたなと、今、本当に思っています。先日、家の近くにある岩場をちょっとやってみたんですね。僕は入院してたとき、あそこにへばりつく資格もなくなったんじゃないかなと思ってた。でも、いまは来月までには登れているかなと思えるところまで回復しています。退院してからの半年、ものすごく充実しています。だって、クライマーとしての歴史をもう一度繰り返すことができているんですからね。赤ん坊から幼稚園、小学生から中学生へ。今まで何十年かかけて積み重ねてきたことを一気に経験してるんです、毎日。

沢木　幸せだね。そこで、「ああ、指を落としちゃった。もうあそこには行かれない」と思って、落ち込んだまま一生立ち上がれなくたってべつに不思議じゃないものね。

山野井　入院して最初の一カ月は本当に山登りをやめよう、二十八年間で初めてやめてもいいかなと思ったときもありましたけど、それ以来、また手術終わって腹筋始めて、今は昔の僕に戻ってますね。一日たりとも次の憧れを忘れてないです。

沢木　だけど、もうこれで山で死ぬっていうことはないかな。

山野井　いや、賭けですね。残念ながら、僕はどうやればギリギリのところで生きてる感じが得られるかということを知ってますからね。だけど、いつか決定的に体力が落ちて何となくのんびり登ってる僕を考えると、それもちょっと楽しみですね。

沢木　ソロというのは山の登り方だけど、同時に生き方のスタイルでもあるよね。山野井さんは他人と協調して生きていけないというタイプとも思えない。でも、基本的には山に登るのも、その夢を見るのも一人だと思っているんだね。

山野井　沢木さんも旅はいつも一人ですよね。それはどうしてです？

沢木　一人だと危険に対して鋭敏になれるよね。どこまでいったらもう戻れないか、どこまでなら大丈夫か。常にそういうギリギリの判断をして行動するわけじゃない。それは、集団で判断していくのとでは力の蓄積の仕方が違うよね。

山野井　そうですね。学んでいくスピードも違うし。昔は僕も数人と登ったことがあるけど、感動の度合いが違います。

沢木　僕は山はよく知らないんだけど、一人旅だと自問自答するじゃない。自分で訊《たず》ねて自分で答えている。そうすると、そこの瞬間とか風景とかを味わう深さが全然違う。

山野井　十人で行くと見えるものが十分の一ですもんね。

沢木　しかも、しゃべってる間に思いが口から逃げていっちゃったりする。一人だと自分の中に沈んで残っていくのにね。それに、一人だと未知の土地でも寄り道したり回り道したりして道を自分で覚える。だけど、誰かに連れて行ってもらってヒュッと行くとそんなには覚えないよね。

山野井　その、一人で右往左往するというのが苦痛なんじゃないですか、普通の人は。たぶん、沢木さんも僕もその右往左往がいいんですよね。

沢木　面白いよね。話を大げさにするつもりはないけど、今、いろんなところで、スムーズに直線的に生きてきた人たちが壁にぶつかって苦戦しているでしょう。たとえば会社が倒産したりリストラに遭ったりとか。そういう時にみんなバッと立ちすくんでしまう。

山野井　パターンを知らないんでしょう。僕らはいろんなパターンを知ってる。

沢木　回り道の仕方とか、壁の迂回《うかい》の仕方とかね。

山野井　僕はそんなに社会とは接してないけど、他の人が悩んでいることが僕にとってはどうってことないように思える。少しカッコつけて言わせてもらえば、生きるか死ぬかの瞬時の判断を、年に何度かしているわけですね。そうすると、この下界でのことというのは、どうってことないじゃないかって。命取られるわけじゃないし、なんでそんなにビクビクしなきゃならないのって思う。

沢木　それはそうだと思うよ。あなたたちの奥多摩での生活を見れば(笑)。要するに、命以外に失うものがない。そんなにモノが欲しくないんだね。あれが欲しいとか、こうなりたいとか思ってないもんな。

山野井　そうですね。

沢木　僕もそうだけど、大事なものというか、好きなものがあるのに、何かのためにそれを犠牲にするという気はさらさらないということだね。

山野井　他の人はヘタクソだな、人生の楽しみ方を知らないなって思います。これは僕みたいな人間が言うと反感を買うかもしれないけど。

沢木　いや、そんなことないよ、みんなにあの何もない家を見せてあげたいよ(笑)。

妙子　そんなに何もないとは思ってないんですけど。

山野井　なんで沢木さんはいつも何もない、何もないって言うのかな(笑)。

沢木　いや、何もないけどとても豊かな生活をしていると思ってるんですよ。谷間にあるので冬は二、三時間しか日が差さないけど、家賃が二万五千円。妙子さんが山菜を取ったりして上手に料理を作るから、一カ月十万もあれば暮らせるんでしょ?

妙子　十分です。

山野井　それで、あとは山に登れればいい。

沢木　普通は指先をちょっと切ったくらいで大騒ぎをするものだけど、あなたたち二人を見ていると、勇気が湧いてくるような気がするな。

山野井　それは自分が好きなことをしているからですよ。

妙子　そう、好きなことをやったんだから泣きごとなんか言う気になれない、私は。

沢木　で、これからも好きなことをやり続ける(笑)。

山野井　はい。

妙子　ええ。

記憶の濃度

山野井泰史
沢木耕太郎

やまのい　やすし　一九六五年、東京都生まれ。登山家。

これは長野のある書店でのトークイヴェントにおける公開対談の記録である。公開対談というのは私にはまったく初めての経験のものだったが、ためらう気持を押し切って引き受けることにしたのは、そのコーディネーターが山と溪谷社の神長幹雄氏だったからである。

実は、私に山野井さんを紹介してくれたのは神長氏だった。山野井さんと妙子さんの二人がギャチュンカンから帰国し、凍傷の手当のため入院した白鬚橋病院に私を連れて行き、紹介してくれたのだ。

それ以後も、知人の持つ伊豆の別荘で療養している二人のもとに車で連れていってくれたのも神長氏だったし、奥多摩にある山野井家に連れていってくれたのも神長氏だった。

最初の山野井家は谷間にあるため晴れの日でも三時間ていどしか日が差さなかったが、家賃が二万五千円というのでは仕方がなかった。そのうち奥多摩湖畔の家に引っ越すことになったが、そのどちらの家にも神長氏が連れていってくれた。

しかし、やがて、私が二人の話を聞くためにひとりで奥多摩に通うようになると、山野井さんか妙子さんが、奥多摩駅まで車で迎えにきてくれ、家まで乗せて連れていってくれることになった。この新しい家は、少し高台にあるため奥多摩湖が見渡せ、日差しも一日中届くという、前の家とはまさに天国と地獄というような差がある家だった。にもかかわらず、この家も家賃が二万円台だという。依然として、二人の生活は月十万円もあれば十分という暮らしぶりに変化がないようなのだ。

この対談は「山と溪谷」の二〇一〇年九月号に掲載された。

（沢木）

ギャチュンカンの記憶

沢木　みなさん、こんにちは、沢木です。

山野井　山野井です。よろしくお願いします。

沢木　今日、ここで大勢の人の前で山野井さんと対談するというので、僕が山野井さんのギャチュンカン登山について書かせてもらった『凍』を新幹線の中であらためて読み返してきたんですよ。

山野井　そういうことってあるんですか。

沢木　ほんと珍しいんだけど。これがすごく面白かったんですね(笑)。文庫本の解説を作家の池澤夏樹さんが書いてくださっていて、この本を書くために、どれだけ山野井さんと妙子さんと僕とで、ギャチュンカンの記憶を洗い直して、組み立てていったか。その時間というのは、かなり膨大なものなんだろうなというニュアンスのことを書いていらっしゃる。まさにその通りで、この本が面白いという最大の理由は、山野井さんと妙子さんの記憶力が抜群にいいからなんですよね。

山野井　覚えているのは山のことだけです。あとの記憶はほとんどないですけどね。

沢木　将棋の羽生善治さんなんかが、対局後に相手と二人で一手一手指し直していくじゃないですか。もしこういうふうに指していたらこうなったかもしれないというように、果てしなく枝分かれをした手にもっていっても、また平然と元の手に戻ってくることができてしまう。僕らから見ると、ほとんど信じられないような記憶力だけど、山野井さんにもそれに似たところがあるのかもしれないな。

山野井　ただ、旅のスタート地点のことやキャラバンのあたりの記憶は曖昧で。ベースキャンプをスタートしてから頂上までの記憶は今でも鮮明ですね。

沢木　それこそ、ここでこういうふうにバイルを叩き込んで、さらにアイゼンをこう蹴り込んで、みたいなことまでかなり覚えてるよね。

山野井　そうですね。どういう岩があって、その岩がどういう色であって、そこにどういう岩の割れ目があったかというのは、今でも覚えてますし、雪が波打っているんですけれど、その波の打ち方がどういう感じだったかなどということは、自然と記憶している。ギャチュンカンでは、その記憶がなかったら最後まで下りて来られなかったですね。

沢木　登ったときの記憶が下降するときに生きてくる。

山野井　それがないと、すごく難しいことになるんですね。未知のところに下りてきますから、確か右のほうにはこれがあったはずだから、まっすぐ下りて行けばあの岩にぶち当たるはずだから大丈夫だとか。そういう記憶はきっちり合ってましたね。下山中も。

沢木　それは人によって若干違うだろうけど、一般に優れたクライマーだったら、かなりの割合でその種の記憶力は持っているものなのかな？

山野井　クライミングの能力と比例する部分もあるでしょうけれど、個人による差は多少ありますね。そういうのが記憶に残らないクライマーというのは友人にいます。危険を認識しないクライマーで、それで十年、二十年やっている人もいますし。

沢木　妙に強くて生き残っちゃうわけ？

山野井　そうですね。だけど、確率的にいえば、数をこなしていったら、まあ危ないでしょうね。

沢木　なるほど。

山野井　そういう人たちに比べれば、記憶がある分、僕らのほうが確率的には生き残れる可能性は高いかな。

沢木　『凍』を書くときに、もちろん何度もいろいろな角度から話を聞いていったわけですけれども、僕は山に登ったことが全然ないんですよね。一度もない。高尾山すら登ったことがあるかないかというくらいのもので、山については何も知らないんです。だから、イメージが結ばないこともあるんです、いくら話を聞いたって。それでね、途中で、山野井さんに絵を描いてもらったんですよ。山野井さんには絵心があるなんていうと褒《ほ》めすぎだけど(笑)、物の形を一瞬で摑《つか》む能力があるような気がするんですね。

で、僕は山野井さんに頼んだんです。この壁を登っているときの絵。山頂の手前でテントを張っているときの絵。ここで宙づりになっているときの絵。「それをここに描いてみて」って、小学生が使うようなノートを一冊渡したんです。そうしたら、色鉛筆できれいに描いてくれて。それがすごくわかりやすかったんですね。

山野井　結局、そういう姿というのは映像でも僕らには撮れないわけですしね。思い出しながら描くしかない。

沢木　おかしいのは、その宙づりになったりする主人公が小学生みたいなかわいい男の子でね(笑)。だけど、状況は完璧にわかった。僕は山のことはまったくわからないんだけど、山野井さんと妙子さんの話を聞きながら、その絵のように自分の頭の中で一つ一つ映像にして理解していったんですね。用具は実際に見せてもらったり、使い方を実演してもらったりして、頭の中で組み立てていった。だから、たまに、山を登ったことがない人が書いたとは思えないって褒めてもらうことがあるんですが、それは当たり前で、僕は自分の頭の中で映像が結べなかったシーンはひとつも書いてないんです。

だから、ちょっと自慢をさせてもらうと、すごく映像的でわかりやすいはずなんですね。読んでいると、そのシーンが浮かんでくる。それは全部、二人に絵を描いてもらったり、実演してもらったり、話をしてもらったりということで、僕の頭の中で組み立てられたものだからなんです。

山野井　僕が書いた『垂直の記憶』は、友人も「いい」とは言っても、「浮かぶ」と言われたことは一回もないんですね(笑)。沢木さんの『凍』は「あっ、浮かびますね」って、みなさん言います。

沢木　そうでしょ、なんてね(笑)。そんなことをずっと繰り返して、一年間に近いやりとりがあったんだけど、その最終的なところで、実は現場がわからないわけですよね。だから、最後に二人にギャチュンカンという山を見るため連れて行ってもらったんですね。

山野井　沢木さんは、とにかくベースキャンプのあった五千五百メートルあたりまで登りましたからね。

限界の記憶

沢木　ギャチュンカンの後、どういう流れでクライミングを再開することになったんだっけ。

山野井　二年後、たまたま中国の四川省のほうを旅行して、十年以上前から写真集を見て気になっていた岩壁が、偶然目の前に現われたんですね。運命とかそういうことは言いたくないけれど、あっ、これを登って復活の手がかりを見つけたいな、と思って二年をかけて登りました。

沢木　それがポタラ峰だよね。

山野井　そう呼んでいます。

沢木　そのポタラ峰のクライミングというのは、登山としてよかったの？

山野井　僕の中では、ちょっとホッとしましたね。二年続けてアタックをかけてもダメだったら、クライマーとしてちょっともう無理だろうなとか思いました。もちろん、山をやめるつもりはなかったですけどね。

沢木　うん。

山野井　でも、もう二度とステップアップはできないのかなっていう感じは持っていましたけどね。

沢木　ギャチュンカン以前の状態ならもっと楽々と登れたはず？

山野井　感じとしては、二十四、五歳くらいのときの技術と同じですね。

沢木　なるほど、そんな感じなのか。

山野井　自分で決めちゃうのはイヤですけども、もしかしたら、二十八、二十九、三十歳くらいは、いま思い返すと全盛期だったかなと思うんですよ。それでまあ、ポタラを登ったときの力が二十三歳から四歳くらいのレベルかなって思って、いまは二十五歳くらい。二十五歳くらいから止まってしまっていますね。

沢木　そうなのか。ギャチュンカンの前と後ではもう絶対的にレベルが違うということではなくて、それくらいのレベルの差ということだったわけだ。

山野井　そうですね、はい。絶対的な差ではないです。ただ、半年くらい前にクーラ・カンリという七千五百メートルのヒマラヤの山に単独で行ったんですけれど、それは敗退しました。そのときは本当にトレーニングも積みましたし、自分の中では、かなり元に戻ってるんじゃないかっていう感触がありました。だから、敗退したときは、「もう戻れないな」と悲しいけど思いました。

沢木　いや、僕はね、去年の暮れにその話を聞いて、とても気になっていたんだ。そのときは他の人が大勢いたんで、それ以上は訊けなかったけど。いまはそのときより、もっと大勢いるけど(笑)、それはどういう山だったの？

山野井　最初目指したのはクーラ・カンリの北面。行ってみたら、亀裂がものすごく走っていて、雪庇《せっぴ》が出ていたり、セラックという氷のブロックが発達してたりで、これはヤバイなと。それで、近くにある七千三百メートルの、それもすばらしい形をした山にアタックしてみようと思って、そちらのほうに行ったんです。

沢木　その七千三百メートルの山はどうだったんですか？

山野井　結局、最初は自分の中でキャラバンやトレーニングの段階で、昔みたいに追い込めないというか、どこかで自分の中で制御してしまっていました。昔だったら、心臓が止まるくらい、肺が壊れるくらいまで追い込みつつ、山頂を目指せたのに、どこかでこう、制御しちゃってるというか……。制御するレベルが低すぎると感じました。

沢木　そうだったのか……。

山野井　そんな段階にとどまっていては、絶対に山頂には立てないんですよね。追い込みながら、いいペースで登っていかなきゃいけないのに、それを追い込めないというのもありましたし。

沢木　で、途中で、止めようと思ったわけ？

山野井　そうですね。氷にピッケルを打ち込んで登って行くんですけども、昔だったらたいしたことがないのに、小指を失っているので、やっぱり氷にインパクトを与えられない。その氷登りもすごく不安で、相当エネルギーを使ってしまいました。それで力尽きてという感じでした。

沢木　そこから日本に帰ってきて、去年の暮れに会ったときに、ちらっと落ち込んだというようなことを言ってたよね。びっくりしちゃったんだけど、それを聞いて。

山野井　ああ、あのときはたしかに落ち込んでいました。でも、もちろん山をやめるつもりはないんですよ。

沢木　うん、僕もそれはわかっているつもりだけど、「意外とダメだった」というのを聞いて、すごく驚いたのは確かなんですね。あのときの「ダメだった」というのは、僕が山野井さんの口から聞いたことのある、最も否定的なニュアンスが込められていたように感じられたから。

山野井　プロフェッショナルでもないですから、やりたかったら一生やれるし、いまでもやろうと思っているんですけども。あのレベルに達しないんだったら意味ないかなとか。あと、自分のやりたい理想の登山とかけ離れた行為を続けていて、果たして僕はずっと登っていけるのかなということは思いました。

沢木　それから半年経って、どうなったの？

山野井　こうなったら、破れかぶれじゃないですか。

沢木　ハッハッハッ、それはいい。

山野井　それこそ満身創痍《まんしんそうい》じゃないですけど、事切れるまでと言うか、もう、そういうことも考えずにやってみようかと思っています。

素のままの自分を放つ

沢木　僕が『凍』っていう作品を書かせてもらうときに、山野井さんと話していて、いろいろ面白い話とか言い回しとかを聞いたわけですけれども、その中で一つ僕が咀嚼《そしゃく》して、僕なりに使っている言葉があります。それは、山野井さんがギャチュンカンに行くときにトランシーバーを持っていかないとか、近代的な道具をあまり持っていかないのはどうしてかということを説明するのに、「素のままの自分を自然に放して、そこで自分がどこまでやっていけるかを見るために、できるだけそういう近代的な道具みたいなものは持っていかないんだ」というニュアンスのことを言っていたんですね。それが僕にはとても強く印象に残りました。

何年か前、というか、それは山野井さんがポタラ峰を登った年ですけど、僕も中国に行って、香港からカシュガルまで乗り合いバスで三カ月くらいかけて旅行したんですね。そのときも、僕はガイドブックというのを持たずに、中国全図というような地図一枚だけで移動していた。それは山野井さんの言うのとまったく同じでね、ガイドブックや何かで知識を持って行けば、変な失敗は絶対にしないんですよね。たとえば、このバスのターミナルからどのようにしたら街の中心へ行くことができるかなんていうことも、もしかしたら簡単に書いてあるかもしれない。だけど、それじゃつまらないじゃないですか。何にもわからないところで、ターミナルで下ろされて、ここがどういう街か、何もわからないというところから始めたいんですね。もちろん、街に着いたときに、その街の地図は買いますよ。あるいは貰《もら》いますよ。その地図を見て、どこに行けばどういうものがありそうかなということを見当つけながら、旅行していく。それが僕にとっては、山野井さんの言う、素のままの自分を放して、どこまでできるかを見てみたいという感じに近いことなんですね。そういうことを僕はずうっと若いときからしてきたんだけれど、そうした行為を好む僕自身の思いをどう表現すればいいのかがわからなかった。ところが、山野井さんの話を聞いて、そうだ、僕も素のままの自分を世界に放して、自分がどういうふうに振る舞えるか見てみたかったんだということが理解できたんですね。

山野井さんは、「素のままの自分を自然に放してどこまでできるか見てみたい」というその思いはいまでもあるのかな？

山野井　そうですね、ありますね。だから、うちの奥さんとも登るけども、ときどき横にいてもらったらダメな場合もありますね。

沢木　いないほうがいい場合もあるよね。

山野井　だから、山頂を目指してるときに、視界に奥さんを入れずに自分を発揮できるときが、裸の自分に戻れると感じられるかな。なるべく、視界に入るのは山だけのほうがいいですね。ただ、奥さんなら、まだいいんですよ。他の人よりは。

沢木　僕なんか、ほぼ常に一人で旅行してるんだけど、夕飯のときは、誰か相手がいたらいいなと思ったりする。登山とは違うけれど、そういう部分、それに近いようなこともあるんじゃない？いてくれるといいな、助かるなという。

山野井　はい、そうですね。

沢木　だけど基本はやっぱり一人のほうがいいよね。

山野井　どうですかね……。一人のほうが、最終的には思い出に残るいい登山になっているのは確かです。

沢木　それはね、一人で旅行するときと、何人かで旅行するときでは、記憶の濃度が違うからじゃないかと思うんだ。なぜ一人のときのほうが濃度が濃いか。当たり前なんだけど、一人のときは言葉に出さない。自分で、言葉を頭の中で反芻《はんすう》はするだろうけれど、言葉を外に出さないから、記憶の濃度が濃くなっていくんだと思うんですよ、絶対に。

だけど、山野井さんは、二人で登るときもあんまり喋らないのかな？

山野井　他の友人だとどうしても、そんなにふだん一緒に登っていないから、一時間に一回とか二時間に一回くらい、一瞬会話がありますね。でも、奥さんと登れば、たぶん朝から晩まで一回も会話しないと思います。

ひとつの断念

沢木　さっき自分の本を読みながら、この対談の仮のテーマとなっている「探検と冒険」ということを考えていたのだけど。たとえば山野井さんは、探検と冒険とどう違うんですかって質問されたら、わかりますか？

山野井　いや、全然わからないですよ。

沢木　僕、乗っている新幹線の中でこういうふうに考えたんですね。たとえば、山野井さんのギャチュンカンの登山は、どちらかといえば冒険という言葉に近いでしょう？

山野井　はい。

沢木　うん。少なくとも探検じゃないよね。で、それはさ、たぶんこういうことなんじゃないのかなと思ったの。探検というのは、現場でインプットをしたあと、たとえば講演であったり、論文であったり、映像でもいいけども、何かアウトプットを絶対に必要とするんじゃないかと。だけど、冒険というのは、アウトプットしてもいいけど、しなくてもいい。要するに、インプットするだけで自分が感じたり、味わったりするだけで、結果としてもしアウトプットがあったとしたっていいけれども、それが絶対の条件じゃないでしょう。

山野井　そうです。

沢木　僕がやっているのは、探検なんかじゃ全然ないし、冒険でもなんでもないんだけど、どこかでアウトプットすることを前提として考えてるわけですよ。どこに行くんであっても。

山野井　そりゃそうですね。ものを書くんですからね。

沢木　山野井さんの場合は、結果としてもちろん書くこともありますよね。だけど、書くことも、極端にいえば、写真を撮ることも、本質的には重要じゃないですよね。

山野井　ですね。本質的というか、全然必要ないことですね。最近の人は常にすぐ発信しようとするじゃないですか。僕は自分がなぜ写真を撮るのかなと考えると、やっぱり老後の楽しみかなって(笑)。ゆっくりアルバム見て、昔はよくやったなというまで生き残れたら、見たいなと思うくらいで。それを発表するためでないことは確かだなと思いますね。

沢木　そう。だからやっぱり、そこを峻別《しゅんべつ》していくと、アウトプットを目的としない、自分だけのものだよね。自分だけで完結していいわけでしょう。

山野井　そうです。

沢木　それを外部から見ていると、そこにある種の潔さがあるように思えて、すごく心を動かされたりするんだろうな。

山野井　あと、よく言われるのは、アウトプットしておけば、これからのクライマーのためになるでしょっていうこと。実際、僕だって昔はメスナーや植村直己さんの記録を読んで、こういう生き方もあるし、こういう登り方もあるんだから、と影響を受けているわけです。山関係者の方とか雑誌関係者の方が「出しなさい」って言うんだけど。でも、本のようなものを出すことを考えてる暇《ひま》があったら、次の山のことを考えていたいなと。そんなに時間はありません、残されていません、みたいな。

沢木　でもね、こういうことってあると思うんだ。冒険家というういい方で山野井さんをまとめることができるかどうかわからないけど、少なくとも僕は冒険家ではないわけで、僕がやっているような旅なんていうのは誰でもできるようなことだから、全然なんでもないんだけど。たとえば、陸上競技なんかで百メートルを九秒五とか六くらいで走っちゃう人が出てきたとするじゃない。で、あれっていうのはさ、人類の、いわば肉体の可能性の最先端を行く、一種の水先案内人、パイロットなんだよね。

山野井　はい。

沢木　メスナーみたいな人がある時期、たった一人で酸素もなくて、八千何百メートルに行けるんだろうかという、最先端のことをやった。そういう最先端のことをやるのが冒険家で。だけど、たとえば、高尾山に登る老人がいたとして、その人が初めて高尾山に登るというのも、一つの冒険ではあるわけよね。

山野井 うん。

沢木 だけどそれは、人類の最高の、極限を行くというか、限界を確かめる水先案内人の行為じゃないよね。

山野井 そうですね。

沢木 でも、ある時期、山野井さんもそっちの世界に行っていたわけじゃない。

山野井 九秒七を目指すというか、そういう世界にいたクライマーであったことは確かです。それは自分でもわかります。

沢木 だけど、もうその九秒七で走ることはできないと思うわけでしょ?

山野井 十秒いくつです、いまは。

沢木 となったとき、そういう世界から離れてしまったということについては、自分でどう整理しているんだろう。どんな登山であれ、自分にとって重要なものであればオーケーということなのかな。常に、世の中のためにやっていたなんてことはなかったろうけど、いままでは世界の最先端の、ギリギリのところまで行ってたわけですよね。そのギリギリのところはもう行かないというか、行けないというか……。

山野井 行けないです、はい。

沢木 すると?

山野井 トラックを走るというイメージで言うとしたら、やっぱり足は前に出したいですね。

沢木 仮に何秒かかろうとも?

山野井　十一秒でも十二秒でも。

沢木　なるほど。

山野井　だから、よけい世間から外れていくというか。楽になったかもしれないですね。やっぱり、昔は少しは意識していたかもしれないし。

沢木　なるほど。九秒七から九秒五の世界を目指すということがなくなった。

山野井　そうしたら、よけい楽しくなって。

沢木　走るということがね。つまり、登るということがね。

山野井　楽しいですね。僕は走っている自分をイメージすると、走るというその場に身を置きたい。ちょっと走ってみるとやっぱり気持ちいいんですよ。だから多分、このまま行けば、十二秒、十三秒、十四秒ってどんどん落ちていくでしょうね。でも、プロフェッショナルでもないし何でもないから、いいんじゃないですか、やれれば。走れれば。

沢木　そうだね。

山野井　でも、そこが、つらいかつらくないかと言われると。……いや、よくわからないですね。

沢木　うん。それはたぶん、答えのない質問だから、もちろんそれで全然いいと思いますよ。

山野井　そうでしょうかね。

記憶に生きる

沢木　たとえば、いま、本当の意味での未知というのはもう世界中にほとんどないよね。山の世界でもバリエーションはあるけど、ほとんどないよね。

山野井　少ないです、はい。

沢木　すると、あとは、たとえば、山野井さんふうに言えば、自分にとって美しいラインを引けるかどうかとか、こういう理想を抱いたやり方でできるかどうかというようなことが問題になってくるだけですよね。で、もしそうだとするならば、極端にいえば、高尾山を美しいラインで登る老人ということだって全然問題ないわけですよね。

山野井　沢木さんのように、文章を書くという世界にも、やっぱり九秒五とか九秒六とかいう走りを目指したり、目指さなかったりというのはあるんですよね？

沢木　あると思います。たとえば、『凍』について言うと、このあいだ中国語版が出て、近く韓国語版が出るらしいんです。英語版も進行していて、そうなると世界のかなりの人が読めることになる。すると、それが九秒いくつかの走りになっているかどうかがわかるかもしれないんですよ。僕は僕なりの世界で、常にギリギリの極限まで行こうとする自分みたいなのがあるわけです。ところが、一方で、「もういいか、ここらあたりで」というふうに思う誘惑もあるわけです。ずっとギリギリのところでやっていたのが、「まあいいか。ほどほどの高さの山もいくつかは登ったし、これからは高尾山でも、僕にとって面白ければいいんじゃないか」っていうように自分を納得させていくという……。

山野井　沢木さんにとって、残りの人生が二十年あるのか三十年あるのかわかりませんが、そういう思い出だけでその残りの人生を生きていけそうですか？

沢木　あの山にも登ったし、この山にも登ったからって？

山野井　そう。

沢木　どうだろう。

山野井　僕は自分で全然わからない。いまはなんとなく、百メートル走がたとえ十二秒、十三秒になってもそれで充分満足するよなんて言っていますが、あと二十年とか三十年とか僕も生きていくのかもしれないけど、ずっとそれでいけるかなというと、ちょっと不安かなっていうのがあります。

沢木　うーん、それは微妙な話ですよね。

山野井　とても。

沢木　たぶん、二人の話はここで終わるべきなのかもしれないね。

山野井　危ういですからね、これ以上は。

拳をめぐって

角田光代
沢木耕太郎

かくた　みつよ　一九六七年、神奈川県生まれ。作家。

私は角田さんに親しい気持を抱きつづけている。それはたぶん対談をしたことがあるからというだけが理由ではないと思う。実は、角田さんとは対談の席以外で何度となく顔を合わせているのだ。しかも、それが後楽園ホールだということが、さらに親しみを増してくれているように思う。

最初、角田さんがボクシングジムでトレーニングを積んでいるというのを聞いたときも驚かされたが、そのジムが輪島功一さんのところだということにも驚かされた。私にとって輪島さんは、ボクシング界の知り合いの中でも最も大切なひとりであるからだ。

そして、さらに、角田さんはボクシングをテーマに小説を書くというまでに至った。その取材ということもあったのだろう。後楽園ホールによく見にいらっしゃるようになり、カシアス内藤の長男でボクサーになった律樹の試合のために足を運ぶことの多くなった私と、たびたび顔を合わせることになった。

やがて、角田さんは、この対談のあと、取材から離れたにもかかわらず、律樹の試合を見にきてくれるようになった。

それだけでも私にはありがたいことだったが、角田さんの書いたボクシング小説の『空の拳』を読んで、こういう書き方があったのかと新鮮な感動を受けた。たぶん、私が『春に散る』という元ボクサーが主人公の小説を書くつもりになったのは、そのときの感動と無縁ではなかったように思う。

この対談は「オール讀物」の二〇一三年三月号に掲載された。（沢木）

人の動きを文字で書く

角田　この『空《そら》の拳《こぶし》』という小説を書きたいなと思ったそもそものきっかけが、沢木さんのノンフィクション集成の『激しく倒れよ』に収録された、輪島功一さんを描いた「ドランカー〈酔いどれ〉」を読んだことなんです。試合の描写がすごくて、読んでいるだけで泣いちゃって。その何年後かに、三浦しをんさんが書かれた箱根駅伝の小説『風が強く吹いている』を読んで、こちらも走りの描写が素晴らしかった。人の動きを文字で書くのをやったことがないので、やってみたい！と思って。

沢木　その前段として、十年前から角田さんが輪島ジムに通われている、ということがあって、それがなければ、ボクシングは書かなかったわけですよね。

角田　はい。そうですね。一番身近に接しているスポーツではあります。

沢木　角田さんが輪島ジムでトレーニングをしているところを撮った写真を見ると、ちょっと奥行きがあって広いなあ、と思うんだけど、僕らがカシアス内藤君に協力して横浜につくったE&Jカシアス・ボクシングジムってね、ほんとに狭いんですよ。リングがあって、サンドバッグとパンチングボールがあって、ちょっとした動くスペースと鏡があるだけだから。でもなんとなく、角田さんの『空の拳』の舞台になっている「鉄槌ボクシングジム」は、輪島ジムよりうちのジムに似ている感じのジムなんじゃないかと思って。あっ、つい「うちのジム」なんて言ってしまうんですけど、勘弁してください（笑）。しかも、小説を読むと、関係者がみんな宴会好きじゃないですか。これまた、うちのジムがみんな宴会好きでね、特に中高年の練習生が（笑）。

角田　輪島ジムも、けっこうみんな仲がいいですね。

沢木　角田さんによると、あまり仲良しのジムには強い選手が生まれないらしいから、その点においても、うちのジムと重ね合わせて身につまされて読んでいたわけですよ(笑)。でも、予想外だったのは、主人公の空也君の設定の仕方でしたね。これはもう何の迷いもなく、こういうキャラクターをつくったんですか?

角田　空也は売れない老舗《しにせ》ボクシング専門誌「ザ・拳」の編集者ですが、戦う人を主人公にしちゃうと、一人称で戦う描写は書けないなと思って。どうしても理解できない部分があると思ったんです。ナヨッとした第三者を語り手にしたのはそんな「逃げ」でもあります。

沢木　スポーツに関わる人間を大きく二種類にわけると、「行為をする人間」と「見る人間」とに分けられると思うんですけど、空也君は明らかに「見る人間」として設定されていますよね。だけど、それにしても、かなり独特なキャラクターで、はっきりと、ある種の女性性を持っていることになっている。

角田　そうですね。たぶん自分が女性だからだと思います。それから、ボクシングジム通いをしていて、一、二カ月でやめちゃった男友達がいるんです。彼は男として入っていったときに、プロとは肉体も気力もレベルの違いが見えすぎて落ち込む、と言うんですよ。それは、女性にはない感覚だと思ったんです。そのことで続けられないナイーブさも、女性にはないなあと思ったんです。そういう意味で傷つかず、ジム通いを続けられる女性的なずぶとさのある男の子にしました。

沢木　なるほど。そういう女性性を持っていないと、空也君みたいに、ある意味、馴れ馴れしくジムの練習生と仲良くなって、一緒に部屋に泊まっちゃうとか、そういうこともあり得ない。

角田　そうですね。

沢木　僕はあまり体育会系の人間じゃないと思っていたんですけど、正直に白状すると、一回目に読んだときには、「ザ・拳」の編集長みたいに、空也君が急に女の子っぽくなっちゃうようなところで、おいおいもうちょっとしっかりしろよとかツッコミを入れたくなってしまって、困りました（笑）。でも二回目に読んだとき、そうか彼はそういう若者なんだな、って受け入れることができるようになって、そうすると、空也君のこの性格に、いろんな伏線が張ってあったんだっていうことが少しずつわかってきたんです。

角田　ありがとうございます（笑）。

沢木　そんなこと、普通の人は一回でわかるんでしょうけどね。ただ、僕は普通の人より、いくらかボクシングの世界に入り込んでいるということがあって、それが理解を遅らせたのかもしれません。

角田　確かに内側から見ると、まったく違う世界なのだと思います。空也はあくまで外側ですよね。

沢木　僕の仕事も空也君と同じく、やっぱり基本は「見る」ことだと思うんです。ただ、若い一時期、「見る」ことの向こう側に行きたいという思いを抱いてしまったんですね。取材する者とされる者の枠を超えて、対象と一緒に行動するという立場に自分を置きたかった。僕の書いたボクシングのノンフィクションの一つのモチーフはそれだったんですね。でも、空也君は「見る人間」に徹していて、「行為をする人間」では最後まで決してないですよね。

角田　はい。行為をする側にいきたいという欲求も、たしかにないですよね。

沢木　入りかけて、でも決して入り込まずに、最後にはその世界から出てくる。それが「見る人間」の持っている、やましさだし自由さでもある。だからこの小説は、空也君の「見る人間」としての教養小説《ビルドゥングスロマン》とも言える。彼のこの小説における役割みたいのがわかって、やっとこの小説を理解できたように思えます。

角田　実は私、小説を書いたときには、沢木さんの『一瞬の夏』を敢《あ》えて未読にしていたんです。『激しく倒れよ』も絶対読み返さないと決めていて、なぜなら、読んでしまうと打ちひしがれて書けなくなると思ったから。それで書き終えてようやく読んで、びっくりしたんですね。だってあんなに、試合のブッキングにまで深くかかわっていらっしゃったなんて、知らなかったから。

沢木　ノンフィクションの仕事は、あらゆる世界に入る自由を持っていて、そして必ず出てこられる。その「出てこられる」というのは、素晴らしいことではあるけど、自分だけ出ちゃうというやましさでもあるわけじゃないですか。でも僕は、カシアス内藤君という人からは出なかったんです。それがたまたま『一瞬の夏』という作品になったんだけど。

角田　不思議な縁ですよね。さっきお話をうかがっていて、驚きました。てっきりあの本で、カメラマンの内藤利朗さんを含めた三人の関係は終わったと思い込んでいたので……沢木さんは、八年前にカシアスジムを作られたんですよね。

沢木　もうそのときは、内藤君がステージⅣの咽頭がんでね。生きている間にジムをつくろうというのでつくったんだけど、彼は決して広い意味での有名人ではなかったので、なかなか物件を貸してくれるところがなくて大変だったんですよ。最初は、千葉の茂原に作ろうとしてね。でも、いざリングを備え付けようとしたら、オーナーがやってきて「すみません、違法建築なので重量が支えきれません。床の底が抜けてしまいます」なんて言われて(笑)。

角田　すごいですねえ(笑)。

沢木　用意していた金はなくなるはで大変だったんだけど、それから何年かして、あるビルのオーナーから「沢木さん、あなたを信用して貸します」と言われてようやく決まったのが、今の横浜は石川町の駅の横、歩いて一分ぐらいのところなんです。さっきも言ったとおり、めちゃめちゃ狭いんだけど、駅から遠くて広いところよりは、若い子にとっては通いやすいらしくて、いま思えば、正しい判断でしたね。

角田　輪島ジムも、駅から五分。商店街の中にあります。駅からの近さは重要ですよね。私もそれで続けられている部分もあります。鉄槌ジムも、駅からの距離はよく考えました。近くで、でも歩きながら話もできる距離、という感じです。

沢木　ところで、作中で一方の主人公である立花選手に途中で新しい魅力的なトレーナーがつきますよね。萬羽《ばんば》さん、彼は昼間はレコード屋を経営している伝説のトレーナーということになっているんだけど、どういうふうにイメージをつくったんですか？

角田　取材した選手についていたトレーナーが、ボクシングの経験がなくて、昼間に薬局をやっているんだけど、世界チャンピオンを何人か育てたという方だったんです。ボクシングの経験がなくても、トレーナーはできるんだ、ということをそれで知って驚いたんです。

沢木　僕は、萬羽さんにはとても親近感があるんです。実は、カシアス内藤君のトレーナーのエディ・タウンゼントさんも言葉の人なんですよ。それと、モハメッド・アリのトレーナーだったアンジェロ・ダンディーさんも、言葉の人だった。エディさんもアンジェロさんも、ボクシングの経験はちょっとあるけれど、全然強い人じゃなかった。でも、選手を愛する気持ちが本当にある人だっていうことがよくわかるんです。丁寧に丁寧に、言葉で伝える。僕が知っている限り、優れたトレーナーは言葉を持っている人が多かったんです。だから、萬羽さんが「言葉の人」だったという設定は、とてもすばらしい着眼点だと思いました。

角田　ボクシングをあまりよく知らなかった頃は、ボクシングは最終的には体力と資質と練習が鍵を握るんだと思っていて、トレーナーのありようや人格、二人がどんな距離感であるかとか、ボクサーの精神状態が、そんなには試合に影響はしないんだろうな、と思っていたんです。でも観れば観るほど、そんなことが、勝敗や、引いては人生をも左右してしまうということがわかってきた。すごく恐ろしいことですね。

沢木　そうですよね。角田さんも小説に書かれているけど、コーナーに選手が戻ってきて椅子に座って、そうすると、前に回ったトレーナーが何か一生懸命しゃべりかける。でも、多くの場合、選手には聞こえてないみたいなのね。だけど、トレーナーが自分に向かって一生懸命しゃべっているのを、小さなヒヨコがニワトリのお母さんを見ているような感じで見つめている。あれっていじらしいよねえ。

角田　ええ、ええ。ほんとにこうまっすぐ見てますよね。

沢木　でも、リングに出て行くときは、やっぱり一人なんだけどね。

ジム通いは楽しくない？

角田　今の二十代ぐらいの若い選手たちを見ていて、沢木さんがカシアス内藤さんや、輪島功一さんを取材されていたときと比べて、全然違うと思いますか？　それとも何か共通している？

沢木　やはりかなり違ってきていると思う。最近、しばらくぶりに帝拳ジムを訪ねたら、マネージャーの長野ハルさんが「最近の子ってね、減量するのに一気に落とすのよ」って言っていてね。昔、大場政夫なんかは長野さんが面倒を見ながら、二週間とか、三週間とかかけて、ゆっくりと落としていったわけですよね。当時は、計量が試合当日の朝だったんだけど、今は一日前になったというのもあって、バッと落として、計量が終わったら腹いっぱいご飯を食べる。「どうもじっくり落とすのに我慢できないらしくて、みんな急激に落とすのよね」とおっしゃっていて、そこに象徴的な何かがあるような気がします。それと、もう一つは、角田さんもお書きになっていて、とても鋭いなあと思ったんだけど、現代では、普通、スポーツでも小さい頃から英才教育をしないと世界のトップには行けないようになってしまっていますよね。でも、ボクシングだけは違っていた。輪島さんが典型的な例だけど、まったくの素人が一年練習してデビュー、さらに一、二年で世界に挑戦、ということができたんですよね。

角田　ええ。

沢木　でも今、それがちょっと変わりつつある。これは、最近二階級を制覇した井岡一翔《かずと》君が好例だけど、高校からやって、アマチュアで何冠王にもなったりして、満を持してプロでデビューするという人が何人も出てきた。

角田　カシアス内藤さんの息子さん、内藤律樹《りつき》君もそうですね。

沢木　そうなんです。彼も高校の三冠王でした。それから、もう一つ。ボクシングなんて食えないからね、ボクサーは当たり前にバイトをやってるんだけど、今の子は本当の意味では苦しくないんですよ。いざとなると親のところに逃げ帰っちゃったりすることができる、みたいなね。だから、文字通りのハングリーさやストイックさはなくなっているかもしれない。
それにしても、角田さんは本当にストイックですよね。なんて、ずいぶん唐突だけど(笑)。例えばボクシングだって、ジムワークが楽しくて楽しくてという感じではないんでしょう?

角田　はい。全然楽しくないです(笑)。そもそも運動は大の苦手で、体を動かして楽しいと感じたことが一度もないんです。

沢木　でも、一週間に一回のジムの時間は維持しよう、と思っていらっしゃるんですよね。それはなぜなの?

角田　ボクシングのほうは動きが激しすぎて疲れすぎて、その時間だけほんとに何も考えないんですよね。ずっと小説のことを考えていたり、何か悩んでいるのが、その時間だけちょっと解放されるんです。言葉が頭のなかからいっさい出ていってくれる感じ、それがきっといいのかなあ、と思います。

沢木　角田さんは、走ってもいらっしゃるんでしょう? よく続きますね。

角田　頑張らないと続くな、って思います。勝とうとか、記録を縮めようと思わないと、いつまでもできるもんだなあ、と思いますね。

沢木　でも、面倒くさがり屋の人はやっぱりすぐやめちゃうもんじゃないですか。ランニングのほうは週に何回?

角田　週二回、土・日です。ランニングをする友達の主催する、ラン後の飲み会に行きたくて、始めたんですけど。

沢木　そんな不純な動機でも続くものなの(笑)。

角田 私、本当に運動に縁がなかったので、最初、一キロでも息が切れてたんです。でも、一カ月ごとに徐々に距離を伸ばしていったら、伸びるんですよね。次の月には三キロ走れたり。それで、どこまで伸びるんだろう、って続けているうちに……。

沢木 フルマラソンまでいっちゃったわけですね。でも、そこからのモチベーションは？

角田 フルマラソンは三回走れたんですね。でもできたからいいや、と思ってここでやめたら、たぶんもう一生走らないと思うんですね。そのためだけに続けてます。

沢木 それって、なんとなく作家としての角田さんの本質に関わっていそうな話ですね(笑)。そうすると、土・日はどのくらい走るんですか？

角田 一日十キロから十五キロぐらいです。

沢木 おお、ちゃんと走りますね。

角田 私は、自分は体力的に劣っている、という自覚があるので、トレーニングするんです。でも一緒に走っている仲間たちは、トレーニングしなくてもある程度できちゃうから、一年間、毎週土・日に泣きながら、「イヤだ、イヤだ」と思って走って、ようやくフルができたんだよ、っていう気持ちが、わかってもらえないんですよね(笑)。

沢木 でも、そっちのほうが感動は深いと思いますよ、絶対。

角田 沢木さんが初めてお書きになったスポーツはボクシングですか？

沢木 「儀式」という作品でゴルフを書いたのが初めてです。

角田 ゴルフでしたか。

沢木 ゴルフを書くというより、やはり尾崎将司というか、ジャンボ尾崎を書いたというほうがしっくりきますね。僕が二十三歳、尾崎さんも二十三歳で。彼は野球の世界でうまくいかなくて、転向して、ちょうどゴルファーとして名前が売れ始めたときでした。編集者に「書いてみない？」と言われて、初めてゴルフを、まさに「見た」んですね。たった四日間なんだけど、見ているうちに、ゴルフがどういうことによって動いていくか、っていうのが少しわかってくる。もしかしたら錯覚だったのかもしれないけれど、僕には見えたように思えた。その見えたものをつなぎ合わせていくと、尾崎将司さんの人生と何かクロスするんですね。それで、それらをないまぜにして編んでいったらどうなるんだろうって書いたのが、初めてのスポーツについてのノンフィクションでした。

角田　「クレイになれなかった男」は、その後ですか。

沢木　「儀式」のあと、初めて僕が自分から「書きたい」と言ったのがカシアス内藤だったんです。それ以降、ボクシングのことをいくつか書いたけど、基本的には僕はカシアス内藤君のことしか書いてなくて、カシアス内藤君との比較の中で、「カシアス」の名前をもらったモハメッド・アリ(改名前が「カシアス・クレイ」)という人と、モハメッド・アリと戦ったジョージ・フォアマン、それと、カシアス内藤が負けるんだけれど、ある意味一番いい試合をした相手の輪島さん。そして、柳済斗というのも内藤から東洋タイトルを奪った相手で、だからその柳が輪島さんと世界タイトルをかけて戦った試合を書いたのも……。

角田　カシアス内藤さんがすべての中心にあるわけですね。

沢木　そうなんです。スポーツの小説は、読んで面白いと思うんだけど、現実というやつには妙な力があって、例えば内藤君のことをフィクションのように変形しても、実際のあいつよりは面白く書けないよなあ、みたいなことがちょっとあってね。

その絡みで言うと、『空の拳』は若い子たちの二、三年間ぐらいの物語だから、当然のことながら一代限りですよね。だけど、今、カシアス内藤の子供の律樹とか、井岡弘樹の甥っ子の一翔であるとか、そういう二世代目が出てきているわけね。一昨年の新人王戦で輪島さんの息子さんと内藤ジムの有望選手が戦ったことがあったけど、内藤の息子が、韓国でやはりジムを開いている柳済斗の教え子の若い選手と、いつかやるということもあるかもしれないわけですよ。だから、もし角田さんが次にボクシングの小説をお書きになるなら……そんな噂をチラッと耳にしたもんですから(笑)、時間軸をもうちょっと長く取ったものにすると、さらに複雑さが増すのではないだろうかと思ったりしました。

角田 そうですね。それは面白いと思います。スポーツでのそういう因縁、たしかにわくわくしますね。書くのは難しそうですが……。

沢木 それともうひとつ、今度は、「見る」側じゃなくて、「やる」側の人間、リングの上にあがる人間、熱いライトを浴びる人間の側から描くというのは、とても難しいかもしれないけれど、面白そうじゃない?

角田 でも、それを書くのはやっぱり勇気がいります。動きが難しくて、いざちゃんと見ようと思うと、全然見えてないんですね。どのパンチが入ったかもわかんない。ただ、会場で一方のリングサイドがワッと沸いたりするから、こっちが打たれたんだろう、ぐらいのことしか見えなくて。

沢木 それは僕もまったくそうでね、実はそんなに見えていない。今でもときどき打たれたボクサーに「あの左、効いちゃったよなあ」なんて言うと、「いや、あんなの効いてません。効いたのは右ですよ」とか言われてね(笑)。それこそビデオを見て初めてわかる。

角田　ええ、スローにして。

沢木　ただ、試合の描写については、いくつか思うことがありました。例えば「パーリング」という言葉を使ってしまうと、一般的ではないから、読者はイメージしにくいんですね。それを単純に「右手で相手の左を払う」と表現すれば、むしろ視覚化しやすい。あるいは「ステッピング」という言葉。それだけだと前後左右のどちらに動いているのかわからないということがある。もしかしたら普通の言葉でシンプルに書かれていたほうが視覚化しやすいかもしれませんね。

角田　なるほど、たしかにそうですね。そしてこの小説では、その動きが書きたい思いが強すぎて、試合を全部べったり書いてしまったんです。だからこれ、読んでいて途中でイヤになる人はいるだろうなあ、と思います。それで『一瞬の夏』を読んだときに、五ラウンドがたった二行で視覚化されて書かれてあって、試合のすべてがものすごいはっきり見えて、興奮が伝わって、また打ちのめされて……。

沢木　いや、そんな必要は全然ありません(笑)。僕の場合にはすでに試合が「在る」んですよ。フィクションの場合は作家が試合を生み出さなくてはならない。しかし、ノンフィクションは、「在る」ものをどう書くかが大事で、省略が可能なんですね。なにより、ノンフィクションの書き手には結果がすでにわかっているということがある。結果によって何が、どこが大事かがわかっているわけですよ。結果から逆算して不要なものを削り取ることができるんです。
　でも僕はこの『空の拳』を読んでいて、試合のシーンが長いとはまったく思わなかったな。

角田　そうですか?

沢木　最後の立花が勝つところなんか、もっと書き込んでもいいと思ったくらいで。

角田　ありがとうございます。

沢木　もしフィクションでボクシングと言ったら、どうしたって『あしたのジョー』からは離れられないわけですよね(笑)。

角田　はい、そうですよね。私も大好きな漫画です。

沢木　『あしたのジョー』の前では、ノンフィクションの書き手である僕だって、やっぱりある種の絶望感を抱いてしまうんだけど、僕の理解で言えば、『空の拳』はボクシングを素材にして普通の小説が書けるかっていう角田さんの挑戦だったのかな、と思う。空也という編集者と、坂本、中神、立花というボクサーは、スポーツ小説の主人公にはやっぱりなりにくい人たちですよね。だけど、そういう今の若者、普通の人は存在すると思う。輪島ジムにも、うちのジム(笑)にも。

角田　ありがとうございます。でも正直、動きを書くのに夢中になって、その他のこと、たとえばかけ引きや、興行的なことを書けなかったという思いはあります。

ボクシングに胸を打たれるわけ

角田　沢木さんにとって書きやすいスポーツと書きにくいスポーツというものがありますか？

沢木　たとえばボクシングは、文章として書きやすい。だけど、僕の場合は、負けても書きたい、という選手のことしか無理なんです。どんな負け方をしてもね。例えば出ていって、一発でバチン、とKOされる。もう試合にもならなかった。としても書きたいという選手じゃなければ書けないみたいなんです。

この間、西岡利晃君の世界統一戦について書いてもらえないかという依頼があって、一瞬迷ったんです。日本の国内で、日本のマーケットを相手にしたチマチマとした世界戦じゃなくて、世界のマーケットを相手にした画期的な試合でしたからね。それで彼の所属する帝拳ジムに行って、さっきの話に出た長野ハルさんにもお会いしたんです。でも、結局、断念しました。僕の場合は、まず何か素晴らしいと思う線があって、その線に全然違う線が交わったときによく動き出すことがあるんですね。そのもう一本の線がきっと見つけられなかったんでしょうね。

角田さんは、それこそランニングのことを小説でというのはあると思う?

角田　書けなさそうです(笑)。一つには、たくさん小説がありすぎて、どれを読んでも感動したんですね。ただ、走るって、やっぱり走っているだけなので単調じゃないですか。どうやってこの人たちは書いたんだろう? とは思います。

沢木　なるほど。もしかしたら、ボクシングは「見る」だけの側からでも書けるけど、ランニングは「する」側からでしか本質的には書けないものなのかもしれないな。

角田　スポーツは野球もゴルフもルールも何も知らなくて、たぶん調べても書けないと思いますね。野球なんて、三年か四年か、ずっと観ていても、まだルールがわからなかった。

沢木　それって逆に相当すごいね(笑)。

角田　たぶん興味が持てないんだと思うんです。でも、ボクシングは非常にシンプルで、反則と打ち方を覚えていればできるし、見てすぐわかる、っていうのが万人にわかりやすくていいなあ、と思います。

沢木　ボクシングはあらゆるスポーツの中で、よく言われているとおりやっぱり一番プリミティブなものですよね。

角田　そうですよねえ。

沢木　それに、あんなに間近に一対一で戦うのを観ることができる競技は、本当にあれ以外ないですからね。そして戦う者が報われることが実に少ない。だから、それだけでボクシングをやろうとしている若者たちを見ると心を動かされます。

角田　チャンピオンになっても、ほとんどそれだけでは食べられないし、みんなほかの仕事をしながら、何でこんな痛い思いをしてまでやるんだろう、と思います。小説を書いていても、どうしてボクシングをするの？　っていう疑問は、最後まで拭えなかったです。

沢木　でも僕は、内藤君と付き合ったとき、ある状況が許せば自分もやっていたかもしれないなあ、と思ったような気もする。だから、そこは角田さんとちょっと違って、ボクシングに関してはやっぱり自分を常に「する側」に擬していたところはありますね。

角田　実際にいま何かやっていらっしゃるスポーツはあるんですか？

沢木　そこはまた角田さんと違って、本当に全然ないんですよ。まあ、もうちょっとしたらマスターズ陸上の走り幅跳び部門にでも出るか、っていうぐらいのもんですけどね(笑)。

そういえば、『空の拳』の立花は今後どうなっていくのか、っていうことは考えているんですか？　この世界はもう終わり？

角田　終わったときに全然何か足りないという思いがあって、もっと書きたかったたし、もっとうまく書けたんじゃないか、って思いました。それは立花たちがもっとうまくなるんじゃないか、という空也のラストの予感と非常に似ていて、実はいつか続編を書こう、と思っています。

沢木　なるほど。確かにどこかに行きかけた、というところで終わってるもんね。でも、この小説の、ボクシングの世界を出てしまった空也君が、最後に、近くて遠い地点からテレビの中の立花を見る、という終わり方はすごくいいいと思いました。

角田　そういうとき、寂しいですよね。この連載が終わって、後楽園ホールに試合を観に行ったときに、もう取材としての試合じゃないと思って観たときの試合がすごい寂しかったんです。もう前みたいに前のめりで観るような興味がなくなって、缶チューハイでも買ってこようかな、みたいな気持ちなんですよ(笑)。

沢木　ハッハッハッ。そうなんだ。面白い。

角田　それにしても、新人戦は面白いですよねえ。互いがデビュー戦同士とか、あと二戦二敗同士の人が三戦目とかって。

沢木　いじらしいよなあ(笑)。胸が痛むよなあ。どっちにも勝たせたい、なんて思ってね。でも、どんなに強くても別に心が動かない選手がいる、って書いてありましたね。逆に強くなくても心が動く選手って、はっきりいますよね。

角田　外国のボクシングの試合って、雰囲気は全然違うものなんですか?

沢木　たとえばアメリカのラスベガスで、しかも、ビッグイベントだとやっぱり街全体がお祭り騒ぎなんですよ。後楽園ホールの周りは馬券場しかないけど(笑)。もし内藤律樹がラスベガスで戦えるような選手になったら……なんて本気で思うわけ。そうしたら僕もお祭りに参加しちゃう(笑)。

角田　もしそうなったら、また書かれますか? 私はぜひ、読んでみたいんですが。

沢木　誰かインタビュアーがカシアス内藤に、「『一瞬の夏』はまだ続いているんですね?」と質問したことがあったの。そしたらね、内藤が何て答えたか？「そうなんだよ。『一生の夏』なんだよ」と言った。笑ったんだけどさ(笑)。でも、どこかで僕もそう思っている部分があってね、僕たちは齢を取ってきて、内藤は咽頭がんで、一緒にジムをつくってくれた仲間のもう一人のカメラマンの内藤利朗君も実は肺がんで、そういうことも含めて長い話が延々あるもんですからね。もしかしたら、それはいつか書くかもしれない。だって、カシアス内藤の息子がリング上で戦ってるんだから、もう驚くべき時代ですよ。

角田 本当にそうですよね。内藤律樹君がボクサーになりたいというのは小さい頃からの夢だったんですか？

沢木 彼はもともと、野球をやっていたんです。で、ジムができてしばらくして、ボクシングをやる、と言ってくれた。それはもう、僕ら本当に嬉しくてね。この間、彼の試合を内藤と二人で並んで観ていたのね。いつもリングサイドで隣同士で観ているんだけど。それまで僕は、カシアス内藤っていう人は天才的な人だという信仰みたいのがあってね。だから、いくら律樹が高校三冠だといっても、親父に比べりゃたいしたことない、と思っていたわけですよ。ところが観ていたら、突然、おお、親父よりうまいじゃないか、と思ったわけ。

角田 へえ！

沢木 それで内藤に「あいつ、君よりうまいよなあ」と言ったら、「そうなんだよ。俺よりうまいんだよ」ってちょっと嬉しそうに笑ってね。「そうだよなあ」って、「ひょっとしたら、ひょっとするかもしれないなあ」なんて、二人で夢のようなことをしゃべっていたんですよ(笑)。

角田 それはもう、ぜひ試合をいつか観てみたいです。

沢木　美しい。で、速い。こんなに速いボクサーは、日本のあのクラスにはたぶんいないと思う。もし順調に育ってくれて、親父に似ないで練習好きになってくれたら(笑)、なんてその親父と一緒に妄想に近い夢を抱いているんです。

角田　でもお二人には因縁があるというか、なんて長いお付き合いなんだろう、と驚きます。まさかお子さんもボクサーになって……とは、『一瞬の夏』の読者は思わないですよね。人との出会いの奥深さを思います。

沢木　僕は内藤君に関して、あれこれと偉そうなことを言ったり書いたりしているけど、僕の根幹にあるのは彼に対する敬意なんです。それは内藤君に対してだけじゃなくて、ボクサーすべてに対するものでもあるんです。やっぱり、一人でリングの中央に向かって歩み出していくというのは、何か特別のことなんですね。そして、一人で、一人と戦う。

角田　人がボクシングに熱狂するのってやっぱり誰が観てもわかるっていうそのシンプルさ、勝ち負けがはっきりとわかるからだと思うんです。沢木さんがおっしゃるように一人が一人と戦うことに、やっぱり胸を打たれる。でも、それこそ輪島の時代のような、みんながみんな観ているという時代はもう来ない気がしますね。

沢木　それこそ、スポーツの嗜好が分散して、今や野球のジャイアンツの中継すら少なくなって、ボクシング中継なんて世界戦でさえ細々《ほそぼそ》としかされなくなっている。でも、角田さんの『空の拳』という小説には、角田さんが最初に後楽園ホールに観に行ったときに、「あっ！」と驚いた感じがたくさん詰まっていますよね。だから読者も、これを読んで、ごく普通の人として実際にボクシングの試合を観に行って、「あっ！」と驚いてもらえたら、すごくいいなと思いますね。

「みる」ということ

1

もしかしたら、「みる」に対する言葉は「みられる」なのかもしれない。しかし、私には「みる」の対語は「する」であるような気がする。そして、その「みる」という動詞を人と結びつけるとするなら、「みる者」と「みられる者」ではなく、「みる者」と「する者」になるのではないかと思うのだ。

私が「みる」に対する言葉として「する」を考えるようになったのは、十代の頃に読んだ大江健三郎の本の影響が強くあるにちがいない。

本のタイトルは『見るまえに跳べ』だが、それを「大江健三郎の小説の影響」ではなく「大江健三郎の本の影響」と書いたのには理由がある。正直に言うと、小説の内容は他の作品と混じり合って曖昧《あいまい》になってしまっている。しかし、いまでも鮮やかに覚えているのは、その本のタイトルと、本の中に引用されていた一文である。

Look if you like, but you will have to leap.

もし、これを忠実に訳すとすれば、見たければ見るがいい、しかしいつかは跳ばなくてはならないのだ、ということになるだろう。しかし、大江さんは、登場人物の口を借りて、見るまえに跳べということさ、と要約していたのだ。

あとで知ったところによれば、それはイギリスの詩人、W・H・オーデンの詩の一節だということだった。オーデンは、イギリスの諺《ことわざ》にある「リープ・ビフォアー・ユー・ルック〈見るまえに跳べ〉」を変容させることで、その詩句を生み出したらしい。だから、大江さんの登場人物の要約も間違ってはいないことになる。

私にとって、この英文とその要約は、鋭く胸に迫ってくるものだった。そして、それは「見る」ということを「跳ぶ」ということと対比させる、つまり「みる」と「する」とを対置させて考えるところへと導く、私にとって最初の一蹴りだったのだと思う。

この「見るまえに跳べ」という言葉は、大江さんの小説のタイトルということを離れ、オーデンの詩の一節であったということをも離れて、いまもなお若者の胸に波風を立てることのできる、一般的な成語になっているらしい。つい最近も、若者に人気の高いシンガー・ソングライターの手になる歌の中に、「見るまえに跳べ」というフレーズが使われていて驚かされたばかりだった。

2

小学生の頃の私は、毎日が野球というような日々だった。

放課後に家に帰ってランドセルを放り投げると、バットとグラヴを持っていくつかある原っぱのひとつに急行する。そこでクラスメートと日が暮れるまで野球をする。私の小学校のクラスメートによれば、その時代のことというと、授業が終わったとたん「＊＊＊の原っぱに集合！」と叫んでいる私の声を思い出すというほどだったから、よほど連日のことだったのだろう。

原っぱでは、そこにやってくる他のクラスや、他の小学校の生徒たちとすぐ試合になる。そして、それはただの遊びの試合にすぎないのに、負けると悔しくて本気の涙を流した。

たぶん、それは、私が「する」だけで満たされていた「黄金の日々」だったのだろうと思う。

中学生になっても、野球部に入ることで基本的には同じような日々を過ごすことになった。ポジションはピッチャーだったが、家に帰っても近くの空き地のコンクリートの塀に向かってピッチングの練習を続けるという無茶なことを続けたため、ついに肩を壊してしまった。その肩では内野手としても通用しないことがわかり、高校では陸上競技に転向して走り幅跳びと二百メートルを専門とするようになった。

大学に入ったとき、今度はやはり団体競技をやりたいと思い、ラグビー部に入ってみることにした。しかし、私の細い体型と、二百メートルで培われた腰高の走り方では、まったく対応できないことがわかった。

一度など、ボールを持って気持よく走っていると、上級生に軽く足を払われるようなタックルをされただけで、それこそ十メートル近く吹っ飛んだことがあったくらいだった。

以来、私にとってスポーツは「する」ものから「みる」ものに変化していった。

さらに、大学を出るとすぐにノンフィクションの書き手となった私は、スポーツがノンフィクションの新しい題材になることを徐々に発見していくことになる。

それによって、さらにスポーツは「みる」ものになっていった。

3

スポーツだけでなく、どのようなテーマであっても、ノンフィクションを書くためには、まず対象を「みる」ことが必要になる。

それが、やがて「読む」や「調べる」や「訊く」に続いていくにしても、まず「みる」ことから始まる。対象をみて、感じる。対象をみて、考える。

見る。
視る。
観る。

対象により、また状況により、どのように「みる」かは異なるにしても、まず、見て、視て、観るのだ。

そのとき、「みる」ことには常に冷静さが必要となる。対象への関心には熱いものがあったとしても、「みる者」としては深く覚醒していなくてはならない。

私はノンフィクションの書き手として、対象を「みる」ことを続けるようになった。その対象が人物である場合、多くが行為を「する者」として私の眼の前に現れることになった。私は、行為を「する者」に、「みる者」として向かい合いながら、どこかで自分も「する者」でありたいと思いつづけていたような気がする。

だが、それは、「する者」として誰かに「みられる者」になることを望んでいたからというのではなかった。他人にどう見られるかということは不要だった。たぶん、私は、自分だけのために「する者」になりたかったのだと思う。

なぜ?

たぶん、「する」ことでしか得られない陶酔《とうすい》を味わいたかったのだ。小学生の頃のような「する」だけで満たされていた日々を獲得したかったのだ。

そのため、私は、取材対象の世界に飛び込むことで、あるいは可能な限り接近することで、「する」という行為に近づこうとしていたような気がする。

ダービーに出走するサラブレッドを描くために、わざわざ厩舎《きゅうしゃ》に住み込み、厩務員のまねごとをしたりしたのも、あるいは、くずを扱う仕切り場の人々を描くためにその仕切り場で働いてみたりしたのも、よりよく「みる」ためである以上に、「みる」だけの者になりたくないという思いが強かったからでもあったのだろう。私は、無意識のうちに、自分を「する者」と擬することができるテーマを追い求めるようになった。

4

だが、それだけでは充分ではなかった。

二十代の私が、若手のノンフィクションのライターとしていくらか注目を浴び、仕事も断らなくてはならないほど多く依頼されるようになったにもかかわらず、突然、長期の異国への旅に出てしまったのは、ひとつにはこのままジャーナリズムの求めに応じてアウトプットを続けていると自分の内部が空っぽになり、干からびてしまうだろうと危惧したということが大きかった。しかし、それだけではなく、これ以上「みる者」としてだけ生きるということに耐えられないという思いが強くなっていたからでもあった。

私は、デリーからロンドンまで乗合バスを乗り継いで行くという半年の旅に出ることにした。もっとも、その旅の出発地点であるはずのデリーに辿り着くまでに半年が過ぎてしまい、結局は一年に及ぶ長い旅になってしまったのだが。

そして、その旅をする中で、私はひとつの発見をすることになった。旅は、「する」と「みる」との二項対立から解き放ってくれるものだということを。

もちろん、旅をする中では、通りすがりの風景に見入ったり、人々の暮らしを垣間見たりする。しかし、その「みる者」としての私は、同時にここからあそこへと旅を「する者」としての私でもあるのだ。

しつつ、みる。みつつ、する。どちらにしても、旅する私は「する」と「みる」を二つ合わせ持つ存在だった。

インドのブッダガヤ郊外で、貧しい家の子供たちを集めて教育しているアシュラムで過ごした何日かは、「する」と「みる」とが解け合った完璧な日々だった。いや、デリーの安宿で高熱によってうなされていたときでさえ、いま思い起こせば、「する者」と「みる者」とに引き裂かれるということのない、やはり満たされた日々だった。

旅は、私に、ただ野球をしているだけで幸せだった小学生の頃と同じような「黄金の日々」をもたらしてくれたのだ。

しかし、いつか旅は終わることになる。出発した地に戻ることを決意した瞬間、「する」と「みる」の二項対立から解き放たれた至福のときは終わるのだ。

5

旅から帰った私は、ふたたびノンフィクションを書くという仕事に戻り、また「する者」と「みる者」とのあいだで引き裂かれるようになる。

私は、ノンフィクションの方法の錬磨《れんま》をすることで、その困難を乗り切ろうとした。方法について考えることを仕事の推進力にしようとしたのだ。

しかし、それだけでは満たされないものが残った。

——また、旅に出るか？

そんなとき、ボクサーのカシアス内藤と再会した。カシアス内藤とは、その数年前に会い、韓国の釜山で東洋タイトルマッチを戦う彼に同行したことがあった。しかし、その試合に敗れたあとは、いくつかのトラブルに見舞われ、引退同然の状態にあった。ところが、再会した彼は、もういちど最初の一歩から頂点を目指してやり直すつもりだという。カシアス内藤の「天才」を信じていた私は、彼を世界チャンピオンにするということに情熱を燃やすようになり、最後にはそのプロモーターまがいの役割を引き受けることになる。そして、一年が過ぎた。

私はどこかで、「する者」としての、行為を「する者」としての陶酔を求めていたのかもしれない。だが、今度は、そのカシアス内藤が、同じ韓国のソウルで敗れることですべてが終わることになった。

茫然《ぼうぜん》とした半年が過ぎ、私はその一年の日々のすべてを『一瞬の夏』という作品に書き記そうと思うようになる。そして、それが完成し、思いがけないほど深い満足感を得たのを自覚したとき、自分は「する者」でいつづけることはできないのだと理解するに至った。「する者」としての私が「する」行為は、「みる者」としての私が「かく」という行為をすることで、初めて完結するということを知ったからだ。

以降、「みる者」である自分にさほど苛立たなくなった。それには、いつしか「みる」ことが「する」ことになっていったということもあるのかもしれない。

同時に、それは「する者」であった人、「する者」でありつづけた人への敬意をさらに深く抱かせることになった。

私は作家の角田光代さんとの対談で、こう述べている。

「僕は内藤君に関して、あれこれと偉そうなことを言ったり書いたりしているけど、僕の根幹にあるのは彼に対する敬意なんです。それは内藤君に対してだけじゃなくて、ボクサーすべてに対するものでもあるんです。やっぱり、一人でリングの中央に向かって歩み出していくというのは、何か特別なことなんですね。そして、一人で、一人と戦う」

これが「みる者」としての私の辿り着いた地点であるのかもしれない。

カシアス内藤は、釜山でもソウルでも敵が待つあのリングの中央にひとりで歩み出ていった。

山野井泰史と妙子は、あの鋭く切り立った壁に取り付いてバイルを打ち込みアイゼンを蹴り込んだ。多田雄幸は、甲板でサキソフォーンを吹きながら、あの荒れ狂う海を乗り越えていった。たとえ、その結果、敵のパンチによってキャンバスに這《は》わされることになったとしても、凍傷によって手と足の指を何本も失うことになったとしても、そして最後には病いが高じて自ら命を断つことになったとしても、彼らは「する者」でありつづけた。

沢木耕太郎

沢木耕太郎

1947年東京に生まれる．横浜国立大学卒業後，ルポライターとして出発．79年に『テロルの決算』で大宅壮一ノンフィクション賞，82年に『一瞬の夏』で新田次郎文学賞，85年に『バーボン・ストリート』で講談社エッセイ賞を受賞．ノンフィクションの新たなジャンルを切りひらく．『深夜特急』は幅広い世代に影響を与え，いまもロングセラーとして読み継がれている．
2006年には『凍』で講談社ノンフィクション賞，14年には『キャパの十字架』で司馬遼太郎賞を受賞．当代きってのインタヴュアー．また長年，映画評を書き，『世界は「使われなかった人生」であふれてる』などにおさめる．『血の味』『春に散る』など小説も執筆．「沢木耕太郎ノンフィクション」シリーズ（全9巻）も刊行．

沢木耕太郎セッションズ〈訊いて、聴く〉III
陶酔と覚醒

2020年4月10日　第1刷発行

編著者　沢木耕太郎《さわきこうたろう》

発行者　岡本　厚

発行所　株式会社　岩波書店
〒101-8002 東京都千代田区一ツ橋2-5-5
電話案内 03-5210-4000
https://www.iwanami.co.jp/

印刷・三秀舎　カバー・半七印刷　製本・松岳社

ISBN 978-4-00-028079-2　　Printed in Japan

沢木耕太郎セッションズ〈訊いて、聴く〉 全四冊

四六判、平均三二〇頁、本体各一七〇〇円

Ⅰ 達人、かく語りき（人物）

Ⅱ 青春の言葉たち（青春）

Ⅲ 陶酔と覚醒（旅・冒険・スポーツ）

Ⅳ 星をつなぐために（フィクションとノンフィクション）